MICHAEL CRICHTON

Né en 1942 à Chicago, Michael Crichton poursuit des études de médecine à l'université de Harvard, d'où il sort diplômé en 1969. Sous différents pseudonymes, il écrit des romans pour financer ses études. Son premier best-seller, *Extrême urgence* (1968), remarqué par Stephen King, est encensé par la critique et reçoit en 1969 l'Edgar Award, l'un des prix les plus prestigieux de la littérature policière. La même année, il publie *La Variété Andromède*, qui connaît un succès immédiat et dont les droits d'adaptation sont achetés à Hollywood. Dès lors, il ne cesse d'accumuler les best-sellers comme *Sphère* (1987), *Jurassic Park* (1990), *Soleil levant* (1992), *Harcèlement* (1994), *Turbulences* (1996), ou *Prisonniers du temps* (1999). Dans *État d'urgence* (2006), Crichton s'attache à l'écoterrorisme et au réchauffement climatique. Dans *Next* (2007), il nous fait pénétrer dans l'enfer des manipulations génétiques. Deux de ses romans ont paru à titre posthume aux éditions Robert Laffont : *Pirates* (2009) et *Micro* (2012), coécrit avec Richard Preston. D'une grande exactitude dans la reconstitution des univers professionnels où se déroulent les intrigues, ses thrillers poussent jusqu'aux limites de l'imaginaire les progrès d'une science devenue le véhicule des hantises et du subconscient collectif.

Michael Crichton est décédé le 4 novembre 2008 à Los Angeles.

Ret
ww

D1181043

Retrouvez le site de l'auteur
www.xziclana-official.com

AGENT TROUBLE

DU MÊME AUTEUR
CHEZ POCKET

EXTRÊME URGENCE
L'HOMME TERMINAL
JURASSIC PARK
LE MONDE PERDU
SOLEIL LEVANT
TURBULENCES
PRISONNIERS DU TEMPS
LA PROIE
ÉTAT D'URGENCE
PIRATES
MICRO
AGENT TROUBLE

MICHAEL CRICHTON
alias John Lange

AGENT TROUBLE

roman

Traduit de l'anglais (États-Unis)
par Christine Bouchareine

**ROBERT
Laffont**

Titre original :

SCRATCH ONE

Pocket, une marque d'Univers Poche,
est un éditeur qui s'engage pour la préservation
de son environnement et qui utilise du papier fabriqué
à partir de bois provenant de forêts gérées
de manière responsable.

Le Code de la propriété intellectuelle n'autorisant, aux termes des paragraphes 2 et 3
de l'article L. 122-5, d'une part, que les « copies ou reproductions strictement
réservées à l'usage privé du copiste et non destinées à une utilisation collective » et,
d'autre part, sous réserve du nom de l'auteur et de la source, que les « analyses et les
courtes citations justifiées par le caractère critique, polémique, pédagogique, scienti-
fique ou d'information », toute représentation ou reproduction intégrale ou partielle,
faite sans le consentement de l'auteur ou de ses ayants droit ou ayants cause, est
illicite (article L. 122-4).
Cette représentation ou reproduction, par quelque procédé que ce soit, constituerait
donc une contrefaçon sanctionnée par les articles L. 335-2 et suivants du Code de la
propriété intellectuelle.

© John Lange, 1967
Traduction française : Éditions Robert Laffont, S.A., 2015

ISBN : 978-2-266-26952-0

1.

Lundi : principauté de Monaco

Un homme sportif au teint hâlé sortit du casino dans l'air frais de la nuit et dévala les marches. Déjà le voiturier ramenait sa Lamborghini rouge flambant neuve du parking. Victor Jenning en était fort satisfait : carrosserie Touring équipée d'un moteur V12 de 3,5 litres qui montait sans effort à 240 kilomètres à l'heure et couverte d'un hard-top, bien sûr. Jenning détestait foncer dans une décapotable, sauf en course. Il avait fait suffisamment de tonneaux pour apprécier une solide protection au-dessus de sa tête.

Le temps qu'il descende l'escalier, quelques badauds entouraient sa voiture. C'était normal : il n'en sortait que trois cents exemplaires par an depuis 1965, date à laquelle le vieux Ferruccio Lamborghini, qui avait fait fortune dans la construction de tracteurs et de brûleurs à mazout, avait installé son usine de production à quelques kilomètres de l'usine Ferrari de Maranello. Ce bijou rare lui avait coûté quatorze mille dollars.

Il se fraya un chemin entre les curieux et répondit à leurs questions en souriant d'un air las avant de se glisser derrière le volant. Tout blasé qu'il était, il éprouva une bouffée de fierté qui lui fit oublier, au moins momentanément, les dix mille dollars qu'il venait de perdre au baccara.

Il démarra et écouta gronder les deux pots d'échappement avec satisfaction. La foule s'écarta. Il se baissa pour allumer les phares et pesta quand ses essuie-glaces se mirent en marche. Merde ! Ça se voyait qu'il ne possédait ce bolide que depuis une semaine.

Au moment où il se penchait pour regarder les boutons, son pare-brise explosa.

Des cris montèrent de la foule. Quelqu'un poussa un hurlement strident. Un nouveau coup de feu retentit et Jenning, qui s'était instinctivement tassé sur son siège, sentit une douleur lui traverser l'épaule droite. Il alluma les phares, desserra le frein à main et se hâta de passer la marche arrière. Toujours baissé, il recula, tourna le volant à fond et disparut à toute vitesse dans la nuit. Fouetté par l'air qui entrait par le pare-brise, il se redressa et laissa échapper un juron.

Victor Jenning avait une certaine habitude des tentatives d'assassinat. Il en avait subi quatre au cours des deux dernières années. Aucune n'avait vraiment mis sa vie en danger, même si la deuxième lui avait laissé un léger boitement. Bizarrement, ces tentatives ne le perturbaient pas. Elles faisaient partie du jeu, des risques du métier. Mais il était furieux que sa voiture soit abîmée. Il lui faudrait attendre des semaines pour que son pare-brise soit correctement remplacé.

Il éprouvait une telle colère, tandis qu'il traversait les rues sombres de Monaco pour aller chez le médecin, qu'il ne lui vint pas à l'esprit que, s'il avait su faire fonctionner ses phares, il serait probablement mort.

Mardi : Le Caire, Égypte

L'un des deux Arabes tenait un pistolet.

— Ce ne sera plus long maintenant, remarqua-t-il d'une voix onctueuse.

Assis sur la banquette arrière du taxi, l'Européen fixa l'arme, puis l'Égyptien qui la tenait et la nuque du chauffeur qui leur faisait traverser à toute allure les rues sombres de la ville.

— Où m'emmenez-vous ? demanda-t-il dans un arabe teinté d'un fort accent français.

— À une réunion à laquelle votre présence est souhaitée.

— Alors pourquoi cette arme ?

— Pour nous assurer de… votre ponctualité.

Le Français se renfonça dans son siège et alluma une cigarette sans se départir de son calme. Cela faisait partie de son entraînement. Il s'était déjà trouvé dans des situations périlleuses et il avait toujours réussi à s'en sortir sain et sauf.

La voiture quitta la ville en direction du sud, vers le désert. C'était une nuit de mai, sans lune, froide et noire. Le Français distinguait à peine la silhouette des palmiers qui bordaient la route.

— Et qui dois-je rencontrer ?

L'Arabe laissa échapper un petit rire.

— Une vieille connaissance.

Ils roulèrent encore dix minutes.

— Arrête-toi là, ordonna l'Arabe au pistolet.

Le chauffeur quitta la chaussée et s'immobilisa sur le sable. Le Nil ne se trouvait qu'à cent ou deux cents mètres.

— Descendez ! ordonna l'Arabe avec un geste de son pistolet.

Le Français obéit et regarda autour de lui.

— Je ne vois personne.

— Un peu de patience. Il va arriver.

Il sortit de sa poche une paire de menottes qu'il tendit au chauffeur puis se tourna vers le Français.

— Je vous en prie, notre homme est un peu nerveux. Cela le rassurera.

— Je ne crois pas que…

L'Arabe secoua la tête.

— Pas de discussion, s'il vous plaît.

Le Français hésita puis il mit les mains derrière son dos et laissa le chauffeur lui passer les menottes.

L'Arabe au pistolet hocha la tête.

— Parfait. Maintenant, allons attendre au bord du fleuve.

Ils marchèrent en silence sur le sable. Personne ne parlait. Le Français était vraiment inquiet à présent. Il avait commis une erreur, il le sentait.

Tout se passa à la vitesse de l'éclair.

L'un des Arabes le fit trébucher et il s'étala par terre, le visage dans le sable. Des mains puissantes lui plaquèrent la nuque sur le sol pour l'empêcher de relever la tête. Les grains de sable s'insinuaient entre ses lèvres, ses paupières et dans son nez. Il se débattit en donnant des coups de pied, mais les deux Arabes le maintenaient fermement. Sa tête se mit à tourner, puis l'obscurité l'engloutit.

Les Arabes reculèrent.

— Quel crétin ! lâcha l'un d'eux.

Le chauffeur lui retira ses menottes. Les deux hommes attrapèrent le corps chacun par une jambe et le tirèrent jusqu'au fleuve. L'Arabe rengaina son pistolet et, du bout du pied, maintint le cadavre sous l'eau jusqu'à ce qu'il s'enfonce. Il remonterait plus tard à la surface, quand il se gonflerait et commencerait à se décomposer, mais ce ne serait pas avant plusieurs jours.

Quelques bulles crevèrent les eaux tranquilles puis, plus rien.

Vendredi : Estoril, Portugal

L'homme marchait face au soleil couchant pieds nus sur les rochers battus par les vagues de l'Atlantique. C'était un Américain, un petit agent consulaire détaché du bureau de Barcelone. Il avait appris son transfert à Nice à peine trois jours auparavant et avait décidé de profiter du temps qui lui restait pour se détendre. Habitué à ces déménagements, il n'avait guère de préparatifs à faire. Lisbonne lui avait paru l'endroit idéal pour cette petite escapade. Il y était venu pendant la guerre et avait adoré. En particulier, cette côte à l'ouest de la ville, au-delà de l'embouchure du Tage.

Il sourit et inspira profondément avant de chercher ses cigarettes dans ses poches. Sur sa droite, la corniche rocheuse qui surplombait la mer se terminait par une pinède. Sur sa gauche, les vagues frappaient la paroi déchiquetée. Il était seul, l'endroit était peu fréquenté le soir, si tôt dans la saison. Il se sentait détendu et purifié après l'agitation de Barcelone. Il enflamma l'allumette au creux de sa main et l'approcha de sa cigarette. Qu'allait-il bien pouvoir faire en France, où les cigarettes étaient si chères ?

Il entendit un bateau de pêche démarrer au large et écouta son *teuf teuf* décroître dans le lointain. Ce soir, il irait manger du homard dans un petit resto de Cascais. Puis il rentrerait à l'hôtel écrire à sa petite amie de Barcelone qu'il était brusquement muté et qu'il repartait aux États-Unis. Les Espagnols avaient l'habitude de ces soudains changements de poste du personnel diplomatique ; Maria le prendrait bien. Elle lui manquerait, bien sûr, mais il lui trouverait rapidement une remplaçante sur la Riviera. Bon sang, si on ne trouvait pas de fille là-bas, où en trouverait-on ?

Un claquement sec retentit derrière lui. Il ne l'entendit pas car, au même instant, la balle qui pénétra dans sa nuque pulvérisa l'occipital pour aller se loger profondément dans son cervelet. Il sentit juste une brève douleur avant de basculer sur les rochers en contrebas sur lesquels il se fracassa le nez et la mâchoire.

Deux hommes élégants en tenue de sport contemplèrent le corps d'un air satisfait. La marée montait. Dans une heure, ces rochers seraient submergés et le cadavre emporté au large. Du travail bien fait. Ils étaient contents.

2.

Samedi : Copenhague, Danemark

Le Norvégien Per Bjornstrand se présenta à l'hôtel Royal à quatre heures de l'après-midi et monta aussitôt dans sa chambre prendre une douche et se changer. Il était arrivé à Kastrup par un vol direct d'Oslo, mais le voyage l'avait éreinté : l'avion était parti en retard et avait été secoué par les turbulences pendant plus d'une heure.

Ces ablutions terminées, il se sentit ragaillardi et descendit dans le hall aussi moderne qu'élégant. Il se laissa tomber dans un des fauteuils œufs d'Arne Jacobsen et commanda un martini. Il avait pris cette mauvaise habitude de ses associés britanniques qui avaient dû la prendre eux-mêmes des Américains. Tant de coutumes venaient des États-Unis désormais. Il alluma une Lucky Strike filtre et regarda la jolie blonde debout derrière le comptoir de la réception. Elle lui parut assez distinguée avec ses cheveux relevés et ses pommettes hautes.

Ses affaires l'appelaient fréquemment à Copenhague et, chaque fois, Per Bjornstrand descendait au

Royal. Il aurait pu, bien sûr, séjourner chez sa belle-sœur à Hillerød, mais il prétendait que c'était trop loin du centre-ville. En fait, il détestait cette femme ennuyeuse qui ne pensait qu'à pondre des enfants. Et les filles de Copenhague étaient bien trop jolies pour qu'on leur passe à côté.

Il se rencogna dans son fauteuil qui l'enveloppait comme un cocon et tira sur sa cigarette tout en réfléchissant à son emploi du temps des deux prochains jours. Le lendemain, il serait relativement libre et pourrait déjeuner avec Jörgen, un vieux compagnon d'armes. Le lundi matin, il devait voir les transporteurs pour organiser le transfert des marchandises de Copenhague jusqu'à Marseille où elles seraient stockées. Il devrait bien sûr passer le lundi après-midi à chercher des cadeaux d'anniversaire de mariage pour sa femme. Les boutiques élégantes d'Amagertorv regorgeaient de choses qui lui plaisaient. Mais il faisait encore froid. Dehors, dans Hammerichsgade, le vent déchaîné projetait la pluie sur les vitres de l'hôtel. Et la perspective de faire du shopping ne réjouissait guère Per Bjornstrand, même dans deux jours.

Ses pensées furent interrompues par l'arrivée d'une autre fille, une grande brune aux membres fuselés, vêtue d'un trench bien ceinturé qui mettait en valeur ses jolies jambes et sa taille fine. Elle avait des yeux très bleus et un large sourire dont elle gratifia Bjornstrand au passage. Il lui sourit à son tour, laissa son regard s'attarder sur elle et remarqua qu'elle était seule. Très intéressant… Il se renseignerait sur elle un peu plus tard, à la réception, et l'appellerait pour lui proposer un verre. Il aurait été stupide de rester seul par une soirée froide et pluvieuse. Après tout, songea-t-il en inspirant profondément pour gonfler sa poitrine, il n'avait que quarante-cinq ans et il était encore assez viril et plutôt bel homme. Ça ne durerait pas toujours.

Il ramena à regret ses pensées sur ses affaires. Il était marchand d'armes et, à l'occasion, fabricant. Il disposait d'un surplus d'armes automatiques et d'armes légères que l'armée norvégienne avait vendues pour moderniser son équipement. Un client du sud de la France l'avait contacté. L'expédition devait être faite rapidement et il avait donc préféré venir régler en personne cette affaire aussi lucrative qu'agréable.

Le serveur lui apporta son martini ainsi qu'un bol d'amuse-gueules et lui tendit la note.

Il ajouta un pourboire et la signa.

— Votre numéro de chambre, s'il vous plaît.

Il le nota sur le papier. Le serveur repartit et Per Bjornstrand souleva son verre dont l'extérieur était givré à la perfection. Il but une gorgée. Le liquide était sec, agréablement froid. Il descendit dans sa gorge et lui enflamma l'estomac. Mais il le trouva amer... étrangement amer.

Un bref instant, il se demanda pourquoi. Puis une main géante lui broya les entrailles et l'asphyxia. Il toussa une fois, laissa échapper un gargouillement et tomba raide mort contre le dossier de son fauteuil.

Samedi : Paris, France

L'inspecteur Edgar Duvernet s'engagea derrière le médecin dans le couloir aseptisé. Comme il était petit,

15

il devait presque courir pour suivre les longues foulées de son guide et trouvait inconvenant pour un membre de la police de devoir ainsi se presser. Le médecin s'arrêta devant une porte et se retourna vers lui.

— Je vous préviens, il n'est pas beau à voir.

L'inspecteur crut discerner une pointe de condescendance dans sa voix comme si lui, Duvernet, ne supporterait pas ce qui l'attendait. Il renifla d'un air dédaigneux. Le médecin ouvrit la porte.

Le patient était seul, allongé sur le dos, un bras en extension sur une attelle, une perfusion dans l'autre. Duvernet ne distingua qu'une main gonflée, aux veines saillantes, et s'avança, rassuré.

Il aperçut alors le visage. Malgré le plâtre qui le recouvrait, une grande partie des joues et de la mâchoire restait visible. C'était horrible et Duvernet retint un cri. La peau avait la texture et la couleur d'un ballon de foot à moitié dégonflé. Les yeux entourés d'un cerne violacé disparaissaient sous les paupières tuméfiées, et une ligne de suture bien nette traversait son nez et faisait le tour d'un œil avant de redescendre le long de la joue.

— Vous auriez dû le voir avant, soupira le médecin.

— À ce point ! répondit Duvernet, les yeux rivés sur le patient.

Il ne se sentait pas encore le courage d'affronter le regard du médecin. *Mon Dieu*[1], on étouffait dans cette chambre ! Il se sentit brusquement nauséeux.

— Tout le côté droit de son visage était enfoncé avec l'œil droit presque sorti de son orbite, poursuivit

---

1. Les mots en italique sont dans leur langue originale dans le texte. *(N.d.T.)*

le médecin. Il se trouvait deux centimètres plus bas que l'autre quand on nous l'a amené. Il avait la mâchoire brisée, le nez écrasé, la lèvre supérieure salement déchirée en deux endroits et plusieurs dents en moins. Nous avons dû…

Duvernet se précipita vers une chaise d'un pas chancelant. Le médecin courut ouvrir la fenêtre et lui mit des sels sous le nez, devinant qu'il était nouveau dans le métier.

— Je ne veux pas vous ennuyer avec des détails techniques, s'excusa-t-il.

— Oh, non, au contraire, protesta Duvernet qui s'écarta d'un geste brusque de l'ammoniaque et dévisagea le médecin à la recherche d'un signe d'ironie.

À son grand soulagement, il n'en vit aucun.

C'était juste parce qu'il n'était pas encore endurci, se rassura-t-il. Ça irait mieux dans un mois ou deux.

— Comment va-t-il ? demanda-t-il, les yeux baissés.

— Il devrait s'en sortir, bien qu'il ait perdu beaucoup de sang. Notre grande crainte, c'est la méningite. Quand son nez s'est cassé, l'ethmoïde a été touché, et la dure-mère qui recouvre le cerveau s'est retrouvée ainsi exposée. Ce qui rend la situation d'autant plus critique que la résistance du patient est sérieusement diminuée. Vous avez une idée de ce qui lui est arrivé ?

Duvernet secoua la tête.

— Pas la moindre. Nous espérions qu'il pourrait nous le dire.

— Pas avant des semaines, je le crains. Nous avons dû lui visser la mâchoire et nous allons le maintenir un certain temps sous sédatif. Vous voulez savoir autre chose ?

— Dites-moi seulement où se trouve le téléphone le plus proche.

— À la réception, au bout du couloir. On peut appeler de là en cas d'urgence.

— *Bon. Merci.*

Duvernet se leva, serra la main du médecin et se rassit aussitôt en tremblant. Il resta un long moment à regarder les pieds du patient, puis sa perfusion et le tube qui descendait vers sa main. Il respira profondément et reprit peu après ses esprits.

La victime s'appelait Jean-Paul Revel. C'était un exportateur de Marseille, parfaitement réglo. Il était venu à Paris pour affaires, sa femme l'avait confirmé par téléphone. Il était arrivé par le train de 7 h 14 à la gare de Lyon. Comme il n'avait qu'une petite valise, il avait décidé de prendre le métro. Dieu sait comment, il avait perdu l'équilibre au moment où une rame arrivait. D'après les témoins, il avait battu des bras pour se rétablir et quelqu'un l'avait alors retenu par ses basques. Il s'en serait sorti sans une égratignure si le train n'était arrivé au même moment. Il lui avait percuté le haut du corps : l'homme s'était retrouvé avec la clavicule et deux côtes fracturées, et le visage enfoncé, qu'il avait fallu opérer immédiatement.

En temps normal, la police aurait patiemment attendu qu'il soit rétabli pour l'interroger. Mais les RG avaient appelé et Duvernet s'était retrouvé chargé de cette mission.

Il plongea la main dans sa poche, sortit son pistolet, retira la sécurité et le posa sur ses genoux. Il avait cinq heures à attendre avant la relève. Il regarda autour de lui dans l'espoir de trouver quelque chose à lire. Rien. Dehors, il pleuvait et les gouttes glaciales qui fouettaient la vitre brouillaient la vue des arbres parés de nouvelles feuilles.

Samedi : Nice, France

Le docteur Georges Liseau entra dans la pièce. Les cinq hommes, connus collectivement sous le nom d'Associés, se levèrent à l'arrivée de cet homme mince et élégant. Comme lui, la plupart possédaient un teint basané qui trahissait des origines algériennes. Un ou deux portaient des cicatrices de coups de couteau au visage mais, cela mis à part, ils avaient tous un air normal et respectable. Personne n'aurait deviné qu'il s'agissait d'agents arabes.

— Asseyez-vous, messieurs, nous ne sommes pas en conseil d'administration, commença le docteur Liseau d'un ton légèrement sarcastique.

Comme d'habitude, il prit place à la tête de la table et ne retira pas ses lunettes de soleil.

— Des explications ? demanda-t-il après avoir passé en revue les hommes assis autour de lui.

Seuls des bruits de chaises et des froissements de papier lui répondirent.

Liseau soupira.

— Nos résultats ne sont guère brillants. L'opération Jenning a été bâclée. Quant à la tentative d'assassinat à Paris, c'était du travail d'amateur. J'ai cru comprendre que l'homme allait s'en tirer avec à peine quelques cicatrices sur le visage. L'expédition des

19

armes ne sera sans doute pas retardée. Nous avons de gros progrès à faire côté efficacité.

Liseau se renfonça dans son siège et laissa ses paroles faire leur effet. Les cinq hommes contemplaient leurs mains. Qu'espéraient-ils ? Des félicitations ?

— Il est vrai que vos efforts à Lisbonne et à Copenhague ont été couronnés de succès mais, là encore, il y a trop d'erreurs à déplorer. Quelle idée d'utiliser de la strychnine pour Bjornstrand ! L'autopsie va sans doute révéler qu'il a été empoisonné. Il aurait mieux valu prendre de la gallamine.

À l'instar du curare, la gallamine était un puissant relaxant musculaire qui, pris à dose excessive, entraînait une telle détente des muscles que le patient ne pouvait plus respirer et tombait en état de choc. Mais l'intérêt, c'est que cela semblait naturel. On attribuait la mort à un infarctus ou à quelque autre accident vasculaire.

Liseau soupira de nouveau.

— Le temps presse, messieurs, et nous ne pouvons pas nous permettre d'autres cafouillages. Il y a deux faits nouveaux dont je voulais vous informer. Premièrement, l'exécuteur américain viendra comme prévu. Il a quitté New York hier et se trouve à présent à Londres. Il devrait être briefé par le chef parisien, un certain Amory. Nous savons que celui-ci est parti ce matin pour Londres. Le consulat attend l'arrivée de l'Américain demain matin à Nice. Il faut s'en occuper.

Liseau s'arrêta le temps d'allumer une cigarette.

— Deuxièmement, j'ai appelé en renfort un homme de l'extérieur qui, lui, ne commettra pas d'erreurs, j'espère. Il s'appelle Ernst Brauer.

La réaction fut immédiate. Les hommes relevèrent la tête, à la fois inquiets et consternés. Il y avait de quoi. Ernst Brauer avait la réputation d'opérer de grands nettoyages dans les organisations et de chasser les traîtres sans pitié.

— Ça ne vous fait pas plaisir ? demanda Liseau d'une voix mielleuse.

— Ce n'est pas ça, répondit l'Italien chauve avec de grands mouvements des mains. Mais ses activités à Berlin en 58 ont été très controversées…

Liseau balaya l'objection d'un geste impatient. Il avait des mains magnifiques, c'était la première chose qu'on remarquait chez lui. Il les mouvait avec grâce quand il parlait et avec habileté quand il tenait un bistouri. Il avait des doigts longs, forts et parfaitement manucurés.

— Vous êtes trop poli. Vous voulez dire qu'il travaillait sans doute aussi pour l'ennemi.

L'Italien haussa les épaules.

— C'est le bruit qui a couru.

— C'est la vérité. *Herr* Brauer ne s'intéresse qu'à l'argent. Et nous ferons en sorte qu'il soit amplement payé.

— Vous l'avez rencontré ? demanda un autre.

— Oui, mentit Liseau, convaincu qu'il valait mieux mettre ces hommes devant le *fait accompli*. Je l'ai vu hier.

— Du moment que vous êtes satisfait.

— Je le suis.

C'était une affirmation posée, mais catégorique. Le sujet était clos.

— Et le tueur américain ?

Liseau sourit.

— Il ne nous gênera pas, je vous assure. On lui réserve une petite réception. Il ne descendra jamais de son avion.

Si seulement je pouvais en être sûr, songea-t-il. Et comme j'aimerais savoir ce qui sera dit à cette réunion.

Il jeta un regard à sa montre et se leva. Il était presque l'heure de son rendez-vous avec Brauer.

Samedi : Londres

Ils se retrouvèrent pour dîner dans un salon privé à l'étage d'un restaurant derrière Tottenham Court Road. Amory, l'homme de Paris, arriva le premier et considéra Morgan d'un air faussement désinvolte quand il entra. Ils se serrèrent la main.

— Un verre ? proposa Amory.

— Avec plaisir, répondit Morgan. Un vermouth sec avec des glaçons.

Une boisson intéressante, songea Amory en passant la commande. Alcoolisée mais pas trop. Parfaitement adaptée à un homme dont le métier est de tuer.

— Cela risque d'être difficile, très difficile, reprit-il dès qu'ils furent seuls.

— Je m'y attends. Ce n'est jamais facile.

Son visage à la fois poupin et puéril lui donnait une apparence de chérubin – pas tant celle d'un ange, en réalité, que celle d'un satyre. Il arborait en permanence un air amusé désarmant qui rendait ses propos les plus terre à terre presque incongrus.

Il intriguait Amory. C'était rare, un tueur américain qui n'avait pas une allure de gangster. Il y avait quelque chose chez les Américains qui excluait la possibilité d'un meurtre calme et raffiné. Les Européens étaient plus doués et, dans son travail, Amory préférait avoir affaire à ces derniers.

— J'ai bien peur que ce briefing ne soit un peu long. C'est une affaire affreusement complexe. Que savez-vous exactement ?

— Seulement les grandes lignes. Une livraison d'armes que Washington souhaiterait voir aboutir et que d'autres voudraient empêcher.

Amory hocha la tête.

— J'aimerais que ce soit aussi simple. Il s'agit de fusils automatiques et d'armes légères qui ont été vendus aux enchères, il y a trois semaines, par l'armée norvégienne désireuse de renouveler son équipement. Le lot entier a été acheté par un certain Bjornstrand. Et je viens d'apprendre que ce dernier est mort il y a quatre heures à Copenhague.

Morgan ne parut pas étonné.

— Des détails ? Une autopsie ?

— Elle a lieu en ce moment même et nous tenterons d'obtenir les premières conclusions. Mais elles devront d'abord être transmises aux gouvernements norvégien et danois avant qu'on puisse mettre la main dessus. Il faudra bien compter quinze jours, à mon avis. C'est peut-être une mort naturelle. Elle a eu lieu au beau milieu de la réception de son hôtel. Sinon, on a là une opération très osée.

Ils se turent le temps qu'on leur serve leurs boissons. Amory sortit un petit carnet.

— Je ferais peut-être mieux de commencer par le commencement, reprit-il dès que le serveur disparut.

Je ne pouvais pas apporter le dossier, et je ne pourrai pas vous donner tous les détails, mais voilà le résumé de la situation. En mars dernier, le gouvernement israélien a contacté plusieurs personnes pour trouver des armes automatiques. Ce mouvement de panique a été provoqué par une fuite selon laquelle la Tchécoslovaquie venait d'en fournir une cargaison à l'Égypte et à la Syrie. À cette époque, en mars, on ne trouvait rien sur le marché. C'est alors que, comme par hasard, les Norvégiens ont décidé de moderniser leur équipement. Un accord a été établi par l'intermédiaire d'un certain Victor Jenning, un Américain qui vit à Monaco et qui fournit des armes à tout venant depuis des années. Il a approvisionné Sukarno, les Turcs et les Vénézuéliens. C'est un type étrange, uniquement un intermédiaire ; il ne possède aucun stock à lui, il se contente d'acheter et de revendre. Ses passions, ce sont la course automobile et les femmes. Il a été marié…

— J'ai entendu parler de lui.

— Hum. Quoi qu'il en soit, Jenning devait organiser le transport entre Copenhague et Marseille, et de là jusqu'en Israël. Tout ça en grand secret, par crainte de la fureur des Arabes s'ils venaient à l'apprendre. Au début, nous avons favorisé, officieusement, la transaction. Nous avons même apporté une partie du capital, avoua-t-il, un peu embarrassé.

Morgan but une gorgée de vermouth et alluma une cigarette.

— Mais là, ça se gâte, continua Amory après avoir consulté son carnet. Lundi soir, on a tenté d'assassiner Jenning. Mardi, la police égyptienne a repêché le corps d'un homme d'affaires français près du Caire. Ce type avait pour mission de découvrir si les Égyptiens nourrissaient des soupçons sur cette vente d'armes. C'était un de nos agents occasionnels.

Morgan savait ce que cela signifiait. Le Français avait accepté un boulot à haut risque.

— Ensuite, nous avons eu un coup dur à notre tour hier : nous devions transférer un homme de notre organisation à Nice pour nous aider. Il a été tué à Lisbonne. Pas de détails. Et maintenant que l'intermédiaire norvégien est mort à Copenhague, la situation se complique. Il y a pire. Ce matin, j'ai reçu un message paniqué de Washington. Il paraît qu'une délégation de l'Agence internationale de l'énergie atomique a visité le nouveau réacteur israélien, celui que nous aidons à construire, le seul du Moyen-Orient. Il devait s'agir d'un réacteur de recherche. Mais il a été modifié pour fabriquer du plutonium.

— Je ne vous suis pas.

— C'est à la fois très simple et très grave. Le réacteur israélien produit à tour de bras la matière première d'une bombe atomique.

— Je vois. Et les Arabes ne possèdent pas de réacteur ?

— Non, il n'en existe que soixante-huit dans le monde, répartis entre dix pays seulement. Les États-Unis en possèdent le plus grand nombre, vingt-quatre ; la Russie en a onze. Mais il ne faut pas s'inquiéter des gros pays. Ce sont les petits qui nous donnent des sueurs froides.

— Vous croyez vraiment qu'Israël fabrique une bombe ?

— Tout le monde en est persuadé. Ils vont certainement avoir du mal à trouver un site d'essais. Mais ils y parviendront tôt ou tard, c'est bien le problème.

— Et les Arabes sont mécontents ?

— C'est le moins qu'on puisse dire. Mettez-vous à leur place. Ils voient qu'on a aidé Israël à financer un réacteur. Nous avons beau prétendre ignorer qu'ils voulaient s'en servir pour construire une bombe, comment voulez-vous qu'ils nous croient ? Maintenant, ils entendent parler d'une expédition massive d'armes. Leur panique et leur suspicion pourraient très bien déclencher une guerre.

— Qu'est-ce que Washington veut faire ?

Amory leva les bras au ciel de colère.

— On est dans la merde ! Washington est impliqué dans ce transport d'armes. Si nous reculons, nous aurons l'air de laisser tomber notre allié Israël. Et si nous poursuivons, on nous accusera de participer à un complot contre le monde arabe. Washington a décidé de maintenir l'expédition quoi qu'il arrive et d'essayer de mettre les Arabes devant le fait accompli puisqu'ils n'ont pas officiellement annoncé qu'ils étaient au courant. En fait, ils ne semblent pas décidés à le faire, ils préfèrent empêcher la livraison par des moyens détournés. Ils ont un groupe à Nice qui s'y emploie. Nous devons démanteler ce groupe.

— Des Arabes ?

— À Nice ? Non, des Français originaires d'Algérie, je pense. Des professionnels. Leur chef est chirurgien.

— Il est malin ?

— Très malin.

— Vous voulez qu'on le descende ?

— Oui.

— Et les autres ?

26

— Si possible, répondit Amory en lui tendant un paquet. Voici votre dossier sur les Associés, c'est le nom de ce groupe. Il contient des photos. C'est tout ce dont vous devriez avoir besoin.

Morgan ne l'ouvrit pas.

— Ils sont au courant de ma venue ? s'enquit-il.

Amory croisa les mains et les posa sur ses genoux avec un sourire grave.

— Si seulement je le savais !

Samedi : Nice

Liseau examinait son visiteur derrière ses lunettes de soleil. Dieu qu'il est laid ! pensa-t-il. Il ressemble à un cochon avec son visage rond, son nez retroussé et ses petits yeux plissés et rapprochés.

— Vous avez des références exceptionnelles, remarqua-t-il.

Il prit un bistouri sur son bureau. En tant que chirurgien, il révérait cet instrument. Il aimait le tenir entre ses mains, jouer avec, sentir son tranchant. Il observa l'homme au visage porcin. Ernst Brauer ne broncha pas, mais il ne quittait pas le bistouri des yeux.

— Vous avez les nerfs solides, espèce de porc, *deutsches Schwein.*

L'Allemand ne réagit pas davantage. Rien ne semblait le surprendre, pas même les insultes. Cette grosse machine à tuer blonde semblait totalement impassible. Le chirurgien considéra ses épaules et ses avant-bras noueux, ses cuisses et ses mollets saillants. On le

27

sentait fort et résistant. Si, en plus, il était discipliné, Liseau tenait peut-être enfin l'homme idéal.

— Vous parlez plusieurs langues ?

— Le français, l'anglais, l'espagnol et l'allemand.

Liseau sourit légèrement et sortit une cigarette d'un coffret marqueté. Il n'en offrit pas à Brauer et n'alluma pas non plus la sienne. Il attendait.

— Y a-t-il quelque chose que vous ne faites pas ?

— Oui. Je ne lèche jamais le cul de mon employeur.

— C'est très sage.

Liseau alluma sa cigarette.

Donc son insulte l'avait touché, finalement. Cet homme avait des limites, un point au-delà duquel il ne supportait pas qu'on le maltraite. C'était rassurant. Liseau ne voulait pas avoir un automate dénué de sentiment auprès de lui. Le détachement et l'efficacité devaient laisser un peu de place à la passion.

— Vous savez tenir votre langue ?

— Pas trop mal, grommela l'Allemand.

Quand il grogne, il a vraiment tout d'un porc, songea une fois de plus le chirurgien.

Il se leva de derrière son bureau, aussi mince et brun que son interlocuteur était massif et blond.

— Parfait. Je pense que nous allons nous entendre.

Ernst Brauer hocha la tête. Il savait que Liseau le considérait comme un animal. Comme la plupart des gens. Brauer s'était habitué depuis longtemps aux réactions que suscitait son apparence physique. Mais les informations qu'il avait récoltées sur Liseau le perturbaient.

En apparence, c'était un homme élégant, imperturbable et méticuleux, qui calculait tous ses gestes et surveillait la moindre de ses paroles. Il donnait l'impression d'un homme qui ne commettait aucune erreur, une grande qualité pour un chirurgien.

Mais Brauer connaissait à son sujet des détails moins élégants et carrément scabreux. Il était né à Alger d'un médecin français et d'une beauté algérienne, ce qui expliquait sa peau sombre et son visage austère. On disait que pendant la guerre d'Algérie, il avait torturé pour le compte de l'OAS. Et Brauer détestait la torture. Cet être brutal trouvait cela répugnant. Il était prêt à tuer un homme si on le payait suffisamment, mais il n'accepterait en aucun cas de prolonger son agonie. Il s'appliquait à être rapide et efficace. Ce n'était pas un sadique, et pourtant Dieu sait s'il en avait l'air !

Lui, par contre, est vraiment dangereux, songeait-il tout en souriant affablement à Liseau. Il ne s'emporte jamais, ne parle jamais fort, ne perd jamais la tête. C'est le résultat de son entraînement couplé à une prédisposition naturelle. Il est comme un cobra, hautain et indifférent, capable de frapper avec une précision fulgurante. Je suis sûr qu'il se méfie de moi. Nous sommes trop différents.

— Mais vous ne ferez aucune objection, j'espère, à une petite démonstration de confiance ? demanda Liseau.

Brauer haussa les épaules, un geste énorme pour lui. Il écoutait à peine la conversation : il se demandait pourquoi Liseau ne quittait pas ses lunettes noires. Peut-être avait-il les yeux fragiles. À moins qu'il ne s'agisse d'une astuce pour déstabiliser ses interlocuteurs ou détourner leur attention. Il devait reconnaître que c'était efficace.

— Bien, poursuivit Liseau. Il s'agit d'un certain Revel qui se trouve à l'hôpital à Paris. Peu m'importe la façon dont vous procéderez du moment que vous ne vous faites pas prendre. Voulez-vous qu'on passe aux détails ?

— D'accord.

Liseau se rassit et lui offrit enfin une cigarette.

3.

Dimanche : Paris

Il était trois heures du matin et la plupart des lampes du couloir de l'hôpital étaient éteintes. Brauer avançait silencieusement sur ses semelles de crêpe. Par les portes des chambres grandes ouvertes, il apercevait à la lueur des veilleuses les patients dont seuls les ronflements et les sifflements troublaient le silence.

Il arriva à l'unique porte qui était fermée. Ce devait être la chambre de Revel. Mais était-il seul ? Brauer colla son oreille contre le battant. Il entendit le craquement d'une allumette et un frottement de pieds qui changeaient de position.

Donc Revel était gardé.

Il prit le Luger 9 mm qu'il portait à la ceinture. C'était un pistolet qu'il appréciait en dépit de son poids et de la difficulté de s'approvisionner en munitions. Il n'utilisait que les cartouches spéciales appelées Parabellum, jamais les autres. Et bien sûr, on n'en fabriquait plus depuis 1942, date à laquelle

31

l'armée allemande avait adopté le Walther P38. Mais il y était attaché et, atout majeur, jamais le Luger ne l'avait laissé tomber – ce n'était pas rien.

Brauer n'utilisait jamais de silencieux. Pour être efficaces, ils devaient être d'une taille qui détruisait l'équilibre de l'arme. Ils représentaient une perte de temps et une précaution superflue. Si peu de gens connaissaient le son d'un coup de feu qu'il était rare qu'ils l'associent à une détonation. Il avait souvent tiré dans des maisons et des hôtels au cœur de la nuit sans susciter la moindre plainte ni la moindre enquête.

Cependant, dans un hôpital, cela pouvait avoir un effet différent. L'infirmière pourrait attribuer ce bruit retentissant à la chute d'un patient de son lit. Il ne se servirait donc du Luger qu'en dernier recours.

Il écouta de nouveau à la porte pour essayer de situer le garde. Se trouvait-il sur sa droite ou sur sa gauche ? Impossible de le savoir. Il n'entendait rien.

Avec la sécurité toujours en place, il prit son Luger de la main gauche tandis que de la droite il ouvrait la porte à toute volée.

Il embrassa la pièce d'un regard rapide. Il vit un homme insignifiant assis sur une chaise, un pistolet sur les genoux, et le frappa brutalement au visage du canon de son Luger. L'homme s'effondra avec un grognement. Brauer le remit debout, lui décocha un coup de poing dans le ventre et le laissa retomber comme un vieux chiffon.

Revel était couché sur le dos. Il n'avait pas bougé, il devait être sous sédatif. Tant mieux. Brauer plaça ses doigts de chaque côté de sa trachée, à la recherche du battement des carotides. Puis il les pressa de toutes ses forces, ce qui aurait pour double effet d'arrêter l'alimentation en sang du cerveau et de ralentir les battements de son cœur. Ernst Brauer s'y connaissait pas mal en anatomie et en médecine, cela faisait partie de son boulot. Il savait qu'il devait comprimer les artères pendant un moment pour être sûr du résultat. Dans cinq minutes, si Revel vivait encore, son cerveau serait tellement endommagé qu'il ne pourrait sans doute plus prononcer un seul mot cohérent de sa vie.

Revel bougea. Brauer posa la main sur sa bouche et tourna un œil inquiet vers la porte. Une infirmière pouvait entrer à tout instant faire sa ronde.

Mais personne ne vint. Et personne ne vit Ernst Brauer repartir en silence six minutes plus tard et se fondre dans la nuit.

Dimanche : Londres

Le téléphone sonna. Morgan ne bougea pas, mais il ouvrit grand les yeux. Il se réveillait toujours ainsi, aussitôt en alerte, tel un chat. Ses yeux balayèrent la pièce prudemment puis il s'assit pour répondre. C'était sans doute la réception qui le réveillait pour son vol.

— Monsieur Morgan ? Un appel longue distance de Paris. Ne quittez pas, s'il vous plaît.

C'était une surprise. Il attendit impatiemment.

— Allô, Morgan ? Amory au bout du fil, annonça son interlocuteur d'une voix lasse et déprimée. J'ai bien peur de ne pas pouvoir m'occuper de vous aujourd'hui, alors vous feriez mieux de ne pas venir. Un de mes bons amis de Marseille a été tué la nuit dernière sur son lit d'hôpital. Une affaire étrange… Je dois m'en occuper en qualité d'ami de la famille. Nous pouvons peut-être reporter nos projets ?

— Je pense. Quelle effroyable nouvelle, murmura Morgan en allumant une cigarette. Que suggérez-vous ?

— Eh bien, je vous propose de faire ce que nous avons prévu dans un jour ou deux. Disons dans vingt-quatre heures. Je vous rappelle si c'est encore retardé. D'accord ?

— D'accord. Désolé pour vous.

— Oui, c'est une sale histoire.

Une fois qu'Amory eut raccroché, Morgan se rallongea sur son lit et finit sa cigarette en contemplant le plafond. Puis il se leva, se doucha et se rasa avant d'appeler Air France afin d'annuler son vol pour Nice.

Au deuxième étage du même hôtel, le téléphone sonna. Guidé par le son, Roger Carr chercha l'appareil à tâtons et sa main se referma sur un sein ferme. Surpris, il ouvrit les yeux.

— Aïe, gémit la fille à côté de lui. Non mais ça va pas !

Carr grogna. Le téléphone continuait à sonner. Il le chercha des yeux, à moitié endormi, et l'aperçut enfin sur la table de nuit.

— Désolé, marmonna-t-il avant de décrocher.

— Il est neuf heures, monsieur Carr.

— Très bien.

Il raccrocha.

— Tu trouves ça drôle ?

— Je ne l'ai pas fait exprès.

34

Il se frotta les yeux, il se sentait complètement vanné.

— Tu parles d'un réveil !

Elle se frictionna doucement le sein. Elle était bien foutue, songea-t-il en la regardant, assise nue dans le lit, le drap baissé jusqu'à la taille. Mais d'où diable sortait-elle ?

Soudain la mémoire lui revint. Le Green Dragon. C'était la fille à l'air distant en pull moulant et en bottes noires. Elle lui avait souri et il l'avait draguée. Ou était-ce l'inverse ? Impossible de s'en souvenir.

Il se leva avec précaution et se traîna jusqu'à la salle de bains. Une fois sous la douche, il ouvrit le robinet d'eau froide. Cela le réveillerait. Et ce serait plus efficace pour dissiper sa gueule de bois. Il frissonna et laissa échapper un soupir.

Dans une heure et demie il serait dans l'avion d'Air France pour Nice. Il avait hâte de retrouver le soleil de la Riviera. Il en avait assez de Londres.

Roger Carr venait d'y passer vingt-quatre heures afin de régler une affaire mineure pour son cabinet d'avocats, Harrison, Bentley et Reed. Carr ne traitait que des affaires mineures. En fait, il n'aurait jamais été engagé sans ses relations. Mais Roger Carr en possédait d'excellentes.

En premier, il y avait son père, le distingué sénateur Carr. Il avait été associé du cabinet Harrison, Bentley et Reed pendant des années avant de se présenter au Sénat à l'âge de cinquante-neuf ans. Le cabinet avait gardé son fils en souvenir ; les associés considéraient le salaire de Carr junior comme des frais professionnels, rien de plus.

Il y avait ensuite le gouverneur, l'un des plus gros clients du cabinet. Il s'entendait à merveille avec Roger. Les deux hommes avaient fait connaissance par hasard un après-midi où Carr lui avait apporté des papiers. Ils avaient sympathisé aussitôt et, depuis, une solide amitié les unissait. Le gouverneur clamait que tous les avocats l'ennuyaient à mourir. Roger était l'exception. Ce noceur au visage angélique lui rappelait sa jeunesse turbulente.

Voilà pourquoi, quand il avait fallu envoyer un avocat dans le sud de la France lui acheter une villa, Roger Carr avait été choisi d'office.

— Tu as bon goût, lui avait déclaré le gouverneur en mâchonnant son havane. Je veux quelque chose de stylé. Prends ton temps. Quatre semaines, six, s'il le faut. Et fais en sorte de ne pas perdre toute ton énergie à travailler pour moi.

— J'exécuterai vos instructions à la lettre, avait répondu Carr.

Et il avait bien l'intention de le faire.

Il sourit à son reflet dans la glace tandis qu'il se rasait. C'était un homme séduisant et sympathique, à la fois intelligent et perspicace. Il aimait son travail, si on pouvait l'appeler ainsi, et attribuait son échec à progresser dans le cabinet au profond ennui que lui inspirait le droit. Ce sentiment l'accablait depuis qu'il avait obtenu son diplôme, dernier de sa promo, à la faculté de droit d'Harvard. Il détestait l'étroitesse d'esprit, les week-ends dans le Connecticut, les bretelles et les gilets. Hélas, ceux-ci étaient *de rigueur* dans sa profession et il les supportait de mauvaise grâce.

Ses amis le poussaient constamment « à se prendre en main », « à faire quelque chose de sa vie ». Il trouvait leur sollicitude embarrassante et préférait renoncer à un bel avenir s'il fallait porter des bretelles ou s'éclaircir la gorge d'un air docte chaque fois qu'il croisait un client. Il était persuadé qu'il y avait d'autres façons de réussir, d'autres motivations. Et qu'il finirait par trouver sa voie.

Il prit un taxi de bonne heure et arriva au terminal de Cromwell Road une demi-heure avant son vol. Il descendit, confia ses bagages à un porteur et franchit les portes automatiques.

Ce terminal était déprimant, mais la vue de l'hôtesse au comptoir d'Air France le réconforta aussitôt. Il lui tendit son billet et son passeport, et elle se plongea dans une pile de papiers à la recherche de son nom. Carr se pencha sur le comptoir pour essayer d'apercevoir ses jambes.

Elle se redressa, il fit de même.

— Très bien, monsieur, dit-elle, son anglais teinté d'un léger accent. Le bus partira pour l'aéroport dans vingt minutes. Avez-vous des bagages à enregistrer ?

— Oui, répondit-il, et il s'aperçut alors que son porteur n'était pas derrière lui. Ils arrivent.

— Très bien. Je vais déjà remplir votre carte d'embarquement.

Elle feuilleta son passeport et regarda la date du tampon d'entrée.

— Vous n'êtes arrivé en Angleterre qu'hier ?

— C'est exact.

Elle griffonna une carte jaune.

— Vol 703 pour Nice. Vous devez signer ici.

Carr prit la carte et le stylo qu'elle lui tendait et signa. Il glissa ensuite la carte dans son portefeuille et ils se dévisagèrent.

Toujours aucun signe du porteur.

— Je suis sûre qu'il ne va pas tarder, affirma l'hôtesse en écho à ses pensées. Le bâtiment est tout neuf et il leur arrive de se perdre.

— Je comprends. Une cigarette ? proposa-t-il en cherchant son paquet.

— Non merci.

Elle avait un joli sourire.

Carr alluma sa cigarette, souffla la fumée vers le plafond et regarda sa montre. Cinq minutes s'étaient écoulées depuis son arrivée.

— Je devrais peut-être aller…

— Non, non. Il vaut mieux l'attendre ici.

— D'accord.

Il mit la main dans sa poche et tripota ses clés. Inutile de s'impatienter. La fille lui sourit et il fit de même. Il se demanda s'il avait fermé sa valise à clé ; il le pensait sans en être tout à fait sûr.

Le porteur arriva enfin, très ennuyé.

— Ah, vous voilà, monsieur ! J'avais mal compris. J'ai cru que vous m'aviez dit le comptoir BEA. Excusez-moi, monsieur. C'est à cause de l'accent.

Il s'empêtrait dans ses excuses et posa la valise sur la balance sans croiser son regard. Carr, magnanime, lui donna cinq shillings. Il songea alors que si cet incident lui était arrivé à New York, il aurait incendié le porteur.

L'homme rougit, porta la main à sa casquette et disparut.

— Vingt kilos exactement, annonça l'hôtesse.

Elle mit une étiquette autour de la poignée. Carr descendit prendre son bus avec une impression étrange. Il aurait juré que sa valise ne pesait pas si lourd quand il l'avait enregistrée à New York, la veille. Mais il n'en était pas certain. Et quelle importance ? Il haussa les épaules et s'arrêta à la boutique pour acheter un livre de poche. Il voulait quelque chose de léger et distrayant, rien de sérieux.

Surpris par une turbulence, le pilote du vol Air France 703 renversa son café sur son pantalon et laissa échapper un juron qui couvrit un message en provenance d'Heathrow relayé par le contrôle d'Orly. La communication était mauvaise. Le commandant se tourna vers son pilote pour lui dire de la fermer et demanda à Orly de répéter.

Aussitôt en alerte, le reste de l'équipage mit son casque et écouta, le visage soudain grave. Le commandant se mit à transpirer.

— Quelle est votre heure estimée d'arrivée à Nice ? poursuivit Orly avec un calme exaspérant.

— On s'en fout de l'heure ! Londres vous a confirmé ce message ?

— Affirmatif. Quelle est votre heure estimée d'arrivée ?

Furieux, le commandant se tourna vers son pilote. Bizarrement, il se sentit rassuré de le voir transpirer à grosses gouttes lui aussi.

— Quand débuterons-nous l'approche ?

Il s'aperçut qu'il ne s'adressait pas à la bonne personne et se sentit stupide quand le navigateur derrière lui répondit :

— Nous avons dépassé Lyon depuis deux minutes. Et nous commencerons notre descente sur Nice dans trois minutes.

Le commandant acquiesça tristement. Il n'y avait pas d'autre décision à prendre, pas d'alternative. Opter pour un atterrissage en urgence à Lyon prendrait trop de temps et Marseille était trop loin.

— *Merde !* On doit y aller, lâcha-t-il.

Le pilote frottait méticuleusement la tache sur son pantalon avec un mouchoir. Ses doigts tremblaient.

Le commandant comprenait sa réaction. S'occuper des détails, c'était une façon d'agir normalement, comme si de rien n'était.

— Appelle le contrôle de Nice et fais venir Adrienne.

Adrienne était une hôtesse très sexy d'un calme iné-branlable. Elle n'allait pas s'effondrer, du moins l'es-pérait-il.

Il eut soudain une vision : tout explosait en mille morceaux. Il secoua la tête pour chasser ce cauchemar.

Adrienne remonta l'allée pour vérifier que les pas-sagers étaient bien attachés et qu'ils avaient éteint leur cigarette. Certes, son sourire était figé, mais personne ne parut le remarquer.

— Nous sommes en avance sur notre horaire, dit un homme en regardant sa montre. Quelle bonne surprise !

Adrienne opina sans rien dire. La cabine venait de s'incliner brusquement tandis que la Caravelle débutait sa descente. À travers le hublot, elle aperçut l'eau bleue et l'arrondi des six kilomètres de la plage de

Nice. La vue familière des immeubles blancs qui longeaient le bord de mer avait quelque chose de rassurant.

Un petit Américain au visage constellé de taches de rousseur la tira par la manche.

— Vous ne distribuez pas de chewing-gums ? Je voudrais un chewing-gum ou un bonbon.

— Non, je suis désolée.

Comment aurait-elle pu penser aux bonbons à un moment pareil ?

— On nous en donne toujours à l'atterrissage, insista-t-il.

Elle devait avancer pour s'occuper des autres passagers.

— Nous n'en avons plus, répondit-elle le regard fixé sur l'avant de l'avion alors qu'il la tenait toujours par son uniforme Dior.

— Vous êtes méchante !

— Je suis désolée.

— C'est pas vrai !

Il la lâcha enfin et elle se dirigea vers une grosse femme âgée qui continuait à fumer. Elle lui demanda en anglais d'éteindre sa cigarette. La femme lui répondit, vexée, en français. Mais elle obéit.

Roger Carr avait dormi pendant presque tout le vol. Il fut réveillé par une main sur sa ceinture et vit une très jolie fille penchée sur lui. Quel service ! songeat-il.

L'avion descendait. Ils devaient atterrir. Il s'aperçut alors que l'hôtesse se contentait de resserrer sa ceinture. Tant pis.

Elle la serra un peu fort, presque douloureusement. Il tressaillit et fit un geste pour la desserrer.

— C'est pour votre bien.

Il remarqua alors combien elle était nerveuse. Sans doute son premier vol. Mais si ça lui faisait plaisir… Il laissa la ceinture telle quelle et regarda l'hôtesse se diriger vers l'avant, en balançant les hanches d'une façon légèrement suggestive. Les filles deviennent-elles plus sexy quand elles ont peur ? s'interrogea-t-il.

Quelques instants plus tard, les roues touchèrent la piste dans un crissement de pneus. C'était un atterrissage bâclé et brutal, très peu professionnel. S'il avait été une vieille dame, il aurait eu peur.

Dès que l'avion s'arrêta, l'hôtesse se leva et s'avança dans l'allée.

— Évacuez vite l'appareil, s'il vous plaît. Il n'y a aucune raison de s'inquiéter, mais vous êtes priés de laisser vos sacs et vos manteaux dans l'avion.

Carr vit la lumière du jour derrière elle. Ils avaient déjà abaissé l'escalier arrière. Quelle rapidité surprenante ! Il regarda par le hublot et s'aperçut que l'avion était immobilisé sur la piste, à un bon kilomètre de l'aérogare.

— On s'arrête là ? demanda un Anglais visiblement agacé.

— Tout le monde dehors, s'il vous plaît. Par ici. Vous retrouverez vos affaires plus tard au service bagages, s'impatienta l'hôtesse dont la voix montait dans les aigus.

— Que se passe-t-il ? demanda une passagère. Il y a un problème ?

— Tout le monde dehors ! Par l'arrière, s'il vous plaît. Dépêchez-vous, dépêchez-vous !

Déconcertés et nerveux, les passagers commencèrent à descendre. Carr étant assis dans le fond, il fut un des premiers à poser le pied sur le tarmac. Il vit les bus qui devaient conduire les passagers à l'aérogare garés à plusieurs centaines de mètres. Pourquoi n'étaient-ils pas plus près ?

— Par ici, s'il vous plaît, avancez, plus vite ! criait un homme en uniforme, visiblement nerveux, en montrant les bus.

Mais pourquoi les bus ne se rapprochaient-ils pas ? Qu'est-ce que c'était que ce cirque ?

Carr aperçut alors le camion des pompiers qui fonçait vers eux. Les autres passagers le virent aussi. Comprenant soudain l'urgence de la situation, certains se mirent à courir vers les bus. Carr, percevant vaguement un danger, les imita.

Une formidable explosion retentit alors derrière lui et il se retrouva plaqué au sol par un souffle brûlant. Il se releva, sonné, et se retourna : la queue de l'avion disparaissait derrière un rideau de flammes et une épaisse fumée noire. Suivirent un grondement étouffé, un nouveau nuage de fumée, puis des cris et des sirènes. Des hommes en combinaisons d'amiante blanches apparurent. Carr fut poussé dans une camionnette par un responsable de l'aéroport affolé. Il regarda autour de lui et vit que nombre de ses compagnons de voyage avaient les cheveux et les sourcils roussis et certains étaient même salement blessés. Un homme était enroulé dans une couverture, inconscient. Des gens essayaient de lui mettre les pieds en hauteur.

Pendant que la camionnette fonçait vers l'aéroport, personne ne dit mot, sauf le petit garçon aux taches de rousseur qui regardait le feu, le nez écrasé contre la vitre, pétrifié d'admiration.

— Waouh ! Waouh !

4.

Dans une petite salle sans fenêtre de l'aéroport de Nice, cinq policiers vérifiaient les passeports de toutes les personnes présentes sur le vol 703, y compris ceux de l'équipage. C'était un long et fastidieux contrôle. La plupart des passagers étaient des vacanciers britanniques. Il y avait une poignée d'hommes d'affaires français et quelques citoyens hollandais, allemands et américains. En majorité des hommes et tous au-dessus de tout soupçon.

Un policier, assis dans un angle, effectuait un contrôle de routine sur un passeport américain. Il chercha d'abord des signes de falsification tels qu'une modification des chiffres perforés (la plus courante consistait à changer un 9 ou un 6 en 8). Il s'assura ensuite qu'il n'y avait pas de page substituée ou manquante. Puis il consulta ses listes. Le D099177 ne présentait aucun problème en ce qui le concernait, mais il transmit ce numéro par ligne télex directe à Paris pour voir s'ils avaient quelque chose et poursuivit son examen.

Roger Alan Carr, né à New York, États-Unis, le 23 octobre 1928. Taille : un mètre quatre-vingt-deux ; cheveux bruns, yeux marron. Passeport délivré le 4 avril 1964. La photo montrait un homme à l'allure juvénile qui semblait amusé. Le policier sourit en regardant la photo, puis il fronça les sourcils. Ce visage lui disait quelque chose.

— Henri !

Son voisin se pencha vers lui.

— Tu le reconnais ?

Il fronça les sourcils.

— Je ne suis pas sûr. Ce serait lui ?

Pour répondre à sa propre question, le second policier feuilleta le passeport et examina les tampons. Il n'y avait pas grand-chose. Des entrées et sorties d'Angleterre, un cachet d'Orly d'un voyage précédent, le 6 juin 1964. Des tampons grecs illisibles pour lui, un autre au départ de Rome, le 15 juillet 1964. Pas d'entrée en Italie ni de sortie de France, ce qui signifiait qu'il avait dû passer la frontière en voiture. Il vérifia la dernière page pour s'assurer que M. Carr était bien entré en Grèce au volant d'une automobile en 1964. Le cachet des douanes grecques s'y trouvait effectivement.

Cela ne correspondait guère au passeport d'un agent secret. Il n'y avait rien en dehors de la photo.

— La ressemblance est frappante. Qu'est-ce que Paris a répondu pour le numéro ?

Le premier policier consulta le télex qui débitait des feuilles avec les numéros des passeports acceptés.

— C'est bon.

L'autre haussa les épaules.

— Ce n'est qu'une simple similitude. Tous les Américains se ressemblent. Il sourit trop, ajouta-t-il d'un ton critique. Il doit coucher avec la femme de son patron.

Quelques rires gras résonnèrent autour de lui. Il jeta le passeport sur la pile de ceux qui avaient passé l'inspection.

Roger Carr avait l'impression que cela durait depuis des heures. L'interrogatoire de la police, les formulaires à remplir, la déclaration des pertes, les demandes d'indemnités, les questions des journalistes et l'obséquiosité des représentants de la compagnie aérienne aux visages livides. Toute cette procédure lui rappelait son incorporation dans l'armée et ce n'était pas une expérience dont il gardait un bon souvenir.

Des commentaires et des rumeurs échangés par les passagers regroupés avec lui, il déduisit qu'une bombe avait été placée dans l'avion. Une femme furieuse clamait que les pilotes le savaient et qu'ils avaient néanmoins poursuivi le vol. C'était absolument criminel et elle avait bien l'intention d'intenter un procès. En tout cas, c'était la dernière fois qu'elle prenait une compagnie européenne, ça, elle pouvait vous l'assurer. Carr l'écouta sans rien dire. Toute cette histoire le laissait étrangement passif. Il n'éprouvait qu'une vague curiosité. Et surtout une irrépressible envie de boire quelque chose. Il était presque quatre heures de l'après-midi quand il fut libéré par le dernier flic et autorisé à franchir les larges portes vitrées au-dessus desquelles était écrit : « Bienvenue à Nice, capitale de la Côte d'Azur ».

Deux hommes se prélassaient dans les confortables fauteuils de cuir près des portes d'entrée de l'aéroport. Ils étaient là depuis longtemps à lire des magazines, sans échanger un mot. Personne ne leur accordait la moindre attention, car ils étaient bien habillés et discrets. Un porteur aurait pu remarquer qu'ils ne s'intéressaient pas à l'explosion du vol 703. En fait, ils étaient d'un tel calme qu'on aurait dit qu'ils s'y attendaient.

Le premier était très laid, lourdement bâti, les cheveux blonds, le teint rougeaud, habillé avec un soin méticuleux. Il avait l'allure d'un homme d'affaires allemand, efficace, réservé et vraiment sûr de lui. Il lisait un exemplaire du *Spiegel*.

L'autre, mince, sombre de peau, était vêtu d'un costume bleu marine et avait gardé ses lunettes de soleil, même pour lire *Réalités*. Il correspondait bien au lecteur type de ce genre de magazine, capable de s'offrir des œuvres d'art et autres fantaisies fort coûteuses, bref un homme très aisé qui menait une vie à la fois intellectuelle et mondaine.

À l'occasion, quand un passager quittait l'aéroport, ils s'interrogeaient du regard. L'un des deux haussait les épaules et ils reprenaient leur lecture.

Alors qu'il allumait une cigarette, Liseau, le brun, s'aperçut qu'il était fatigué. Brauer l'épatait : l'Allemand avait fait un aller-retour à Paris la veille pour tuer un homme. Il n'avait dû prendre que deux ou trois heures de sommeil et pourtant il était à présent alerte et bien réveillé. Ce type avait une résistance incroyable. Alors que lui peinait à lire un article sur la villa de la comtesse Barsini qui venait d'être refaite.

48

Sa matinée avait commencé par une terrible contrariété. La bombe n'avait pas fonctionné. Leurs agents de Londres avaient foiré lamentablement. Il l'avait appris alors qu'il attendait assis à cette même place et avait dû faire un gros effort pour cacher sa colère. Puis, à la réflexion, ce ratage lui était apparu comme une bénédiction. Ils allaient filer M. Morgan et l'enlever. Ainsi ils pourraient savoir ce que l'Américain savait exactement sur leur complot. Quitte à le torturer, songea-t-il avec un petit sourire.

Brauer lui donna un coup de coude. Un Américain se dirigeait vers eux.

— Qu'en pensez-vous ? demanda-t-il en français.

Liseau hésita.

— J'avoue que… je ne suis pas sûr.

Ils regardèrent l'Américain franchir les portes.

— C'est peut-être lui, soupira Liseau d'un ton pensif.

L'Américain héla un taxi et monta rapidement.

— Je ne pense pas que ce soit notre homme. Il n'en a pas l'allure.

— Vous vous attendiez à quoi ? À ce que ce soit écrit sur son visage ?

L'Allemand rougit.

— Je voulais juste dire qu'il n'a pas l'air d'un dur. Il ressemble trop à un play-boy.

Liseau fronça les sourcils. Brauer attendit sa réaction en silence, mais il n'en eut aucune. Il alluma sa cigarette en abritant le bout au creux de sa main, comme un soldat.

— Je suis vraiment surpris, reprit-il, d'un ton sincèrement étonné. Je m'attendais à le reconnaître immédiatement.

49

Il se renfrogna. Il valait mieux éviter d'enlever un innocent. Ce serait une perte de temps, sans parler des dangereuses complications.

— Je me pose quand même la question. Suivons-le.

Il se leva. Brauer sortit derrière lui sous le soleil cuisant de ce milieu d'après-midi. Les fleurs éclatantes plantées entre les rangées de taxis embaumaient et il flottait dans l'air un joyeux parfum de vacances, mais Liseau était déprimé et Brauer le sentait.

Un troisième observateur avait regardé l'Américain quitter l'aéroport. Un homme de type méditerranéen, petit et trapu, à la tête ronde et aux cheveux bruns coupés en brosse. Lui n'avait eu aucun doute sur son identité. Pour s'en assurer, il suivit son taxi jusqu'à l'hôtel Negresco, où il vit l'Américain descendre et entrer. Cela finit de le convaincre. C'était bien l'homme qu'il cherchait. L'Américain serait d'une grande aide.

Un quatrième individu se trouvait à l'aéroport, vêtu d'un costume sombre classique de coupe américaine. Il regarda Carr s'en aller, consulta sa montre et entra dans une cabine. Bizarrement, alors que la plupart des Américains qui séjournaient en France considéraient le téléphone comme leur ennemi juré, celui-là passa son coup de fil avec autant d'aisance que s'il était à Chicago ou à Washington.

— Quelle terrible tragédie ! murmura le concierge alors que Carr remplissait sa fiche. Vous avez eu de la chance d'en réchapper, monsieur. Je viens d'entendre à la radio qu'il y avait eu deux morts et trois blessés graves. Quelle horreur, ces bombes ! C'est pour l'assurance, *n'est-ce pas* ?

— Je suppose, répondit-il en repoussant le registre sur le comptoir. Faites monter une double vodka dans ma chambre tout de suite. J'aurai ensuite besoin d'adresses pour aller m'acheter des vêtements.

Le concierge s'inclina légèrement.

— Bien sûr, monsieur. Je suis entièrement à votre service.

Alors qu'il montait dans sa chambre, Carr s'aperçut qu'il commençait à accuser le coup. Il vacilla quand il mit la clé dans la serrure et s'affala sur son lit. Pourvu qu'on lui apporte vite sa commande.

Au consulat américain de Nice, Ralph Gorman reposa son téléphone crypté et échangea un regard avec son assistant, un gamin au visage frais et aux cheveux coupés en brosse qui affichait un grand sourire innocent. La mine sombre, Gorman remplit sa pipe et craqua une allumette.

— Je ne comprends pas, déclara le gamin qui avait suivi la conversation sur un autre poste.

— Vous ne pouvez pas. C'est un jeu extrêmement compliqué. Nous savons ce qui se passe, et nous savons qu'ils savent que nous savons, mais nous n'avons aucune prise sur eux, mon petit ! Il faut qu'on en trouve une.

Il tambourina des doigts sur la table et dévisagea son assistant. À quoi bon dire la vérité à une nouvelle recrue ? Il ne pouvait pas comprendre et, si jamais il comprenait, cela risquait de lui faire un sale choc. Ils étaient tous tellement idéalistes à leur sortie de l'université.

— Cette maudite affaire est très complexe et nous devons agir avec diplomatie, poursuivit-il. Avec tact. D'une main de fer dans un gant de velours, si vous voyez ce que je veux dire.

— N'est-ce pas votre spécialité ? demanda le gamin.

Gorman sourit tristement.

— Apportez-moi le dossier CORTEX.

Le gamin quitta la pièce.

Gorman sortit son carnet de dessin. Il y avait toujours recours dans les moments de stress. Faire des gribouillis sans queue ni tête le détendait. Il les gardait tous et, deux fois par semaine, les apportait à son psychiatre, un type fantastique, à Cannes. Le vice-consul le lui avait recommandé, il avait fait des miracles pour sa femme. Il était viennois et avait étudié à l'université Western Reserve à Cleveland. Et il avait un accent tellement authentique, tellement rassurant.

Son crayon courait sur la feuille. Il fronça les sourcils. L'appel venait d'Amory, le chef de section à Paris, qui lui avait délivré son message dans son style pompeux inimitable, toujours à chercher la petite bête. Il lui avait annoncé que Morgan s'était fait griller et qu'il resterait à Londres un jour ou deux. Gorman devrait donc se débrouiller sans lui. Le chef ne comprenait pas les problèmes de l'agence de Nice et ne voulait pas en entendre parler. Il voulait juste que le boulot soit fait. Au revoir.

Eh bien, Gorman réglerait le problème tout seul, même si Morgan allait cruellement lui manquer. Ce dernier avait une grande qualité : c'était un tueur. Il suffisait de le mettre dans une voiture, de lui donner l'adresse de Liseau et, en un jour ou deux, vite fait bien fait, fini Liseau. Finis les complots. Finis les problèmes.

En fait, le chef avait l'air d'attendre de Gorman qu'il se charge de l'exécution. Mais c'était ridicule. Gorman n'avait jamais tiré un seul coup de feu de sa vie. Il n'avait même jamais tenu d'arme.

Pourtant, il fallait bien que quelqu'un fasse le boulot. Ils n'avaient pas le choix. Impossible de demander une intervention légale de la police : ils n'avaient pas de preuves. Pas question non plus d'avoir recours à de sournoises manœuvres diplomatiques comme l'expulsion : Liseau jouissait d'un trop grand prestige en tant que chirurgien. Il ne restait qu'une solution, le descendre. Et les autres avec.

Son assistant revint avec le dossier, un paquet gris peu épais sur lequel CORTEX était écrit au stencil. Il le tendit à Gorman qui rompit le sceau et signa le bordereau que le gamin rapporta à la salle des archives.

Il soupira en feuilletant les pages qui racontaient en détail l'affaire de l'expédition d'armes entre la Norvège et Israël, baptisée CORTEX. Tout était là : Liseau et son groupe étaient impliqués depuis des semaines comme agents de la République arabe unie, mais on ne pouvait rien y faire. Rien à part les descendre ou les regarder descendre tous ceux qui étaient dans ce transport d'armes.

Le téléphone sonna.

— Gorman à l'appareil.

— Harry, répondit son interlocuteur d'un ton plat.

C'était l'homme qu'il avait envoyé à l'aéroport. Alors qu'il s'apprêtait à lui dire de laisser tomber, que Morgan n'avait pas pris l'avion, Harry enchaîna :

— Notre homme est arrivé.

Gorman agrippa le combiné comme si son salut en dépendait.

— Vous êtes sûr ?

— Il lui correspond bien. Il a quitté l'aéroport il y a deux minutes.

— Vous êtes entré en contact avec lui ?

— Non… il y avait aussi des membres de l'opposition, j'en ai bien peur.

— Vraiment ?

— Ils étaient deux, ces chiens ! Un mince basané et un blond.

Gorman étouffa un juron. Liseau et un de ses singes savants.

— Qu'est-ce qu'ils ont fait ?

— Ils l'ont juste regardé passer.

— Ils l'ont reconnu ?

— Je le crains.

— Merde !

Gorman raccrocha brutalement.

Décidément, il y avait des jours où tout allait de travers… La vie de Morgan ne valait plus un kopeck si Liseau l'avait démasqué. Quelle pagaille ! Le chef s'était trompé, il y avait eu une grosse fuite quelque part. Et maintenant le pauvre Morgan allait se faire descendre. Gorman poussa un nouveau juron. Ces types avaient toujours une longueur d'avance sur lui. Toujours.

Il prit son stylo et se mit à gribouiller furieusement.

5.

Roger Carr se réveilla à neuf heures du soir. Il s'était assoupi après avoir acheté quelques vêtements et loué une voiture. Il dormait rarement l'après-midi ; ses émotions de la matinée n'étaient sans doute pas étrangères à ce coup de fatigue. Il avait du mal à s'en remettre et décida de s'activer pour ne plus y penser. Ou plus précisément, il lui fallait une fille.

Il se rasa lentement en s'examinant dans le miroir. Il n'avait pas l'air trop mal en point. Il avait juste une éraflure sur la joue qui lui restait de sa chute sur le tarmac. Seigneur, c'était bien sa veine de prendre un avion piégé ! Ce monde est rempli de cinglés, songeat-il gaiement. Le visage couvert de crème à raser, il essaya de sourire.

— Regarde la vérité en face, Carr : t'es un sacré veinard.

Le téléphone sonna. Il revint dans sa chambre pour répondre.

— Roger Carr à l'appareil.

— *Mister* Carr.

La voix avait un fort accent français et on entendait un bruit bizarre en fond sonore, une sorte de vrombissement mécanique.

— Oui ?

— J'aimerais vous rencontrer.

— Ah bon ? répondit Carr d'un ton hésitant.

— Je pense pouvoir vous être très utile.

— De quelle façon ?

— Je peux vous aider dans vos affaires.

Carr fronça les sourcils.

— Que savez-vous de mes affaires ?

Un rire crispé retentit à l'autre bout du fil.

— Je suis au courant de tout, je le crains.

— Je vois. Vous avez une villa à vendre.

Nouveau ricanement.

— *Exactement*. Peut-on se rencontrer ?

— Si vous voulez.

Que pouvait-il risquer après tout ?

— Mais à qui ai-je l'honneur ?

Nouveau gloussement. Son interlocuteur semblait rire de tout. Carr n'y comprenait rien.

— Dans votre chambre, demain à midi ?

— Bien sûr.

Son interlocuteur raccrocha. Carr regarda le combiné sans comprendre. Il le replaça sur sa fourche et l'appareil se remit aussitôt à sonner.

— Allô !

— Dieu tout-puissant, pourquoi ne vous êtes-vous pas inscrit sous le nom de Morgan ? lui demanda une voix inconnue et apparemment très contrariée.

— Eh bien, je vous avoue honnêtement que ça ne m'est pas venu à l'idée.

Mais qui était cet abruti ?

— Je vois. Vous aimez les petits jeux. Les diversions. Après, on s'étonne que je donne la moitié de mon salaire à un psychiatre. Je passe ma vie à m'inquiéter pour des gens comme vous. Mais pourquoi n'avez-vous pas appelé ? Je suppose que vous allez encore me trouver une bonne réponse.

La voix semblait à présent déprimée.

— Je suis désolé. Mais l'occasion ne s'est pas présentée.

— L'occasion ne s'est pas présentée. Ben voyons ! Pourquoi pas ? Vous n'avez pas eu l'occasion. Je comprends. Je comprends également qu'on vous a reconnu. À votre place, je rappliquerais ici tout de suite.

— Mais je sortais dîner.

— Vous ne m'avez pas entendu ? Je vous ai dit qu'on vous avait reconnu.

— Et alors ?

La voix à l'autre bout du fil lâcha une bordée de jurons.

— Où vous croyez-vous, Morgan, en vacances ? Vous avez perdu l'esprit. Et alors ! Venez ici tout de suite, espèce d'idiot.

— Ciao ! lança Roger et, lassé de cette comédie, il raccrocha.

Il quitta sa chambre. Il s'assurerait au passage auprès du concierge qu'on veille à ne plus lui transmettre d'appels visiblement destinés à d'autres. Ce genre d'erreurs était courant dans ces grands hôtels.

Tenant le bistouri d'une main douce mais ferme, Liseau fit une longue incision le long du visage, juste devant l'oreille. Le sang afflua. Il le tamponna avec une éponge et continua à inciser sous le lobe de l'oreille vers l'arrière.

57

Seuls résonnaient dans la pièce le ronronnement de la climatisation et le chuintement du matériel anesthésique qui contrôlait la respiration du patient. Celui-ci était couché sur le côté et entièrement recouvert d'un drap vert, à l'exception d'un petit carré situé au niveau de son oreille et de sa joue.

— Il ne faut pas hésiter à prolonger votre incision en arrière aussi loin que nécessaire, expliquait Liseau à l'interne dont c'était la première incision parotide. Ça ne se voit pas, de toute façon.

Il commença à découper le tissu sous-jacent par petites touches prudentes et précises. Très vite, il put passer un fil de suture à travers le lobe de l'oreille pour le relever jusqu'à ce qu'il touche la couronne. Cela lui laissa un accès à la glande parotide, la principale glande salivaire de la bouche, qui se trouvait devant l'oreille, à l'articulation de la mâchoire. Les tests cliniques avaient montré une grosse masse dans cette région, bénigne d'après la biopsie. Le patient était un banquier local d'une certaine influence.

Liseau continua jusqu'à ce qu'il expose la glande et dégage le tissu gras qui l'entourait. Un œil non averti n'aurait pas vu grand-chose, juste une masse sanguinolente au milieu d'un autre tissu ensanglanté.

— À partir de cet instant, il faut procéder avec prudence. Il ne faut pas se précipiter.

Avec l'incision maintenue ouverte par des pinces hémostatiques, il entreprit la dissection des branches du nerf facial qui traversait la glande. Une étape cruciale : si jamais il coupait ce nerf, le patient perdrait le contrôle de ses muscles faciaux et un côté de son visage s'affaisserait.

L'interne regardait, à la fois tendu et fasciné. Mais il ne posait aucune question et Liseau lui en était reconnaissant. Il travaillait lentement, mécaniquement, l'esprit ailleurs. Il n'arrêtait pas de penser à l'Américain – quelque chose clochait chez lui, il ne ressemblait pas à l'homme qu'ils recherchaient.

L'idée d'impliquer un innocent ne l'enchantait pas, surtout dans le cas d'un Américain. Ces gens-là s'avéraient toujours être le fils ou le parent d'un politicien important. Sa disparition ou sa mort attirerait une attention indésirable sur la région et trop de personnes de son groupe se retrouveraient sous surveillance. Pas question de prendre un risque pareil. Ils devaient être certains avant d'agir.

Il continua à libérer les branches filandreuses des nerfs et à les écarter pour ne pas les couper.

Le patient bougea. Liseau invectiva l'anesthésiste avant de poursuivre son travail.

À sa grande déception, Roger Carr trouva le dîner ordinaire et hors de prix. Il se rendit directement du restaurant au casino, car ce genre d'endroit avait le don de lui remonter le moral. Carr n'était pas joueur, mais il aimait observer ceux qui l'étaient et il appréciait l'élégance des salles de jeu. Il savait également que c'était un bon endroit pour draguer. Mais ce soir-là, le casino était désert (on était lundi et la saison commençait à peine), à l'exception de deux couples du Midwest qui jouaient à la roulette des mises ridicules et riaient bruyamment chaque fois que la bille tournait. Les hommes portaient de vieux smokings avec d'affreux nœuds papillon à clip ; les femmes se pavanaient d'un air faussement blasé dans des robes noires démodées et trop décolletées pour leur poitrine tombante.

Carr repartit presque aussitôt, bizarrement contrarié, avec le sentiment de s'être fait avoir. Il sauta dans un taxi et demanda au chauffeur de le conduire dans un night-club. La cigarette pendue au coin de la bouche, l'homme se retourna pour essayer de savoir ce qu'il avait exactement à l'esprit. Carr ne lui donna aucune satisfaction : il stipula seulement qu'il voulait aller dans une bonne boîte de nuit, « *quelque chose amusante* », puis il se renfonça dans son siège et se tourna vers la fenêtre.

Le chauffeur le conduisit au Choo-Choo Club, une petite boîte située au fond d'une allée sombre à une rue de la place Masséna. C'était le quartier chaud de Nice, il le savait, mais tant pis ! Il paya le taxi et descendit.

Le portier était vêtu d'un lourd manteau aux boutons de cuivre malgré la douceur de la soirée. On aurait dit un ours. Carr pensa qu'il devait faire aussi office de videur.

Il s'avança dans l'entrée, petite et tendue de velours rouge avec une grosse porte capitonnée de cuir qui donnait sur l'intérieur du club. La fille du vestiaire, une blonde revêche aux yeux cernés, parut contrariée qu'il ne porte pas de chapeau.

Il entra et fut surpris de découvrir un club spacieux et confortable, meublé de tables blanches rondes et de sièges tapissés du même velours que le hall, et éclairé par des plafonniers sphériques qui diffusaient une lumière tamisée. Dans son ensemble, la pièce ressemblait à une version française des maisons closes américaines des folles années 1890, mais c'était presque réconfortant.

Carr choisit une table dans un coin, commanda un whisky soda et alluma une cigarette. Une demi-douzaine de couples suffisaient à remplir la minuscule piste de danse. Ils dérivaient, étroitement enlacés, au rythme de la musique. Carr les observa quelques instants puis il regarda autour de lui. À d'autres tables en retrait comme la sienne, des hommes chuchotaient à l'oreille de filles qui contemplaient la salle d'un air las tout en fumant. Un groupe de blonds efféminés occupait une table au centre. Ils jetaient des coups d'œil intéressés dans sa direction. Carr les ignora.

La musique s'arrêta et les danseurs regagnèrent leurs sièges. Des lumières éclairèrent la scène. Un gros homme dans un smoking informe apparut. Il commença à parler mais son micro ne fonctionnait pas. Il le tapota d'un air excédé avant de repartir à grands pas. Un roulement de tambour retentit et une femme enveloppée d'un long manteau de fourrure le remplaça.

La musique démarra et la femme se pavana d'un bout à l'autre de la scène ; ses gestes manquaient de grâce, de fluidité. Carr devinait déjà que son strip-tease serait mauvais. Il trouva brusquement qu'on mettait bien du temps à lui apporter sa commande.

Son whisky soda arriva enfin, accompagné d'un dessous de verre et d'une serviette en papier. Alors que le serveur repartait, Carr regarda la serviette, déconcerté. Voulait-on l'inciter ainsi à commander de quoi manger ?

Il but une gorgée. Comme il le craignait, l'alcool n'était pas très fort. Puis il remarqua un papier qui dépassait de la serviette. Il le tira et vit que quelque chose était écrit dessus. Il plissa les yeux et lut à la faible lumière :

KV-*7EZ* À QUOI VOUS JOUEZ ? G. VOUS ATTEND. IL VEUT VOUS VOIR TOUT DE SUITE RAY CORTEX KV-*2ET*.

C'était écrit au stylo sur un bout de marge arraché à la page d'un journal. Ça ne voulait rien dire pour lui. Il relut le message pour s'en assurer et, sans savoir ce qu'il cherchait, son premier réflexe fut de balayer la salle des yeux pour voir qui s'intéressait à lui.

La plupart des blonds efféminés regardaient intensément dans sa direction. Deux ou trois lui firent de l'œil. Carr retroussa les lèvres. Les moins hardis détournèrent les yeux. C'était drôle. On ne se serait jamais douté pour certains. L'un d'eux, plus que baraqué, paraissait particulièrement masculin et viril. Certes, il était laid comme les sept péchés capitaux. Ça venait peut-être de là.

Carr parcourut de nouveau le bout de papier. Inutile de chercher à comprendre. Il s'agissait peut-être d'une blague. Ou on lui avait remis ce message par erreur. Il n'allait pas s'inquiéter pour ça.

Il froissa le papier et le laissa tomber par terre avant de ramener son attention vers la scène. La fille au manteau de fourrure n'avait plus qu'un bikini en fourrure sur le dos et détachait le haut en faisant durer le suspense. Mais elle n'intéressait personne. Non seulement elle était vieille et grosse, mais elle vacillait sur ses talons aiguilles. Les rares personnes qui la regardaient devaient juste se demander si elle n'allait pas finir par s'étaler. Il éprouva un réel soulagement quand elle quitta la scène.

Une autre fille prit sa place et aussitôt le niveau sonore des conversations baissa. Elle était jeune, les cheveux noirs, très bronzée. Elle portait une robe moulante d'un vert électrique qui soulignait sa poitrine avantageuse et ses hanches. Mais c'était surtout sa façon de marcher qui était captivante : à la fois fluide, lente, détendue et sensuelle. Il n'y avait pas le moindre tressaillement ni le moindre heurt dans ses mouvements aussi ondulants qu'excitants.

Carr but une gorgée de scotch et se renfonça dans son siège pour l'observer.

La fille traversa la scène. À chacun de ses pas, sa robe soulignait ses cuisses. Elle avait de longues jambes et des mollets joliment musclés. Elle s'arrêta, passa ses mains sur son corps d'un air expectatif et tendit le bras dans son dos pour baisser sa fermeture Éclair, un geste qui fit pointer ses seins de façon alarmante. Elle frissonna, sa robe glissa jusqu'au sol dans un frémissement et elle apparut en nuisette de dentelle noire.

La musique passa à un rythme plus rapide et plus insistant tandis qu'elle soulevait un côté de sa nuisette pour retirer un bas de sa jambe bronzée. Elle répéta l'opération de l'autre côté et un homme de l'assistance l'acclama. Elle respira profondément, se planta les jambes écartées et remonta la nuisette au-dessus de sa tête sans que le haut de son corps ne cesse de sinuer comme un serpent.

Une fois en culotte et soutien-gorge, elle accéléra ses mouvements. Son corps brillait de sueur. Carr sentait le club tout entier captivé par la frénésie animale qu'elle dégageait. Le rythme s'accrut encore. Elle pivota sur elle-même, d'un mouvement toujours fluide mais extrêmement rapide, et arracha son soutien-gorge. Ses gros seins fermes aux aréoles roses captèrent la lumière.

Elle fit glisser ses mains sur son ventre plat jusqu'à l'élastique de son slip qu'elle fit claquer. Les muscles de ses cuisses saillaient. Elle avait le visage crispé, les yeux écarquillés, sa bouche ouverte découvrait ses dents. Lentement, centimètre par centimètre, elle baissa sa culotte sur ses jambes fuselées et l'envoya valser d'un coup de pied. Elle ondula une dernière fois des hanches et la lumière s'éteignit.

Quelqu'un heurta une chaise dans l'obscurité près de lui. Quand la lumière revint, Carr vit une fille debout devant lui qui contemplait ses pieds. Elle avait dû se cogner l'orteil dans le noir. Sans se soucier de lui, elle s'appuya à sa table, retira sa chaussure et frotta son pied douloureux. Sa position offrit à Carr une vue généreuse sur ses jambes et sa poitrine. Elle avait l'air aussi bien pourvue que la fille sur scène. Il lui proposa un verre.

Elle accepta avec un sourire timide de professionnelle et s'assit à côté de lui. Elle lui dit qu'elle s'appelait Suzanne et qu'elle parlait « *some English* ». Carr se présenta et lui tendit une cigarette pendant qu'ils attendaient leurs boissons.

C'était une fille séduisante, petite et vive, avec d'immenses yeux noirs et des cheveux courts blond vénitien. Le profond décolleté de son fourreau rose découvrait largement son énorme poitrine. Elle s'appliquait à se pencher vers lui quand elle parlait.

Monsieur Carr se plaisait-il à Nice ?

Oh, oui ! Elle lui décocha un sourire aguichant. D'où venait-il ? De New York, répondit-il en sirotant son verre.

Il se sentit soudain très fatigué ou plutôt envahi par une étrange lassitude, ce qui ne lui arrivait presque jamais. Il n'avait plus envie de poursuivre cette conversation, car il savait exactement où elle le mènerait. Il lui demanderait d'où elle était, elle répondrait qu'elle vivait en province et qu'elle n'était arrivée à Nice que récemment. Cette conversation polie et stéréotypée se poursuivrait une heure pendant laquelle il continuerait à lui offrir à boire. Ensuite, il pourrait se permettre de lui prendre la main, tout en cherchant son pied sous la table. Elle accepterait cet hommage avec bonne grâce en frottant sa cheville contre sa chaussette.

Il avait un affreux mal de tête.

Il connaissait la suite. Ils boiraient encore, mais préféreraient partir avant le prochain numéro, prétextant tous les deux en avoir assez vu. Carr proposerait d'aller prendre un verre ailleurs et la fille accepterait. Une fois dehors, il aurait soudain une idée géniale : pourquoi ne pas monter boire un dernier verre dans sa chambre ? Oui, ce serait sympa, mais elle ne resterait pas trop tard, minauderait-elle. Carr acquiescerait et ils rentreraient ensemble passer la nuit à son hôtel. Tous deux connaissaient les règles.

Tout à coup, à sa propre surprise, Carr décida de rentrer. Cette fille ne l'intéressait pas, pas ce soir en tout cas. Se cherchant une excuse, il rejeta la faute sur le décalage horaire, auquel s'ajoutaient l'épisode de l'avion et le mauvais dîner. Il ne souhaitait plus qu'une chose : de l'aspirine, un ou deux verres seul et au lit.

Une nouvelle strip-teaseuse s'effeuillait sur la scène dans un claquement de cymbales. Elle était assistée dans ce numéro bruyant par deux danseurs hyper-musclés en peau de léopard, juste là pour la rattraper quand elle leur tombait dans les bras, ce qui arrivait fréquemment. Elle avait un corps quelconque, un sourire impassible et son visage exprimait un ennui léthargique.

Suzanne ignora le numéro. Elle l'avait vu sans doute des centaines de fois, songea Carr qui essayait de suivre sa conversation gaie et enjouée et de répondre aux questions qu'elle posait sur lui. Elle rêvait de se rendre aux États-Unis un jour. Quelle merveilleuse idée ! Qu'elle lui fasse signe si elle passait à New York…

Au bout d'une demi-heure, Suzanne s'excusa. Il lui donna cinquante francs pour la dame des toilettes, paya la note et profita de son absence pour s'éclipser.

Plongé dans ses pensées, il s'engagea dans les rues sombres de la ville. Il se demandait s'il ne devenait pas trop vieux pour ce genre de virée, si sa folle vie de célibataire n'avait pas fini par le rattraper. Il se posait encore la question quand il s'aperçut qu'il était perdu.

Il n'avait pas prêté attention à la direction qu'il avait prise et se retrouvait désormais loin de la mer, dans un quartier qu'il ne connaissait pas. Il étouffa un juron, regarda autour de lui et vit approcher l'un des blonds de la boîte de nuit. Seigneur, il ne lui manquait plus que ça, se faire draguer par une tapette ! Il s'engouffra dans une ruelle obscure et pressa le pas, persuadé que cela suffirait à le semer.

Mais quand il s'arrêta quelques instants plus tard, il entendit des pas sur le trottoir derrière lui qui s'interrompirent presque aussitôt, comme pris en flagrant délit. Cela le fit frissonner. Sa contrariété d'être importuné laissa place à la peur. Il eut l'impression qu'un danger sinistre le menaçait. Il se mit à courir.

Derrière lui, on courait aussi. Ou l'imaginait-il ? Il n'osait pas s'arrêter pour s'en assurer. Peut-être se faisait-il des idées ridicules, mais il ne pensait pas que ce fût le cas. Il déboucha dans une rue brillamment éclairée, s'arrêta sous un réverbère, hors d'haleine, héla un taxi qui passait et sauta dedans. Alors que la voiture repartait, il vit le colosse blond émerger de la ruelle. Il avait couru lui aussi, sa poitrine haletait tandis qu'il regardait le taxi s'éloigner. C'était l'affreux malabar. Que se passait-il ?

— *Où allez-vous, monsieur ?*

— Au Negresco, répondit-il en se détournant de la fenêtre.

— Très bien, monsieur.

Le chauffeur avait un accent cultivé. Quelle bonne surprise, pensa-t-il, de trouver des chauffeurs de taxi qui parlaient bien l'anglais.

— À l'avenir, poursuivit l'homme, vous obéirez aux instructions. Vous avez reçu le message ?

— Oui, répondit-il, médusé. Mais je…

Le chauffeur soupira.

— Vous n'avez pas pris conscience de la gravité de la situation. Vous êtes en grand danger. Vous n'avez plus de couverture, vous comprenez ?

— Non.

67

— Non ? C'est pourtant clair comme de l'eau de roche. Il vous faut un dessin ?

— Oui.

Ce n'était pas croyable ! Il avait l'impression de se retrouver dans un monde cauchemardesque dans lequel rien n'était normal, personne ne jouait le rôle qui lui était dévolu, et où il ne lui arrivait que des choses inattendues.

— Mais enfin, qui êtes-vous ?

— Qui je suis ? s'exclama le chauffeur, à la fois choqué et incrédule.

— Oui, ma question vous surprend tant que ça ?

— C'est une question idiote.

Le taxi s'arrêta devant l'entrée du Negresco. Le portier ouvrit la portière. Carr sortit de l'argent de sa poche.

— Ne passez aucun appel depuis votre chambre, continua le chauffeur qui avait allumé le plafonnier pour lui rendre la monnaie. Fermez votre porte à clé et bloquez-la. Et allez là où vous savez demain matin. *Bonsoir*.

Carr regarda le taxi s'éloigner, pétrifié. Il se sentait totalement ridicule.

Le portier s'approcha.

— Vous avez oublié quelque chose dans la voiture, monsieur ?

— Non, non, rien.

L'employé hocha la tête l'air de dire : « Je m'en doutais. Vous n'êtes qu'un fou d'Américain qui agit sans la moindre raison. »

— Très bien, monsieur, se contenta-t-il cependant de répondre.

Carr gagna le bar. Celui-ci occupait une grande salle au haut plafond, lambrissée de bois sombre avec un plancher de la même couleur réchauffé par des tapis persans dans les tons de rouge et de bleu que l'on retrouvait sur les sièges en cuir. Une mezzanine courait au-dessus du comptoir, soutenue par de gros piliers blancs.

Il y avait pas mal de monde quand Carr s'assit sur un des tabourets carrés pour commander une vodka. Il tenta un moment de se concentrer sur la conversation de ses voisins, mais elle était si ennuyeuse qu'il abandonna très vite. Il essaya alors d'analyser ce qui lui était arrivé tout en sirotant trois autres vodkas.

Puis, se sentant fatigué et assez éméché, il descendit du tabouret et se fraya un chemin dans la foule jusqu'à la sortie sans faire très attention. Il bouscula une fille près de la porte et fit tomber son sac à main.

— Excusez-moi, bafouilla-t-il bêtement avant de se pencher pour le ramasser.

C'était un gros sac luxueux en alligator, griffé de deux initiales en or : AC. Il le rendit à la fille, une très belle blonde, qui le toisa avec mépris.

— Les excuses ne servent pas à grand-chose.

— Ce n'est pas de vous, rétorqua-t-il, contrarié.

Il avait dit qu'il était désolé. Seigneur, que voulait-elle de plus ?

Elle haussa les sourcils.

— Alors de qui est-ce ?

— De Garrick, je crois, répondit-il dans un brouillard avant de se diriger en trébuchant vers l'ascenseur.

Il trouva sa chambre allumée. Incroyable ! En plus, quelqu'un avait ouvert son lit et s'était couché dessus ! Il avait eu son compte de surprises pour la soirée. Il se laissa tomber dans un fauteuil et regarda Suzanne allongée tout habillée sur les draps.

— Bien installée ? demanda-t-il.

Elle gloussa.

Carr se frotta les yeux avec son pouce et son index. Il fallait savoir reconnaître quand on devenait fou. Il n'y avait absolument aucune raison qu'elle soit là ! Comment aurait-elle pu savoir qu'il était descendu dans cet hôtel ? Comment avait-elle réussi à entrer dans sa chambre ? Et surtout pourquoi l'aurait-elle fait ? Ne l'avait-il pas plaquée d'une façon aussi grossière qu'explicite ?

Elle gloussa de nouveau.

— Ça va ? T'en fais, des drôles de bruits.

— Pourquoi toi m'avoir quittée ?

— J'étais fatigué.

Son accent l'épuisait. Il voulait dormir.

— Fatigué comment ?

— Trop fatigué ! répliqua-t-il d'un ton un peu sec.

— Je ne te crois pas.

Elle s'assit et commença à se déshabiller.

— Non ?

— Non.

— Pourquoi ?

— Parce que… – Elle réfléchit, la main sur sa fermeture Éclair – parce que je ne te crois pas.

— Bon.

Il avait besoin d'une aspirine. La tête lui tournait. Il se dirigea vers la salle de bains d'un pas chancelant pour aller chercher un verre d'eau.

— Ne t'en va pas, protesta-t-elle avec une moue boudeuse.

Elle avait à moitié retiré sa robe et elle était belle. Pas maintenant, songea-t-il. Pas maintenant.

Il fit couler l'eau du lavabo pour qu'elle soit fraîche. Elle entra derrière lui dans la salle de bains, complètement nue, ses mains en coupe sous ses gros seins. Il voyait pointer ses tétons entre ses doigts.

— Joli soutien-gorge ! murmura-t-il d'une voix lasse.

Elle s'adossa et banda les muscles de ses jambes. Elle avait le ventre plat, la taille mince et les cuisses fines pour une fille aussi petite. Elle portait la marque blanche d'un bikini.

— Je ne te plais pas ?

— Je t'adore, répondit-il avant de se pencher sur le lavabo.

Bon sang, il n'allait tout de même pas vomir !

— Ça tombe bien !

Elle lui jeta les bras autour du cou en se plaquant contre lui. Il tituba et tomba en arrière dans la baignoire. Il mit plusieurs minutes à se dégager de la fille et à se relever. Une fois debout, il la poussa vers la chambre. L'eau coulait toujours dans le lavabo.

Prenant sans doute son geste pour une capitulation, Suzanne l'entraîna jusqu'au lit, glissa une langue brûlante entre ses lèvres et lui saisit les mains pour les plaquer sur ses seins.

Il la repoussa, de plus en plus vaseux.

— D'accord, d'accord. Laisse-moi juste prendre une aspirine avant. Figure-toi que j'ai mal au crâne.

Elle le retint.

— Non.

71

— Non ?

— Non.

— Pourquoi ?

Il avait l'impression d'avoir déjà eu la même discussion juste avant. Mais impossible de s'en souvenir exactement. Tout était tellement confus.

— Je veux pas. J'ai pas confiance dans les comprimés.

— Pourquoi ? Ce n'est que de l'aspirine, tu sais. As-piii-rrine, ânonna-t-il. *Comprenez ?*

Elle poussa un soupir haletant et lui caressa le dos.

— Reste là. Parle-moi.

— De quoi ?

— De tout.

— Suzanne, dit-il d'une voix ferme en l'écartant de lui. C'est la dernière chose que j'ai envie de faire. D'abord, il me faut de l'aspirine. Ensuite, je veux…

Quelque chose apparut dans la main de Suzanne.

— C'est quoi, ça ?

— Un pistolet.

Il le regarda bêtement en se demandant d'où elle le sortait : elle était toute nue. Seigneur, songea-t-il, je dois être complètement ivre !

— Il fonctionne ?

— *Bien sûr.*

Il hocha la tête. Évidemment, ce n'était pas le genre de fille à se balader avec un flingue qui ne marchait pas.

Il entendit l'eau qui coulait toujours dans le lavabo.

— Parle-moi, dit-elle.

— De quoi ?

— Tu sais bien. Vas-y.

— Qu'est-ce que tu veux que je te dise ? explosa-t-il.

Tout à coup, il se sentit ridicule. Toute cette histoire était ridicule. Sa journée avait été absurde. Cette poule n'allait pas le tuer. Il se leva calmement du lit et se dirigea vers la salle de bains.

— Je vais prendre de l'aspirine. Je reviens tout de suite.

Elle ne dit rien, mais sa main tremblait. Lui, complètement détendu, prit un verre sur l'étagère au-dessus du lavabo et le remplit. Au-dessus du bruit de l'eau, il crut entendre une porte s'ouvrir, mais décida que c'était encore le fruit de son imagination.

Il avala l'aspirine bruyamment, ferma le robinet et retourna dans la chambre.

— Écoute, Suzanne, tu es une fille super, mais vraiment je ne…

Il s'arrêta. Elle avait disparu.

Il traversa la pièce et regarda dans le placard.

— Suzanne ? Arrête de jouer !

Il sortit sur le balcon et resta une minute à regarder la circulation sur la promenade des Anglais. La nuit était douce et tranquille.

Quand il revint dans la chambre, il ne vit toujours aucune trace de Suzanne. Avait-il imaginé toute l'histoire ? Avait-il rêvé ?

Non. Ses sous-vêtements gisaient sur le sol. Il n'y avait pas sa robe, juste ses sous-vêtements. De plus en plus bizarre ! Il ramassa son soutien-gorge. Il était gigantesque. Pauvre Suzanne ! Elle avait dû se souvenir d'un truc vraiment très grave pour s'enfuir sans prendre le temps de le remettre.

Sa tête se remit à bourdonner. Après cette journée harassante, la vodka l'avait achevé. Il ne lui restait plus qu'une chose à faire : dormir.

Il posa la tête sur l'oreiller avec un seul espoir : un sommeil sans rêves.

6.

Les choses parurent s'arranger le lendemain matin. Un grand soleil illuminait sa chambre et il se sentit normal, presque heureux. Bien sûr, les sous-vêtements et les bas de Suzanne traînaient toujours par terre mais, cela mis à part, il aurait presque pu croire que tout ce qui s'était passé la veille, depuis la bombe dans l'avion jusqu'à la fille nue au pistolet, n'était qu'un horrible malentendu.

Oui, il ne pouvait s'agir que d'une méprise, décida-t-il. Et pendant qu'il se rasait et s'habillait, il ne pensa qu'au petit déjeuner en se demandant s'il pourrait se faire servir des œufs au bacon décents.

Le docteur Liseau était assis à son bureau, dans son cabinet, situé à Cimiez, le quartier huppé au nord de Nice. Il appela sa secrétaire à l'interphone.

— À quelle heure est ma première consultation ?
— Mme Dallois, à 10 h 30.

Il jeta un coup d'œil à sa montre. Il avait encore une heure devant lui.

— Ne me passez plus aucun appel jusque-là.
— Oui, docteur.

75

Il coupa l'interphone et se tourna vers Brauer.

— Vous avez la bande ?

Le colosse blond changea de position et sortit une bobine de douze centimètres de sa poche.

— Oui, j'ai pensé que vous aimeriez l'entendre de vos propres oreilles.

Liseau la glissa adroitement dans un magnétophone portable qu'il mit en route et se renfonça dans son fauteuil pour écouter.

On entendit d'abord des frottements pendant une quinzaine de secondes puis une sonnerie de téléphone. « *Dix-huit heures quinze* », dit une voix.

La sonnerie du téléphone retentit trois fois et on décrocha.

— Roger Carr à l'appareil.

— *Mister* Carr.

— Oui ?

— J'aimerais vous rencontrer.

— Ah bon ?

— Je pense pouvoir vous être très utile.

— De quelle façon ?

— Je peux vous aider dans vos affaires.

— Que savez-vous de mes affaires ?

— Je suis au courant de tout, je le crains.

— Je vois. Vous avez une villa à vendre.

— *Exactement*. Peut-on se rencontrer ?

— Si vous voulez. Mais à qui ai-je l'honneur ?

— Dans votre chambre, demain à midi ?

— Bien sûr.

Un déclic. La bobine continua à tourner en silence. Liseau se pencha et arrêta l'appareil. Il alluma ensuite une cigarette, une Sobranic Black Russian foncée avec un filtre doré. Il inspira longuement la fumée et contempla la bande d'un air perplexe.

— Ça ne me plaît pas.

— J'ai pensé qu'il valait mieux vous la faire écouter.

— Vous connaissez l'autre voix ?

Brauer secoua la tête.

Liseau pinça les lèvres.

— Moi non plus.

Les propos de M. Carr n'étaient pas clairs. Mais si ses pires soupçons se révélaient fondés, son propre groupe n'était pas clair dans cette affaire, lui non plus.

— Et l'autre conversation ?

— La voix serait celle de l'homme de l'ambassade.

Liseau remit le magnétophone en route et écouta la seconde conversation de Carr. Quand il eut terminé, il parut encore plus perplexe qu'au début.

— Il est allé au consulat ?

— Non.

— Il a rencontré quelqu'un ?

— Toujours pas.

Liseau écrasa sa cigarette à petits coups nerveux.

— Ça n'a pas de sens, pensa-t-il à voix haute.

Personne ne parlait à son patron sur ce ton, à moins que Carr n'ait rien à faire au consulat et ne comprenne rien à ce qui lui arrivait. Et il avait l'air sincèrement perdu.

— Que s'est-il passé hier soir, quand vous l'avez suivi ?

— Il m'a échappé.

— Je vois.

C'était un rebondissement intéressant.

— Et qu'est devenue la fille, notre adorable Suzanne ?

— Elle a disparu, avoua Brauer, de plus en plus mal à l'aise.

— Comment ça ?

— Elle est allée l'attendre dans sa chambre pour lui tirer les vers du nez. Leur conversation a été enregistrée, mais il s'est passé quelque chose. Il a ouvert un robinet et nous n'avons plus rien entendu. C'est une vieille astuce pour couvrir les voix. Et Suzanne n'est toujours pas revenue au rapport.

— Très bien, déclara Liseau, le visage fermé, la mâchoire crispée. Laissez-moi maintenant. Je voudrais écouter le reste de la bande et passer quelques coups de fil.

Brauer hocha la tête. Il sortit de son fauteuil d'un seul mouvement fluide. Il se déplaçait avec une aisance étonnante pour un homme de sa carrure. On le sentait vif, d'un contrôle parfait et d'une force létale, observa Liseau avec satisfaction. Puis il se pencha et remit le magnétophone en marche.

Une porte claqua.

Une voix annonça : « *Une heure moins cinq.* »

Suivit un silence. Puis la voix pâteuse de Carr demanda : « Bien installée ? » et Suzanne répondit par un gloussement.

Liseau écouta la suite avec une préoccupation croissante.

Assis derrière la porte, Ralph Gorman entendait les gifles pleuvoir et la fille pleurer. Il transpirait. S'il y avait bien une chose qu'il détestait, c'était que l'on cuisine une femme. Cela allait à l'encontre de tous ses principes. Surtout qu'il était évident que cette fille ne parlerait pas. C'était peut-être un bon coup au lit, mais elle ne dirait rien. Elle avait bien trop peur des représailles, c'était clair.

Gorman tira sur sa pipe. Les sanglots continuaient. C'était insupportable. Il sortit son carnet et se mit à griffonner. Heureusement qu'il voyait son psy cet après-midi.

Les agents secrets étaient tous des idiots. Ils croyaient toujours pouvoir se débrouiller tout seuls. Des égocentriques. Bon Dieu, pourquoi Morgan ne l'avait-il pas appelé ? Mais pour qui se prenait-il ?

Liseau regarda calmement Brauer.

— Je crois que vous feriez mieux d'organiser une petite entrevue personnelle avec M. Carr.

L'Allemand hocha la tête avec raideur.

— Le plus vite possible. Faites ça bien. Avec discrétion. C'est clair ?

— Très clair.

— Ernst ?

Le blond s'arrêta, la main sur la poignée de la porte.

— Ne le tuez pas.

— Je n'en ai aucune intention.

— Ernst ? Je serais très malheureux s'il mourait. Si cela arrivait, inutile de le ramener. Et ne revenez pas non plus.

Ernst Brauer acquiesça d'un hochement de tête imperceptible et partit en refermant doucement la porte derrière lui. Liseau alluma une autre cigarette Sobranic et contempla la surface lisse de son bureau. Peut-être prenait-il des risques en lui confiant ce boulot. Tous les instincts de Brauer le poussaient à tuer. Pour lui, c'était aussi naturel qu'un battement de cils.

Liseau espérait qu'il n'allait pas tout gâcher.

La fille se leva sur la plage, bâilla et s'étira. Elle caressa distraitement son ventre plat et bronzé puis elle descendit dans son petit bikini vers la mer et entra prudemment dans l'eau. Elle bloqua sa respiration quand la première vague lui mouilla les genoux. Elle avait une façon de retenir son souffle très spectaculaire.

Roger Carr, debout sur la promenade des Anglais, sourit en la regardant. Son dos cambré brillait d'huile solaire tandis qu'elle s'éclaboussait le corps. Elle s'avança de quelques pas et frissonna quand l'eau lui arriva aux fesses. Elle savait très bien ce qu'elle faisait.

Toujours sourire aux lèvres, il se détourna et reprit sa marche. Il faisait un temps magnifique, clair et chaud, et la torpeur de l'après-midi n'était troublée que par les rires des baigneurs sur la plage. Carr continua d'avancer tout en fumant et en observant les gens autour de lui sur la promenade : les rombières britanniques drapées dans des châles épais malgré la chaleur, les marins qui déambulaient par groupes de trois ou quatre, béats devant les filles, et les jeunes mères, la mine boudeuse, soigneusement coiffées, qui promenaient leurs enfants.

Il continua en direction du quai des États-Unis, traversa les pelouses du jardin Albert-Ier et s'engagea dans le labyrinthe de ruelles étroites et sinueuses de la

vieille ville dont les hautes bâtisses jaunes empê-
chaient le soleil d'atteindre la chaussée. Carr se
retrouva dans une rue bordée de poissonneries fermées
pour la sieste et déserte en dehors de quelques chats
pelés qui se disputaient un morceau de queue de poisson
volé dans une poubelle. Ils cessèrent de miauler et de
cracher à son approche et reprirent de plus belle après
son passage.

Il déboucha brusquement sur une longue place. Au
centre de celle-ci, abrité du soleil sous un auvent de
béton, se tenait le marché aux fleurs. L'affluence atteignait son comble en début d'après-midi, et il était
bondé d'acheteurs qui zigzaguaient entre les étalages
et les charrettes tout en marchandant et en bavardant.
Carr rejoignit les badauds et admira les bottes de fleurs
serrées dans des cônes de papier : œillets écarlates et
mauves, chrysanthèmes orange, lys blancs, margue-
rites jaunes et jacinthes bleues. Leurs senteurs mêlées
dégageaient un parfum de fraîcheur et de propreté. Il
acheta à une vieille femme édentée et taciturne une
douzaine de roses rouges et repartit vers la mer en sif-
flotant.

Il s'engagea dans une rue tranquille bordée de
boucheries et d'autres commerces alimentaires et
s'arrêta devant des cageots de fraises, de cerises
et d'oranges exposés au soleil. C'est à ce moment-là
qu'il remarqua l'inconnu.

Un homme d'âge mûr s'avançait vers lui, la main
dans la poche, une cigarette éteinte collée aux lèvres
et le dévisagea d'un air hésitant. Il portait un costume
prince-de-galles gris et noir, coupé selon la mode française, avec un pantalon étroit et une veste courte à
deux fentes. Ses chaussures bien cirées brillaient. Avec

son visage rougeaud et ses cheveux clairsemés, il avait l'allure d'un homme d'affaires prospère.

Toujours hésitant, presque réticent, l'homme s'arrêta à sa hauteur et retira la cigarette de sa bouche.

— *Pardon, monsieur. Avez-vous du feu ?* demanda-t-il d'un air gêné.

— Hein ? Bien sûr ! *Mais oui*, se reprit Carr en riant.

Il glissa son bouquet sous son bras gauche pour tâter ses poches à la recherche de son briquet.

Il vit alors un pistolet briller sous le soleil et réagit sans réfléchir. Il lâcha ses fleurs et saisit le poignet de l'inconnu. Le revolver brandi vers le ciel, les deux hommes luttèrent un moment, face à face, sans rien dire. Puis Carr appela à l'aide.

Du coin de l'œil, il aperçut l'uniforme bleu et blanc d'un agent qui faisait la circulation devant le marché aux fleurs. Le gendarme tourna la tête vers eux et, deux secondes plus tard, Carr entendit un coup de sifflet strident alors qu'il accourait dans leur direction. Son agresseur dut le voir, lui aussi. Il lâcha le pistolet qui tomba lourdement par terre et voulut s'enfuir. Carr le retint et entendit son costume se déchirer.

Soudain, une Citroën noire déboucha à toute allure du coin de la rue et Carr entendit la pétarade d'une mitraillette. Il lâcha son assaillant et se jeta par terre. Au-dessus de sa tête, des vitres explosèrent et une pluie de verre retomba autour de lui. La voiture disparut dans un rugissement en laissant derrière elle un nuage de fumée âcre.

Carr se releva, hébété, et s'appuya contre un mur. Il regarda l'autre homme, couché près de sa cigarette et des fleurs. Sur son dos s'alignaient trois trous bien nets comme des rivets. Le sang atteignait déjà le caniveau. Carr prit alors conscience que les gens criaient et qu'un attroupement se formait autour de lui.

Le gendarme s'approcha et l'embarqua.

7.

Le calme régnait dans la longue salle d'attente du commissariat. On y retrouvait l'ambiance commune à toutes les salles d'attente de l'administration (avec les restes d'une tentative vite abandonnée de rendre l'endroit plus agréable à ceux qui se voyaient forcés d'y poireauter dans la perspective d'un dénouement le plus souvent désagréable). La pièce était meublée de chaises en cuir poussiéreuses qui perdaient leur rembourrage sur le plancher. Une table basse complètement rayée proposait de vieux exemplaires de *Paris Match* et de *L'Express* qui dataient de la guerre d'Algérie avec, bizarrement, un numéro de *Elle* égaré au milieu. Sur le dessus des magazines trônait, tel un trophée, un cendrier triangulaire Cinzano qui avait été cassé et recollé.

En dehors de Carr, il n'y avait que deux policiers dans la pièce. Le premier, assis à une table, tapait à la machine et passait de temps en temps un coup de fil à voix basse. Le second, un sergent chargé de surveiller Carr, tuait le temps en se nettoyant les ongles avec un cure-dent, affalé sur son siège.

Carr fumait cigarette sur cigarette, incapable d'aligner deux pensées cohérentes. Au bout d'un moment, il se retrouva avec un paquet vide et demanda au sergent s'il pouvait aller lui en acheter un autre. Le sergent répondit que c'était impossible. Carr s'énerva et le sergent finit par envoyer quelqu'un en chercher. On lui rapporta des Disque Bleu et il inspira la fumée âcre dans ses poumons avec soulagement.

Il s'aperçut alors qu'il était bigrement nerveux et que, pour la première fois de sa vie, il avait vraiment peur.

Il ne cessait de consulter machinalement sa montre, oubliant que le cadran s'était brisé lors de sa chute. Les aiguilles étaient restées bloquées sur 2 h 46. Il n'y avait pas d'horloge dans la salle d'attente et cela l'irritait. Il n'arrêtait pas de demander l'heure au sergent autant par curiosité que pour manifester sa désapprobation. Au bout d'une heure, le sergent finit par rétorquer que ça n'avait pas d'importance et Carr ne dit plus rien.

Enfin, un autre policier entra dans la pièce et le sergent esquissa un semblant de salut. Le nouveau venu se dirigea vers Carr à grands pas.

— *Suivez-moi, s'il vous plaît.*

Carr se leva avec un haussement d'épaules et franchit derrière lui les portes crasseuses de la salle d'attente. Puis ils suivirent un long couloir grisâtre, tournèrent à gauche et s'engagèrent dans un autre corridor qui sentait le renfermé, crûment éclairé par de simples ampoules.

L'officier s'arrêta devant une porte qu'il ouvrit sans frapper. Carr remarqua qu'il n'y avait aucun nom sur le battant.

Il entra dans un bureau du même gris institutionnel que le reste du bâtiment, mais la pièce était soigneusement époussetée. À travers la grande fenêtre sur sa gauche, il aperçut des platanes inondés par le soleil de fin d'après-midi. De gros meubles de classement verts cadenassés s'alignaient le long du mur sur sa droite.

La pièce était dominée par un énorme bureau en chêne, qui disparaissait sous des formulaires, deux téléphones et une vieille machine à écrire. Une grosse lampe diffusait une lumière bleutée sur les tas de papiers et dessinait de gros cernes sous les yeux de l'homme qui trônait derrière. Il leva lentement la tête vers Carr.

— *Asseyez-vous, monsieur.*

L'homme ne lui manifesta aucun intérêt particulier. Il le dévisagea d'un air indifférent, tel un éventuel acheteur devant un produit d'une utilité discutable.

Carr s'assit.

— Je suis le capitaine Vascard, se présenta le policier. Je suis chargé d'enquêter sur les accidents déclenchés par les gens de votre espèce, expliqua-t-il d'un ton las.

Pendant qu'il parlait, l'autre policier alla fermer les volets de la fenêtre, puis il quitta la pièce qui se retrouva plongée dans la pénombre, à l'exception du bureau éclairé par la lampe.

Seul le silence lui répondit.

— À qui rendez-vous compte quand vous êtes dans ce pays ? poursuivit Vascard.

— Je ne comprends pas ce que vous voulez dire.

— Bien sûr que si. Mais si vous préférez jouer au plus fin, j'ai tout mon temps.

Nouveau silence.

— Dites-moi, croyez-vous que ça nous plaît de vous voir débarquer chez nous pour descendre nos concitoyens à tort et à travers ? Est-ce que nous faisons ça chez vous ?

Carr haussa les épaules, sans savoir quoi dire. De quoi parlait-il donc ?

— Quelle imprudence de votre part ! Surtout quand on sait le nombre de formulaires qu'il va falloir remplir. Quelle perte de temps ! ajouta-t-il en repoussant des papiers de sa main épaisse.

Nouveau silence encore plus long et plus tendu.

— Vous avez l'air nerveux, monsieur… Carr.

— Pas du tout.

Vascard sourit. Il avait un sourire agréable qui éclairait son visage large et rugueux.

— En tout cas, vous jouez très bien la comédie.

Il se leva et contourna son bureau avec une aisance et une légèreté étonnantes pour un homme aussi massif et large d'épaules. Il semblait entièrement détendu à l'exception de ses yeux constamment mobiles, toujours en alerte.

— Une cigarette ? Je n'ai que des françaises à vous offrir, mais vous verrez, on finit par s'y faire. Vous ne voulez pas reconsidérer votre position et vous montrer plus coopératif ? demanda-t-il avec un nouveau sourire ingénu.

— Je suis prêt à être aussi coopératif que possible.

Vascard soupira et reprit sa place derrière le bureau. Il se renfonça dans son siège et se retrouva presque entièrement caché par l'éclat de la lampe.

— J'ai lu votre rapport de l'incident. Voulez-vous ajouter quelque chose à votre déclaration ?

— Non, elle me semble complète.

— Aussi complète qu'un homme de loi peut le faire, monsieur Carr. C'est bien ce qui me surprend.

Il marqua une pause, comme s'il venait d'avoir une idée.

— Vous avez donc été attaqué dans la rue en plein après-midi par un homme qui vous était totalement inconnu. Vous vous êtes battu avec lui et vous avez appelé à l'aide. L'homme a alors été abattu depuis une voiture qui passait dans la rue. Voilà ce que vous avez déclaré en substance, n'est-ce pas ?

— Oui, répondit Carr d'une voix prudente.

— Quelle bien étrange affaire ! Qu'en pensez-vous ?

La voix du policier lui parvenait de derrière le halo lumineux, désincarnée.

— Je ne sais pas. Je suppose qu'il voulait me voler.

— Je vois. Depuis quand êtes-vous à Nice, monsieur Carr ?

— Je suis arrivé hier.

— Et combien de temps avez-vous l'intention de rester ?

— Je ne sais pas. Jusqu'à ce que j'aie réglé mes affaires.

— Qui consistent à acheter une villa pour un de vos clients ?

— C'est exact.

— Comment s'appelle ce client ?

— Vous savez très bien que je ne peux pas vous le dire.

— Monsieur Carr, un homme a été assassiné et vous êtes… disons… impliqué.

— Le nom de mon client n'a aucune importance.

— Peut-être, mais laissez-moi en juger.

— Je suis désolé, je ne peux pas vous le révéler.

— Je vois.

La voix ne semblait pas perturbée.

Carr regarda la fumée de la cigarette de Vascard serpenter dans la lumière.

— On vous a montré le corps de la victime ?

— Oui.

— Et vous l'avez reconnue ?

— Non.

— Vous n'avez aucune idée de qui il s'agit ?

— Aucune.

— Vous êtes sûr, monsieur Carr ? insista Vascard d'une voix douce qui flotta au-dessus du bureau, portée par un nouveau nuage de fumée.

— Absolument certain.

— Et la Citroën, vous ne l'aviez jamais vue auparavant ?

— Non, je ne crois pas, mais il y a beaucoup de Citroën noires en France.

— Auriez-vous noté le numéro d'immatriculation par hasard ?

— Non.

— La couleur de la plaque ?

— Non. C'est important ?

— Les voitures de location ont une plaque d'une couleur différente.

— Oh !

— Quand la voiture est passée, avez-vous vu les gens à l'intérieur ?

— Je vous rappelle qu'ils me tiraient dessus, répondit Carr, ennuyé.

— Sur vous, monsieur Carr ?

Il hésita.

— Bien sûr, sur qui d'autre voulez-vous qu'ils tirent ?

— Sur l'autre homme.

— C'est très bizarre, murmura Carr.

— Toute cette affaire est très bizarre. Essayez de voir la situation de notre point de vue. Un Américain arrive à Nice, pour une affaire qu'il refuse d'expliquer et…

— Je vous l'ai expliquée. Je viens acheter une villa.

— Acheter une villa ! répéta Vascard d'une voix dans laquelle l'irritation perçait pour la première fois. C'est la couverture la plus nulle qu'on m'ait jamais présentée !

La bouffée de fumée qu'il propulsa dans la lumière trahit son exaspération.

— Un peu de bon sens, voyons ! Vous arrivez ici et, dès le lendemain, vous vous battez avec un homme qui vous menace d'un pistolet. Nous ne savons pas ce qu'il vous voulait et, maintenant, nous ne le saurons jamais.

— Je vous l'ai dit, j'ai cru qu'il voulait me voler.

— Ah bon. Ça vous semble logique, à vous ? Dites-moi, allez-vous aux courses ?

Carr fronça les sourcils, dérouté par cette question inattendue.

— Non, enfin rarement.

— Vous allez souvent au casino ?

— Non, je ne suis pas joueur.

— Pourtant, pour un homme peu habitué à faire des paris, vous avez pris un sacré risque en vous battant

90

alors qu'on vous menaçait d'une arme. Comment expliquez-vous cela ?

— Une réaction instinctive.

— Y a-t-il eu quelque chose dans son allure, sa tenue ou son comportement qui vous aurait mis sur vos gardes ?

— Non, pas vraiment.

— Franchement, moi, je ne l'aurais jamais pris pour un voleur. Il était très bien habillé.

— C'était peut-être un voleur prospère. Ces gens-là doivent faire fortune dans une région pareille.

Vascard soupira.

— Son arme n'était pas chargée.

— Bonté divine, si j'étais un voleur, je ne chargerais pas mon arme non plus. Le but, c'est de faire peur aux gens pour les détrousser, pas de les tuer.

— Précisément.

Précisément quoi ? se demanda Carr, sans comprendre où Vascard voulait en venir.

— Combien d'argent aviez-vous sur vous ?

— Entre quarante et cinquante dollars.

— Et vous vous êtes battu pour ça ?

— Je vous l'ai dit, j'ai agi de façon automatique. Je n'ai pas réfléchi.

— Pourquoi ? insista Vascard, curieux.

— Je ne sais pas, c'était un réflexe, voilà tout.

Carr écrasa rageusement sa cigarette dans le cendrier.

— Si j'avais été à votre place, j'aurais d'autant plus eu envie de me battre si j'avais su ou supposé que l'arme était vide.

Un lourd silence tomba entre les deux hommes.

— Où voulez-vous en venir ? finit par s'enquérir Carr.

— J'essaie simplement de comprendre comment un jeune avocat américain peut risquer sa vie pour cinquante dollars. Vous vous sous-estimez, peut-être.

Carr ne trouva aucune repartie convenable et resta silencieux.

— Vous avez dit tout à l'heure que vous pensiez que les hommes dans la Citroën vous tiraient dessus. Pourquoi donc ?

— Sans doute ma suffisance naturelle. Mais la mitraillette était probablement un cadeau d'anniversaire et ils voulaient juste l'essayer.

La main épaisse de Vascard apparut sous la lumière et il écrasa son mégot dans le cendrier. Il prit une autre cigarette et Carr se surprit à essayer d'apercevoir une expression ou une émotion sur son visage à la lueur de l'allumette.

— Les sarcasmes ne nous mèneront nulle part. Vous voulez passer la journée ici ?

Carr écarta les mains.

— Je ne sais pas pourquoi j'ai cru qu'ils me tiraient dessus. Je l'ai juste supposé.

— Vous supposez beaucoup de choses aujourd'hui. Vous avez supposé qu'on voulait vous voler et aussi qu'on vous tirait dessus. Vous êtes un homme très sollicité, dites-moi ?

— Écoutez, si vous m'accusez de quelque chose, pourquoi ne pas le dire ouvertement ?

— D'accord. Vous avez déjà tiré à la mitraillette et moi aussi. Nous savons très bien tous les deux que si ces gens avaient voulu vous tuer, ils vous auraient truffé de plomb.

— Moi, j'ai tiré à la mitraillette ? s'étonna Carr.

Vascard inspira une bouffée de cigarette et gémit intérieurement. Cet homme jouait bien la comédie, mais qu'il se défendait mal ! Il avait eu plus d'une heure dans la salle d'attente pour inventer une histoire qui se tienne et c'était tout ce qu'il trouvait à dire. En cas de guerre, ce pauvre type ne tiendrait pas dix minutes.

— Bon, reprit-il d'une voix patiente. Repartons à zéro. Un homme s'approche de vous avec un pistolet en pleine journée. Vous ne le connaissez pas. Imaginez qu'il n'ait pas voulu vous voler. Que vous voulait-il ?

— Peut-être voulait-il me tuer ?

— Avec une arme non chargée ?

— Je l'ignorais.

— Mais lui le savait parfaitement. À moins que…

Vascard se tut de nouveau. Carr se tortilla sur sa chaise et alluma une cigarette. Il trouvait que la situation se compliquait terriblement. Bon sang, il avait vraiment besoin de boire quelque chose !

— Non, déclara le policier d'un ton catégorique. Il n'était pas question de vous tuer. Ni de vous voler. La suite de cette affaire est trop étrange. Monsieur Carr, n'avez-vous pas pensé que cet homme voulait vous enlever ?

Carr éclata de rire. Quelle idée absurde ! Il se voyait, jeté comme un sac de patates sur l'épaule d'une brute au visage couturé de cicatrices et emporté au fin fond de la montagne.

— Mais pourquoi voudrait-on m'enlever ?

— C'est justement ma question.

— Je ne vois pas.

— Contre une rançon, peut-être. Ou peut-être y a-t-il un lien avec votre... client. Je vous en prie, réfléchissez bien.

— Non, je suis désolé, ce n'est pas possible. Mon père a de l'argent, mais il serait ravi qu'on me kidnappe. Il serait même prêt à payer pour qu'on me garde.

— Et Victor Jenning ? demanda brusquement Vascard.

— Que voulez-vous que je vous dise ? Je ne sais pas qui c'est.

— Il est pourtant assez connu. Peut-être avez-vous entendu au moins son nom, lors d'une soirée par exemple ?

— Non, jamais.

Vascard soupira.

— Très bien.

Il se leva et alla ouvrir les volets. Le soleil brûlant inonda la pièce. Carr plissa les yeux.

— Je doute que nous ayons le moindre intérêt à prolonger cette conversation, déclara Vascard en le regardant d'un air pensif et appuyé. J'aimerais néanmoins vous donner un conseil et j'espère que vous le suivrez.

— Oui ?

— Votre position ici est très difficile. Vous avez été impliqué dans un incident grave et vous voulez nous faire croire que vous n'y êtes pour rien. Il s'agit d'un incident sérieux qui peut se reproduire ou avoir certaines répercussions.

Carr hocha la tête.

— Tout ce que je peux faire pour vous, c'est regarder de l'autre côté. Les gens comme vous me compliquent la vie, mais j'accepte de fermer les yeux cette fois-ci. La prochaine fois, en revanche…

Il laissa sa phrase en suspens et haussa les épaules.

— Que voulez-vous dire ?

— Je crois que nous nous sommes très bien compris, monsieur Carr.

— Non, je crois au contraire que nous ne nous comprenons pas du tout. J'ai besoin d'une protection. Il y a eu un meurtre et la situation n'est vraiment pas claire. Vous êtes censé veiller sur moi. Sinon, je suis à la merci de…

— Monsieur Carr. Votre énergie m'émerveille. Arrêtez de vous lamenter. Je fais tout ce que je peux pour vous, je vous le jure. Ne m'en demandez pas plus.

— Vous essayez de me faire peur.

— Vous ne me semblez pas du genre à vous effrayer facilement. Mais vous êtes un excellent acteur. Je le pense sincèrement. Bravo !

— Salaud ! lâcha Carr.

Qu'est-ce que c'était que cette mauvaise blague ?

Il se leva et quitta le bureau à grands pas.

Le docteur Liseau décrocha le téléphone et écouta.

— Je me moque de vos explications, lâcha-t-il au bout de quelques minutes. Vous avez foiré. Il n'y a rien d'autre à ajouter. Combien de temps a-t-il passé au commissariat ? Vraiment ? Je suis surpris qu'ils l'aient gardé aussi longtemps.

Pendant que son interlocuteur poursuivait ses explications, il prit un bistouri dans son tiroir et l'inclina sous la lumière. La lame se mit à briller contrairement au métal mat du manche.

— Très bien, dit-il enfin. Je vous laisse une dernière chance. Mais ma patience a des limites.

Liseau reposa le combiné et regarda le bistouri de plus près. C'était un Hamilton Bell, avec une lame en acier allemand n° 22, une lame assez large que beaucoup jugeaient trop lourde. Mais Liseau ne partageait pas cet avis. Il aimait les bistouris à large tranchant.

8.

Roger Carr, assis dans un fauteuil, contemplait sa spacieuse chambre d'hôtel Louis XVI dotée d'un balcon qui donnait sur la mer. En son centre, trônait un grand lit à baldaquin rose au motif floral que l'on retrouvait sur le couvre-pied et les rideaux. Un tissu vert et or recouvrait les fauteuils aux accoudoirs en bois doré sculptés de feuilles et de volutes. C'était en fait une chambre très féminine, conclut-il. Alors qu'il allumait une cigarette, il se rappela sa satisfaction quand l'hôtel avait eu la délicatesse de lui donner un grand lit sans qu'il ait à le réclamer. À présent, plus rien ne lui faisait plaisir. Son entretien avec la police l'avait perturbé et il avait terriblement besoin d'un verre.

Il décrocha le téléphone blanc sur la table de chevet.

— Le service d'étage, s'il vous plaît.

Un déclic retentit pendant qu'on le lui passait.

— Je voudrais une vodka et un sandwich poulet-salade. Chambre 304.

Il se leva et arpenta l'épaisse moquette verte pendant plusieurs minutes. On frappa à la porte. Quelle rapidité ! songea-t-il. Il ouvrit et, à sa surprise, un homme se glissa furtivement dans sa chambre et balaya le couloir d'un dernier coup d'œil. Il était petit, basané, avec des cheveux en brosse et un sourire lubrique. Il portait une barbe de deux jours et il y avait comme de la sauce sur le devant de son pull foncé. Il avait des mains répugnantes, couvertes de graisse et de crasse. Carr le remarqua quand l'inconnu mit un doigt sur ses lèvres et referma la porte.

— Mais…

L'homme lui plaqua une main nauséabonde sur la bouche et, après lui avoir fait « non » de la tête, la retira.

Les yeux écarquillés, Carr le regarda scruter la pièce et passer le mobilier au crible. Il examina le plafonnier en plissant les yeux puis vérifia sous le lit et derrière les tableaux. Il souleva ensuite le téléphone et sourit. Il montra à Carr l'objet plat collé en dessous. Il sortit un couteau et le détacha.

— Mais…

L'homme secoua de nouveau la tête énergiquement. Carr referma la bouche et se joignit aux recherches. Un deuxième microphone fut découvert au-dessus de la moulure de la porte du placard. L'homme l'arracha et le jeta par la fenêtre, puis il poussa un profond soupir.

— Nous pouvons enfin parler.

— Asseyez-vous, murmura Carr d'une voix hésitante.

Qui pouvait bien vouloir mettre sa chambre sur écoute ?

— Non, je reste debout. Vous, asseyez-vous. Ces micros vous étonnent ?

— Franchement, oui.

L'homme secoua la tête d'un air perplexe.

— Moi aussi. Ce n'est plus comme au bon vieux temps. Il fallait des heures pour les retrouver. Maintenant…

Il conclut sa pensée d'un claquement de doigts.

— Que voulez-vous ? poursuivit Carr.

L'homme éclata de rire et Carr se souvint subitement de la conversation au téléphone et du rendez-vous à midi. Il l'avait complètement oublié, mais pas l'homme en face de lui, apparemment.

— Que voulez-vous, vous, mon ami ? poursuivit le petit homme.

— Ne faites pas le malin. Je ne veux rien.

L'autre agita la main et alluma une cigarette.

— Inutile de vous méfier. Vous pouvez compter sur moi, je vous assure. J'ai exactement ce qu'il vous faut.

— Comment ça ?

— Disons qu'il y a un maillon faible dans la chaîne, hein ? s'esclaffa-t-il et une odeur d'ail chatouilla désagréablement les narines de Carr. Un maillon sur le point de se briser et qui ne demande que ça, mon ami. Là, maintenant ! ajouta-t-il en soulignant son affirmation d'un tapement de pied. Alors, qu'en dites-vous ? On fait affaire ?

— Écoutez, je pense que vous vous trompez. Je suis ici pour acheter une villa, rien d'autre. Je ne sais pas de quoi…

L'homme lui tapota l'épaule d'un air entendu.

— Bien sûr, bien sûr. Je ne vous demande pas de me raconter votre vie. Je vous fais confiance, mon ami.

Carr se gratta la tête et alluma une cigarette.

— Mais ne perdons pas de temps, d'accord ? J'ai pris des risques en venant ici. Et nous aurions des ennuis tous les deux si je me faisais pincer. Même tous les trois.

— Tous les trois ?

— *Mais oui !* Le maillon aussi.

— Ben voyons, acquiesça Carr avec la désagréable impression que ces conversations insensées ne devaient plus le surprendre, qu'elles faisaient désormais partie intégrante de sa vie.

— *Alors ?* Allons droit au fait ! Combien payez-vous ?

Carr haussa les épaules.

— L'Amérique est un pays riche, mon ami. Une telle information, ça vaut cher. Je pensais à cinq pour cent de la valeur de la cargaison. Qu'en dites-vous ? Ça vous va ?

— Peut-être.

— C'est donné, à ce prix-là.

— Sans doute.

— Vous voulez réfléchir et en parler à vos amis, c'est ça ? Je comprends. L'information n'est pas vraiment gratuite, s'esclaffa-t-il en lui donnant une grande claque dans le dos. Mais rendez-vous compte ! Connaître tout le complot de l'intérieur… *Incroyable*, non ?

Il recula et sourit comme s'il venait de réaliser un tour de magie.

— Vous voulez des preuves de ma bonne foi, alors je vais vous donner quelques détails. *Bon.* Mais je ne peux pas trop vous en dire, sinon vous devinerez tout. Disons juste qu'ils sont cinq dans cette histoire et que leur plan est génial. Ils le coinceront si vous n'agissez pas. Il n'y a pas une seconde à perdre, retrouvons-nous demain, hein ? Ici ?

Il retira une alliance en or de son petit doigt et la tendit à Carr.

— Demain à midi, dans les *toilettes publiques* sur la plage. Vous les connaissez ? Près de l'American Express. Portez cette bague et un homme établira le contact avec vous. Peut-être moi, peut-être un autre, d'accord ?

Carr considéra l'anneau d'un œil sceptique.

— N'oubliez pas le prix, insista l'homme en se dirigeant vers la porte. Cinq pour cent, pas un sou de moins. Ce prix n'est pas négociable.

Sur ces mots, il disparut et Carr se retrouva avec, au creux de la main, un petit anneau en or qui ne l'avançait guère.

9.

Pierre Morneau n'avait qu'un rêve : devenir chef. Certes, dans son emploi actuel, il ne cuisinait pas. Mais il était encore jeune, seize ans à peine, et, bien qu'il n'occupe qu'un poste de serveur, il apprenait beaucoup.

Il entra dans l'ascenseur avec le plateau destiné à la chambre 304, celle de l'Américain, celui qui ne commandait qu'à boire d'habitude. Là, ce n'était guère mieux, une vodka avec un sandwich poulet-salade. Pierre fit la grimace. C'était à désespérer, ces Américains n'avaient aucun goût.

Comme il était seul dans l'ascenseur, il suivit sa routine habituelle, c'est-à-dire qu'il goûta la nourriture qu'il montait. Il le faisait par curiosité et aussi un peu par mépris. Le chef qui assurait les commandes du service d'étage était vieux et pas du tout à la hauteur. Pierre s'en rendait compte et il se sentait chaque fois rassuré et plein d'espoir quand il goûtait l'un de ses plats, tout juste bons, quand ils n'étaient pas carrément mauvais.

Il souleva le lourd couvercle en argent et regarda le sandwich. Quelle invention barbare ! Il retira avec précaution une bouchée de poulet sur une petite feuille de laitue, l'enfourna et replaça prudemment le couvercle : l'ascenseur pouvait s'arrêter à tout instant pour laisser monter quelqu'un.

Son opinion sur le vieux chef fut une nouvelle fois confirmée. Le poulet avait un goût vraiment bizarre. Salé, un peu aigre. Non, ce n'était pas du sel, mais un autre ingrédient vaguement similaire. Qu'est-ce que ça pouvait bien être ?

Alors qu'il se posait la question, sa tête se mit à tourner et ses genoux cédèrent sous son poids. Le plateau tomba par terre avec fracas et le sandwich s'ouvrit sur sa chemise. Mais Pierre ne s'en aperçut pas : il avait perdu connaissance.

Vingt minutes après le départ du petit homme, on frappa de nouveau à la chambre de Carr. Il s'apprêtait justement à rappeler la réception pour savoir si on n'avait pas oublié sa commande.

— Il était temps ! s'exclama-t-il en ouvrant la porte.

Il s'arrêta en voyant non pas le serveur, mais deux hommes en costume qui parurent aussi surpris que lui. Pendant un long moment, personne ne dit mot.

— Puis-je vous aider ? demanda finalement Carr.

— Je crois que nous nous sommes trompés de chambre, répondit l'un des deux inconnus. Vous n'êtes pas M. Raymond ?

— Non, désolé.

— Excusez-nous, monsieur.

Les hommes repartirent. Carr alla directement au téléphone, demanda le service d'étage et se plaignit de ne toujours pas avoir son sandwich et surtout sa boisson.

L'employé à l'autre bout du fil tenta de le calmer en lui disant qu'il y avait eu un accident. Un serveur s'était évanoui alors qu'il montait sa commande. Dans la confusion, ils avaient pris du retard…

Pendant qu'il parlait, on frappa de nouveau à sa porte. Cette fois, il se trouva devant un garçon en livrée qui lui tendit un télégramme sur un plateau d'argent. Il le prit et retourna terminer sa conversation téléphonique.

L'homme du service d'étage se confondit en excuses. Sa commande allait arriver et il espérait que M. Carr l'accepterait avec les compliments de l'hôtel. Carr raccrocha, satisfait. Il ouvrit le télégramme. Il venait de New York.

SELON AMIS VILLA PERRANI À VENDRE AGENCE K D GRAFF STOP PROPOSE 400 STOP NE DÉPASSE PAS UN DEMI-MILLION STOP EMBRASSE LA FILLE POUR MOI STOP BONNE CHANCE

SONNY

Le gouverneur s'était donc trouvé une villa tout seul. Quel rebondissement inattendu ! Il consulta sa montre pour constater une fois de plus qu'elle était bloquée sur 2 h 46. Il faudrait qu'il la fasse réparer au plus vite. Il vit par la fenêtre que le soleil déclinait. Il était sans doute trop tard pour contacter Graff. Il irait le voir le lendemain.

Le sandwich et la vodka arrivèrent et il s'aperçut qu'il avait vraiment besoin des deux pour se remonter. Quand il les eut avalés, il se rendit à la salle de bains pour se doucher avant d'aller dîner.

Liseau devait faire un gros effort pour ne pas s'emporter. L'Allemand avait de nouveau échoué. Les enlèvements n'étaient pas son fort, apparemment. Quelle idée absurde, pour ne pas dire téméraire, de vouloir droguer l'Américain et le kidnapper en plein Negresco ! Quelle chance incroyable que cela n'ait pas marché ! Ils se seraient sûrement fait prendre.

Cependant, il avait à présent d'autres préoccupations plus pressantes et plus importantes, et elles concernaient l'unité de son groupe.

— Vous dites que les micros ont été découverts et détruits ?

— Oui. Juste après son arrivée dans la chambre. Nous n'avons donc aucun enregistrement de la conversation.

— C'est bien regrettable. Où est cet homme à présent ?

Brauer montra la porte d'un hochement de tête.

— Nous l'avons cueilli au moment où il quittait l'hôtel par la porte de service.

Liseau attrapa sa trousse noire de médecin.

— Excellent ! Je vais le voir tout de suite. Dites à Josette de préparer une bière et un plateau d'amuse-gueules.

Il s'avança dans la pièce voisine. Elle était vide à l'exception de deux chaises et une table. Le soleil couchant qui entrait par les grandes fenêtres jetait une lueur rouge sur les murs nus et blancs. Le petit homme basané aux cheveux coupés en brosse, dénudé jusqu'à la taille, était ficelé sur une chaise étrange, matelassée comme un fauteuil de dentiste et munie de solides accoudoirs. Ceux-ci se terminaient par des planchettes sur lesquelles ses mains étaient fermement fixées, les doigts écartés.

L'homme jura quand Liseau apparut.

— J'espère que vous n'êtes pas trop inconfortable, dit le chirurgien en posant sa sacoche.

Chaque fois qu'il procédait à un interrogatoire, il commençait par un examen physique approfondi. C'était important. Il ne fallait pas surmener un homme au cœur fragile. Un nombre incalculable de séances se terminaient en queue de poisson parce que le sujet était poussé trop vite à ses limites. En agissant avec trop de précipitation, on risquait de perdre sa victime avant d'en tirer le moindre renseignement.

Il sortit son tensiomètre de son sac et fit une lecture. Puis il vérifia le pouls et examina les pupilles à la recherche de signes d'hypertension crânienne. Il écouta la respiration, fit la grimace en sentant son haleine aillée et tapa sa poitrine pour s'assurer qu'il n'avait pas un cœur trop gros.

— Vous avez l'air en bonne santé, conclut-il avec un sourire désarmant.

Il recula pour remplir une seringue de 100 mg d'éphédrine qu'il lui injecta. Ce produit fort utile rendait le sujet plus sensible, plus tendu, plus nerveux. Cela lui permettait également de supporter plus long-temps la torture sans s'évanouir.

— Et si nous parlions maintenant ? suggéra Liseau en se frottant les mains.

Le petit homme basané leva les yeux, son visage de marbre.

Liseau sortit de sa sacoche une bouteille d'acide sul-furique, un compte-gouttes médical, deux bistouris et les posa sur la table. L'homme regarda les instruments étincelants étalés devant lui puis Liseau et se mit à transpirer. Un tic agita ses lèvres.

— Je n'ai aucune envie de vous faire du mal, mon ami, mais il me faut certaines informations, commença Liseau. Dès que vous m'aurez dit ce que je dois savoir, vous serez libre de partir. On se comprend bien tous les deux ?

Le petit homme sourit d'un air désabusé. Il savait qu'il ne quitterait jamais cette pièce vivant.

— *Espèce de con !* grommela-t-il.

Liseau haussa les épaules.

— Comme vous voudrez. Mais laissez-moi vous dire ce que je me propose de faire si vous continuez à refuser de coopérer. Je vais d'abord inciser votre doigt afin d'exposer les nerfs et les muscles. Ensuite, j'appliquerai cet acide sulfurique à 95 %, goutte à goutte. C'est déjà assez douloureux sur la peau nue.

Pour prouver ses dires, il remplit le compte-gouttes et en laissa tomber une seule sur le dos de sa main. La réaction du petit homme fut immédiate. Son visage se tordit de douleur ; il ferma les yeux, les muscles de sa mâchoire et de son cou soudain saillants.

Liseau essuya la goutte.

— Et cela n'est rien. Imaginez la souffrance quand l'acide s'insinue dans une incision profonde jusqu'à l'os ! Imaginez ce que vous allez ressentir sur vos nerfs mis à nu ! Savez-vous que l'acide bouillonne quand il ronge votre peau ?

L'homme écarquilla les yeux de terreur, mais resta coi.

— Dites-moi, comment vous appelez-vous ?

L'homme secoua la tête.

— Je vois qu'on est là pour un moment. Je ferais mieux de prendre une petite collation.

Il se dirigea vers la porte et revint avec le plateau de bière et d'amuse-gueules.

— Je meurs de faim, déclara-t-il en étalant du pâté sur un cracker avec la lame de son bistouri. Pas vous ? demanda-t-il après avoir pris une longue gorgée de bière. Non ?

L'homme eut alors un haut-le-cœur et vomit sur son torse nu.

— Pitoyable, soupira Liseau qui croisa les jambes sans faire un geste pour le nettoyer.

L'odeur était pestilentielle mais, en tant que chirurgien, il était depuis longtemps insensible à ce genre d'agression. Cela ne le dérangeait plus. Il poursuivit tranquillement son repas.

— Dites-moi, comment vous appelez-vous ?

L'homme lança un juron et vomit de nouveau.

Sans lâcher son verre, Liseau prit délicatement son bistouri.

— Pour qui travaillez-vous ?

Pas de réponse.

— Pourquoi êtes-vous allé voir l'Américain ?

Silence.

— Il nous faut les réponses à ces questions. Et malheureusement, vous êtes le seul à pouvoir nous les fournir.

Il écarta sa collation et examina les mains de l'homme d'un air pensif. Il distingua soudain une bande blanche à la base du petit doigt.

— Je vois que vous portez une bague d'habitude. Où est-elle ?

L'homme secoua la tête.

Liseau prit son bistouri et le passa le long du majeur en appuyant juste assez pour couper la peau sans la faire saigner.

C'était le moment que le petit homme attendait. Jusque-là, il n'y avait eu que du bluff, de la psychologie, des mots. À présent venait la douleur, une douleur qu'il ne pouvait éviter mais qu'il aurait aimé tourner à son avantage pour mourir rapidement. Autant espérer se suicider en retenant sa respiration.

— Où est la bague ?

Le petit homme répondit par un bruit vulgaire.

Liseau soupira de nouveau et ramena le bistouri au-dessus du doigt. Puis, d'un geste brutal, il planta la pointe dans l'articulation. La douleur remonta instantanément au cerveau du petit homme. Il renversa la tête en arrière et retint son souffle.

— L'auriez-vous donnée à l'Américain ?

Pas de réponse.

Liseau fit une nouvelle incision sur toute la longueur du doigt. Il sentit la lame racler l'os. Le sang coula à flots et il ne fit rien pour l'arrêter.

— Où est la bague ?

Les yeux écarquillés, le petit homme fut soulevé par une nouvelle nausée, mais il n'avait plus rien à rejeter.

— Je l'ai perdue, lâcha-t-il dans un souffle.

— Je constate avec plaisir que vous pouvez encore parler. Voilà qui est mieux. Où l'avez-vous perdue ?

— Je ne sais pas.

Liseau écarta la plaie du bout des doigts et y versa une goutte d'acide. Le corps inondé de sueur, l'homme ferma les yeux et hurla à pleins poumons, tout en luttant contre ses liens. Il ne cessa de hurler que lorsque Liseau déposa une goutte d'hydroxyde de sodium pour neutraliser l'acide. Il laissa alors retomber sa tête sur sa poitrine, inerte, épuisé.

— Si vous espérez vous évanouir, n'y comptez pas, poursuivit Liseau. Je vous ai fait une injection afin que votre cœur batte vite. J'ai bien peur que vous ne restiez constamment conscient. Avez-vous donné la bague à l'Américain ?

— Je ne connais aucun Américain.

L'acide goutta de nouveau sur la plaie. Les chairs noircirent. Un petit filet de fumée âcre s'en éleva. L'homme hurla. Liseau mit des bouchons dans ses oreilles et ajouta encore de l'acide. Il attendit plusieurs minutes avant d'appliquer de l'hydroxyde de sodium.

— Alors, pouvons-nous arrêter nos petits jeux ? Dites-moi votre nom.

— Allez au diable ! rétorqua l'homme d'une voix faible.

Liseau fronça les sourcils mais, en réalité, il commençait à s'amuser. Il était toujours déçu quand sa victime avouait trop vite ce qu'elle savait. Il préférait les durs, ceux qui tenaient jusqu'au bout.

— Peut-être que cela ne vous fait pas tellement souffrir. Dans ce cas, je peux vous proposer mieux. Comme dissoudre votre oreille jusqu'à ce qu'elle se détache de votre tête. C'est assez amusant. Ou vous faire entendre le grésillement intéressant que fait l'acide en brûlant votre globe oculaire. Qu'en pensez-vous, mon ami ? Ai-je réussi à exciter votre curiosité ?

Liseau parlait avec calme sur le ton de la conversation. Il savait pertinemment que la souffrance réside en grande partie dans l'anticipation. L'angoisse psychologique dépasse la douleur physique. C'est comme le plaisir sexuel, tout se passe dans la tête.

Le petit homme le savait, lui aussi, et tentait d'ignorer sa voix. Il ne voulait pas savoir ce qui l'attendait et encore moins l'imaginer.

— La langue ? demanda Liseau comme s'il pensait à voix haute. Ou le nez ? J'ai vu l'acide ronger un nez goutte à goutte jusqu'à ce qu'il ne reste plus qu'un trou béant sur le visage de son propriétaire. C'était assez douloureux, paraît-il.

L'homme ne dit rien.

— Comment vous appelez-vous ?

— Je ne sais pas.

— Vous êtes courageux, dites donc ! s'esclaffa Liseau. Mais je vous ferai parler. Savez-vous ce qui me vient à l'esprit ?

Le petit homme ne leva pas les yeux, mais sa peau se hérissa.

— Il existe d'autres parties du corps plus richement innervées que le doigt. Vous voyez ce que je veux dire ?

Mon Dieu, non ! songea le petit homme. *Pas ça !*

Liseau laissa échapper un rire.

— Je crois que vous voyez à quoi je fais allusion. Nous pourrions essayer ailleurs que sur votre doigt. La même technique, mais sur une zone plus… réceptive. Et vous parlerez, mon ami, ajouta-t-il en se penchant vers lui. Vous me direz tout.

— Dites-moi tout, l'encouragea le psychiatre. Tout ce qui vous vient à l'esprit.

Ralph Gorman était allongé sur le divan. Dans la pièce silencieuse, on entendait seulement le crissement du stylo sur le papier.

— J'ai eu une mauvaise journée. Je ne suis vraiment pas fait pour ce genre de travail. J'étais beaucoup mieux à Amsterdam. C'était plus important comme organisation, avec davantage de personnel pour faire le sale travail. Ici, je dois m'occuper de tout.

— Hum, ponctua le psychiatre en caressant son bouc.

— Mais avant tout, c'est mon agent qui me préoccupe.

Il s'agissait d'une information top secrète, bien sûr. Gorman le savait, mais ce n'était pas la première qu'il confiait à son médecin. Cela restait entre eux, et il fallait bien qu'il en parle à quelqu'un, non ? Il ne pouvait pas laisser tout ça s'accumuler en lui, assaillir ses neurones et nourrir ses anxiétés. C'était une des premières choses qu'il avait apprises de son analyse.

— Mon agent refuse de me contacter. Du coup, mon ulcère me fait de nouveau souffrir. Ce type croit pouvoir se passer de moi. Mais pour qui se prend-il ? Il a besoin de moi, il risque de se faire descendre. Ils sont déjà sur sa piste, je le sais.

— Hum… Et vous l'avez contacté de votre côté ?

— Bien sûr, hier. Il a fait semblant de ne pas savoir qui j'étais. Et mon ulcère est aussitôt reparti. Ensuite, nous avons dû interroger la fille et…

— De quelle fille parlez-vous ? C'est la première fois que vous y faites allusion…

— C'est une fille que nous avons arrêtée la nuit dernière. Nous l'avons kidnappée dans la chambre de notre agent. Elle travaillait pour les autres, vous comprenez. Et nous l'avons interrogée. Une fille superbe. Avec de très gros seins. Les belles filles me rendent nerveux.

— Bien sûr, opina le psychiatre sans cesser d'écrire. Gorman était rassuré par son accent viennois à la fois cultivé et tranquille. Quand il aurait fini de parler de la fille, ils regarderaient ensemble ses gribouillages. C'était le moment qu'il préférait. Le médecin disait qu'il possédait un réel potentiel artistique, même si, naturellement, c'était surtout les significations subconscientes, les symboles sexuels, qui comptaient. Gorman avait appris beaucoup sur lui-même depuis qu'il avait commencé son analyse.

Roger Carr dîna à son hôtel et se rendit ensuite directement au bar. Il n'avait pas très envie de sortir en ville. Il voulait juste passer une soirée tranquille et se coucher tôt. Ce n'était pas dans ses habitudes, mais il était abattu par tout ce qui lui était arrivé.

Il s'installa au bar et commanda une vodka. Près de lui, deux hommes particulièrement bien habillés se disputaient en italien. Il ne comprenait pas un mot, mais saisissait parfois au milieu de leur jargon quelques expressions en français. C'était sans doute des Liguriens qui vivaient juste de l'autre côté de la frontière. En tout cas, ils faisaient beaucoup de bruit.

On lui servit sa vodka. Peu après, les deux hommes s'en allèrent. Carr sirota la liqueur glacée et alluma une cigarette.

— Auriez-vous du feu ? demanda alors une douce voix surgie de nulle part.

Il se retourna et vit une fille d'une beauté éblouissante. Une Eurasienne, au corps mince et musclé sous un fourreau qui mettait en valeur ses seins, petits et fermes. Elle avait un visage doux, sympathique, sensuel.

— Toujours, répondit-il en allumant sa cigarette.

Il regarda les alentours. Elle semblait seule. Quelle chance incroyable ! À moins qu'il ne s'agisse d'un nouveau piège ? Il la jaugea d'un œil critique. Si c'en était un, il était prêt à sauter dedans à pieds joints.

— Voulez-vous prendre un verre avec moi ?

— C'est très gentil, répondit-elle avec un sourire réservé.

Il commanda pour elle et ils quittèrent le bar pour aller s'asseoir à une table d'angle, dans de gros fauteuils en cuir à haut dossier. Elle se déplaça dans un crissement de soie et la fente de sa robe laissa apercevoir la peau lisse et sombre de sa cuisse.

Une fois assise, elle lui adressa un magnifique sourire. Elle était très féminine, mais sans la gracilité et la fragilité habituelles de la plupart des filles d'origine asiatique. Elle avait des yeux bridés, mais immenses et très bruns, des lèvres épaisses et des dents régulières d'un blanc éclatant. De longs cheveux d'un noir de jais encadraient son visage d'un ovale parfait.

Carr se présenta et lui dit qu'il était avocat. Elle lui répondit qu'elle était hôtesse de l'air et qu'elle avait deux jours de libre. À cette annonce sans détour, son cœur s'accéléra et il lui décocha son sourire le plus dévastateur.

— J'ai un message pour vous, poursuivit-elle.

Tiens donc !

— Nous sommes très contents de ce que vous avez fait aujourd'hui, même si G. tient toujours à vous voir. Il aimerait que vous l'appeliez demain ou que vous me donniez un message.

— Vous parlez de la compagnie d'aviation ?

Elle se mit à rire.

114

— *Très drôle.*

Elle semblait sincèrement amusée.

— C'est bizarre, reprit-elle quand leur commande arriva. Je ne vous imaginais pas comme ça. Si ouvert, si sympa. Je sais ce que vous avez fait aujourd'hui. C'était vraiment dangereux. Vous devez avoir les nerfs solides.

— Des nerfs d'acier, rétorqua-t-il en gonflant sa poitrine.

Avec un peu de chance, il mettrait cette ravissante petite poupée dans son lit en moins d'une heure. Il sourit.

— Vous êtes vraiment hôtesse de l'air ?

— Bien sûr. Et vous êtes avocat, répliqua-t-elle en lui rendant son sourire. Vous êtes mignon. Je m'attendais à quelqu'un de plus sérieux, avec peut-être une cicatrice sur la joue.

— Vous savez comment c'est… éluda-t-il.

— Oui, répondit-elle d'une petite voix admirative.

Oh, poupée, même pas une heure…

— Vous devez être très fort, continua-t-elle, sa main toujours sur son bras.

— Pas vraiment, répondit-il d'un ton égal, mais il contracta son biceps. Je crois davantage en la délicatesse.

— Je suis entièrement d'accord avec vous. Vous… vous avez un message pour moi ?

Ça, oui !

— Juste que cet endroit manque d'intimité, répondit-il avant de se renfoncer dans son siège et de parcourir la salle du regard comme pour appuyer cette affirmation.

— Voulez-vous qu'on aille dans ma chambre ? proposa-t-elle.

— Bonne idée, répondit-il d'un air grave, très homme d'affaires.

Au moment où ils partaient, Carr aperçut le colosse blond debout au bar. Un bref instant, leurs regards se croisèrent puis le malabar détourna les yeux. Cet échange le troubla mais, avec cette fille ravissante à son bras, il avait déjà l'esprit ailleurs.

Il faisait sombre dans la chambre et chaud sous les draps. La fille se frotta contre lui.

— Tu es merveilleux, ronronna-t-elle.

Carr sourit dans l'obscurité. C'est vrai, songea-t-il. Qu'aurait-il pu ajouter ?

— Si fort et pourtant si doux.

Il passa un bras autour d'elle pour l'attirer plus près.

— Tu as dû connaître beaucoup de femmes partout dans le monde.

— Eh bien…

Elle lui mit un doigt sur les lèvres et lui embrassa l'épaule.

— Ne me parle pas d'elles. Ce soir, je t'ai rien que pour moi. Il reste du champagne ?

— Une bouteille pleine.

— Mmm…

Elle repoussa les couvertures et alluma la minuscule lampe de chevet. Puis elle trottina pieds nus jusqu'au seau à glace. Elle a vraiment un corps parfait, songea-t-il. On n'en faisait pas de ce modèle aux États-Unis. Si musclée et si mince tout en étant douce et féminine.

Elle prit la bouteille et se tourna vers lui. Ses longs cheveux lui couvrirent un sein.

— Tu veux bien l'ouvrir ?

— Avec plaisir, répondit-il galamment.

Roger Carr ne refusait jamais d'ouvrir du champagne pour une dame nue à deux heures du matin. C'était une des rares choses au monde qu'il jugeait impensable.

— Il faudra me donner le message demain matin, murmura-t-elle au moment où le bouchon sautait.

— Demain matin, promit-il, et ils se remirent sous les draps.

À neuf heures et demie, Roger Carr prenait sa douche dans sa propre chambre et fredonnait « I Want to Hold Your Hand ». La vie lui souriait de nouveau. Il avait quitté la fille profondément endormie dans son lit. Ce qui lui avait évité fort opportunément de laisser un message.

À l'évidence, elle voulait qu'il lui dise quelque chose, mais quoi ? Il n'en avait pas la moindre idée.

10.

— Ça ne me surprend pas, déclara Liseau à Brauer. Je me doutais qu'il ne tiendrait pas la nuit.

Il cachait bien sa déception. Le petit homme aux cheveux en brosse avait enduré les pires souffrances sans rien révéler d'important, enfin rien que Liseau n'aurait pu découvrir par lui-même. Pour lutter contre la douleur, il s'était mordu la langue si souvent qu'à la fin il n'avait plus qu'une masse sanguinolente et gonflée dans la bouche. Il n'aurait pas pu parler même s'il l'avait voulu. Ce qui n'avait pas été le cas.

C'était un sérieux contretemps, d'autant plus que Liseau était à présent convaincu qu'un homme de son groupe s'apprêtait à les trahir. L'Américain aurait peut-être pu l'éclairer sur la question. Il songea de nouveau à la conversation qu'il avait entendue et secoua la tête. Si l'Américain n'était réellement pas impliqué dans l'affaire, il devait être complètement perdu et perturbé. Inutile de compliquer davantage la situation. N'empêche qu'il devait découvrir qui, dans son groupe, jouait double jeu. C'était vital.

— Carr est allé au consulat ?

— Toujours pas, répondit Brauer.

— Et si nous lui mettions un peu de pression ? Juste pour voir d'où vient le vent ?

S'il se rendait alors au consulat, ils n'auraient plus de doutes.

— À quoi pensez-vous ? s'enquit Brauer.

— À un truc plutôt scabreux, répondit joyeusement Liseau.

Les locaux de l'agence K.D. Graff et fils se trouvaient sur le boulevard Victor-Hugo. M. Graff, un homme nanti d'une moustache bien taillée et d'un fume-cigarette plaqué or, parut surpris par les questions de Carr. La villa venait à peine d'être offerte à la vente et aucune publicité n'avait encore été faite. Carr répliqua qu'il avait ses propres sources et demanda le prix. Il n'aimait pas beaucoup Graff.

M. Graff soupira.

— Signor Perrani n'a pas encore fixé son prix. C'est un Italien, un homme d'affaires, et vous savez comment sont les Italiens.

Il haussa les épaules. Ce geste d'impuissance secoua son fume-cigarette et fit tomber de la cendre sur sa chemise en soie. Il la balaya d'un geste impatient.

— Ils brassent beaucoup d'air avec leurs grands gestes. Non pas que j'aie quoi que ce soit contre eux, bien sûr. La culture italienne occupe la deuxième place en Europe. Quoi qu'il en soit, reprit-il en ajustant sa cravate de deux doigts délicats, je dirais que le prix devrait avoisiner les trois millions de francs… nouveaux. Ce qui fait…

— Six cent mille dollars.

— Plus ou moins. Est-ce dans votre fourchette de prix ?

— Cela me paraît assez raisonnable à première vue.

— Mais ça l'est. J'ai d'autres villas disponibles dans ces prix. Si cela vous intéresse, je pourrais…

— Merci, mais je préfère voir d'abord la villa Perrani.

— Bien sûr, bien sûr. Je vais appeler moi-même signor Perrani ce matin. Si vous voulez bien me donner votre nom, ajouta-t-il en sortant un stylo plaqué or. Vous voulez cette villa pour vous ?

— Non, pour un client.

— Je vais noter également le nom de ce client.

— Je pense que le mien suffira.

Carr lui tendit sa carte et Graff l'étudia quelques secondes en passant le doigt sur les caractères gravés en relief.

Graff secoua lentement la tête.

— Vous qui êtes avocat, vous devez bien vous douter que signor Perrani voudra savoir qui achète sa maison. C'est une villa ravissante située dans un endroit magnifique. Il ne la vendra pas à n'importe qui.

— J'espère autre chose qu'un *trou* pour trois millions de francs, rétorqua Carr, et je ne pense pas que signor Perrani élèvera la moindre objection contre mon client quand je lui dirai de qui il s'agit.

Graff fit une tête comme s'il venait de prendre une douche froide.

— Bien sûr, comme vous voulez. J'appellerai ce matin. Pourrais-je vous joindre plus tard à votre hôtel ?

— Oui, je suis au Negresco.

— Très bien, monsieur. Je m'en occupe immédiatement.

Il le raccompagna à la porte et s'inclina.

— Bonne journée, monsieur.

— Bonne journée.

Alors qu'il repartait, Carr se demanda comment occuper le reste de la matinée. Passerait-il une heure dans un café ? Irait-il sur la plage ?

Au même moment, il avisa une publicité pour le Festival de Cannes.

— Il était très gentil, murmura la fille en secouant la tête pour ramener ses longs cheveux sur ses épaules.

— J'en suis certain, répliqua Gorman. Que t'a-t-il dit ?

— Si fort et pourtant si gentil, continua-t-elle en étirant ses bras au-dessus de sa tête.

— Tu lui as bien dit que je voulais le voir ?

— Bien sûr, mais c'était avant, soupira-t-elle avec un regard langoureux.

Seigneur ! songea Gorman. Ne jamais confier un boulot d'homme à une femme !

Rien ne semblait jamais pouvoir altérer l'ambiance reposante et élégante de Cannes. En dépit de toutes les starlettes qui déferlaient de Saint-Tropez en pantalons moulants, de tous les marins qui sifflaient les filles sur la plage, de tous les cars qui déversaient leurs touristes sur la Croisette et de tous les bruyants Américains qui ne cessaient de vanter « Cans », la ville avait réussi à conserver son aura tranquille et sophistiquée. Après plus de cent trente ans de popularité, elle était restée avant tout un lieu de villégiature où les très riches venaient dépenser leur argent et le faisaient avec classe.

Quand Carr y était venu quelques années auparavant, il s'était attendu à y retrouver l'exubérance et la sensualité débridée de Saint-Tropez combinées à un certain snobisme. À sa grande surprise, il s'était rendu compte qu'il n'en était rien. Et il redécouvrit le même plaisir quand il se gara au bout de la Croisette et marcha le long de la plage en direction du port.

Il remarqua cependant quelques changements depuis son dernier passage, qu'il attribua au festival du film. La rue était bordée de drapeaux représentant les pays participants. Les magasins placardaient de grandes photographies de stars et de scènes des films en compétition. Des posters étaient dressés entre les palmiers qui divisaient la chaussée.

Une foule silencieuse entourait l'entrée de l'hôtel Carlton et regardait les voitures s'arrêter en haut de la rampe, et leurs conducteurs entrer et sortir du hall. Plusieurs personnes équipées de jumelles parcouraient les fenêtres des étages ; d'autres brandissaient des appareils photo. Carr s'arrêta, croyant qu'une célébrité allait apparaître. Il ne se passa rien. Il reprit son chemin.

De l'autre côté de la Croisette, sur le trottoir qui dominait la plage, des gens s'agglutinaient le long de la rambarde. Il devait se passer quelque chose. Il se faufila dans la foule et réussit à apercevoir le sable.

Il s'agissait d'une séance photo pour un magazine de mode. Le mannequin, une fille décharnée, très bronzée, aux grands yeux brillants, se prélassait sur un matelas de plage rayé. Elle portait une sorte de justau-corps en dentelle et, pour seule parure, un anneau de perles dorées autour du gros orteil. Elle tenait un fume-cigarette gigantesque entre ses doigts squelettiques et sa tête disparaissait sous un immense chapeau de paille qui ressemblait à un abat-jour.

— Qui est-ce ? demanda un marin qui venait de dégager à coups de coude une place à côté de lui.

— Aucune idée.

Le marin plissa les yeux.

— Encore un mannequin. Je l'ai vue hier, en pantalon de satin bleu. J'ai jamais croisé une nana aussi maigre. Ses côtes doivent vous percer le corps.

Le marin s'éclipsa. Carr se lassa de regarder et repartit. Il vit venir en face de lui une fille très jeune à la bouche boudeuse qui tenait un chien en laisse. Elle portait une salopette avec un chemisier en soie très fine, sans soutien-gorge, c'était évident. Cela fait partie du jeu, de l'esprit du festival, songea-t-il.

Un gros attroupement s'était formé un peu plus loin sur la plage. Quand il s'approcha, il vit que c'étaient des photographes penchés au-dessus d'une fille en bikini rouge. Ils lui parlaient, la titillaient. L'un d'eux lui chatouilla les pieds. Carr était trop loin pour entendre ce qu'il disait, mais il vit la fille secouer la tête. Les uns après les autres, les photographes se redressèrent en haussant les épaules d'un air dégoûté.

La fille se leva d'un bond et retira le haut de son maillot, qu'elle agita comme une bannière. Elle se cambra, une jambe tendue, l'autre légèrement pliée. Puis elle afficha un grand sourire et se dirigea vers l'eau, toujours les seins nus.

La foule l'acclama. Les photographes la poursuivirent. Elle courut le long de l'eau en se retournant de temps en temps pour prendre la pose. Dès qu'elle s'arrêtait, ils s'agenouillaient pour la mitrailler. Quand elle courait, ils la poursuivaient en soulevant un grand nuage de sable, entravés par leurs appareils et leurs sacs de matériel.

La fille se jeta à plat ventre sur le sable. Ses poursuivants haletants poussèrent des cris de protestation. Ils se remirent à la harceler, à la supplier, à la chatouiller. Carr connaissait la suite, il repartit.

Il engloba d'un seul regard les bateaux gris de la Sixième Flotte ancrés dans le port, les plages privées tellement ratissées qu'elles ressemblaient à des pelouses, les groupes d'Allemands en short et en sandales, cuits par le soleil. Puis ses yeux cherchèrent les filles.

L'une d'elles retint particulièrement son attention. Elle ne portait presque rien, juste un bout de vichy bleu et blanc, et avait un corps à couper le souffle, élancé, ferme, bien bronzé. Son visage était dissimulé par un immense chapeau de paille qui ne laissait voir qu'une mèche de cheveux blonds. Près d'elle étaient posés un verre à moitié vide, un paquet de cigarettes, ses lunettes de soleil, un livre de poche et surtout son sac, un grand cabas en alligator avec deux initiales dorées qui brillaient au soleil : AC.

Il décida d'aller lui dire bonjour.

11.

Il donna deux francs au garçon de plage athlétique et se laissa tomber sur le matelas rayé à côté d'elle.

Il se sentait un peu ridicule, allongé sur la plage en costume. Elle ne bougea pas, mais une voix monta du chapeau.

— *Poussez-vous de mon soleil.*

— Redites-moi ça en anglais.

— Vous me bloquez le soleil, idiot !

Charmante fille ! songea-t-il en prenant une cigarette. Un vrai porc-épic !

— Pas du tout. Et puis, le soleil ne vous appartient pas.

— Toutes mes excuses, Roméo. Maintenant, dégage.

Carr gratta une allumette.

— Les excuses ne servent pas à grand-chose

Le chapeau s'écarta et la fille le dévisagea. Elle avait un visage rond d'anglaise avec un regard clair et franc.

— Comment m'avez-vous reconnue ?

Carr contempla le corps ferme allongé sur le sable.

— Vous vous sous-estimez.

— Ça ne risque pas.

Elle se souleva sur un coude et remit son chapeau.

— Comment connaissez-vous Johnson ?

— C'est un ami de la famille.

— Non, sérieusement.

— Eh bien, quand j'étais à Groton, j'ai eu le choix entre un exposé sur lui ou sur Franklin. Franklin était un prétentieux mortel et Johnson un prétentieux intéressant. Et j'adorais la salacité de son ami Boswell.

Il ponctua cette remarque de son sourire le plus innocent. Elle le lui rendit, toute trace de son irritation envolée. Sans doute s'agissait-il d'un réflexe de défense spontané pour une fille dans un endroit pareil. Aussi naturel et nécessaire que chasser une mouche du revers de la main.

— Vous savez que vous ressemblez à un bébé de onze mois ?

— Merci beaucoup, répondit-il en lui prenant sa cigarette pour aspirer une bouffée.

Elle, en revanche, n'avait rien d'un bébé avec ses grands yeux verts ourlés de longs cils qui le regardaient sans ciller. Ses cheveux qui lui arrivaient à peine aux épaules lui parurent plus courts que dans son souvenir. Ils étaient blond foncé et n'avaient pas du tout l'aspect sec et crépu des cheveux décolorés. Elle avait des lèvres pulpeuses, bien dessinées et ne portait aucun maquillage. Elle était bien bâtie avec des épaules carrées et des bras joliment musclés. Le haut de son bikini laissait voir une poitrine rebondie. Elle tendait les pointes de pied, ce qui dessinait une jolie ligne de son menton au bout de ses orteils. Elle le faisait avec beaucoup de naturel ; il en déduisit qu'elle était danseuse.

— Seriez-vous spirituel ? demanda-t-elle.

— Énormément.

— Je m'en doutais.

Elle parcourut ses vêtements du regard.

— Vous êtes un riche ou un bon à rien ? Je me sens le droit de vous poser cette question dans la mesure où vous m'avez piqué une cigarette.

— Je suis un bon à rien riche.

Il essayait de situer son accent : il lui semblait américain alors que son vocabulaire penchait plus vers l'anglais.

— Australienne, poursuivit-elle, comme si elle lisait dans ses pensées. Je suis danseuse. Un travail aussi honnête qu'inintéressant.

Carr se présenta et lui dit qu'il était avocat et qu'il était venu acheter une villa.

— Anne Crittenden, se présenta-t-elle à son tour. Et vous l'avez trouvée ?

— Pas encore.

— C'est pour ça que vous êtes en costume. Vous faites très homme d'affaires.

— Oui, j'ai cru remarquer que ce n'était pas la mode par ici.

— J'en déduis que vous avez vu le numéro de tout à l'heure.

Il hocha la tête.

— Vous n'approuvez pas ?

Elle le contempla d'un regard appréciateur.

— Si vous vous y connaissez en art, vous savez que les plus belles expositions ont lieu en privé, sur invitation.

— Je dois avouer que j'achète toujours sur un coup de tête, répondit-il, soudain conscient de la chaleur qui régnait sur la plage.

— Je m'en doutais. Vous n'avez pas trop chaud dans cette tenue ?

— Si, en fin de compte.

— Alors pourquoi ne m'invitez-vous pas à déjeuner ?

— Oh, merci. J'accepte avec grand plaisir.

Quelle fille étrange, songea-t-il. Il se demanda si elle était toujours aussi directe ou si c'était juste une façon de déstabiliser son interlocuteur. Il la regarda se lever, toujours aussi gracieuse. Elle remarqua son regard.

— Vous avez faim ? demanda-t-elle avec un sourire qui n'avait rien de moqueur.

— Je commence.

— Je vous trouve un regard démoniaque.

— Une tare congénitale. C'est de famille.

Elle éclata de rire et secoua la tête. Ses cheveux dansèrent autour de son visage.

— Je reviens tout de suite.

Elle disparut dans une cabine. Il souleva son livre. *La Chartreuse de Parme*. Stendhal lui parut un choix inhabituel pour une journée de farniente sur la plage. Il le feuilleta en vitesse et vit qu'elle avait souligné certains passages et noté le numéro des pages à l'intérieur de la couverture.

Anne émergea, vêtue d'une robe en lin vert pâle toute simple, mais visiblement coûteuse. La couleur était assortie à ses yeux. Il se leva et s'aperçut qu'en sandales elle était presque aussi grande que lui. Malgré sa taille, elle n'avait rien de masculin. Pas avec ces seins qui pointaient sous sa robe. Pas avec ce sourire.

— Vous êtes rapide !

— C'est une des premières choses qu'on apprend dans mon métier, répondit-elle en nouant un foulard en mousseline sur sa tête. Une danseuse doit savoir se changer rapidement. Où allons-nous ?

— Vous êtes là depuis plus longtemps que moi. Si vous choisissiez ?

— Très bien. Vous vous intéressez à l'art ?

Carr la dévisagea, cherchant le sous-entendu, avant de répondre d'une voix hésitante.

— Oui…

— Formidable ! Il y a un endroit merveilleux pas loin d'ici, à Saint-Paul. On y va ?

— D'accord.

— Vous avez une voiture ?

Il hocha la tête. Elle lui prit le bras tandis qu'ils remontaient la rue en suivant la plage.

— À la longue, la Riviera finit par vous taper sur le système, reprit-elle. Ça va bien un moment, mais tôt ou tard, on a l'impression qu'elle combine tout ce qu'on peut trouver de pire à Miami et à Las Vegas.

— Vous êtes allée aux États-Unis ?

— Oui.

Ils dépassèrent une rangée de chaises longues dépliées sur le trottoir. De vieilles dames nourrissaient les pigeons. Il y avait plusieurs jeunes mères, des filles magnifiques, assises près de la poussette de leur enfant, le visage levé vers le soleil, les yeux fermés.

— Regardez les gens. Les vieilles dames retraitées et les jeunes qui ne travaillent pas.

Carr nota une note d'amertume dans sa voix, mais ne dit rien. Il remarqua de nouveau combien ses vêtements semblaient coûteux. Trop coûteux pour le salaire d'une danseuse.

Alors qu'ils traversaient la Croisette en face du Miramar, Carr vit une jeune fille qui venait en face d'eux. Elle était sexy mais vulgaire, avec de longs cheveux auburn, un pantalon moulant et un pull sans manches ultraserré. Ce fut surtout sa démarche qui attira son attention. Elle avançait le dos cambré, le bassin en avant. Il la regarda passer, un peu sidéré.

— J'ai mal aux reins pour elle, soupira Anne.

Carr éclata de rire.

Une voiture dévala le boulevard dans un rugissement. C'était un coupé aux lignes typiques d'un grand carrossier italien. Anne agita la main quand il passa devant eux et Carr entrevit un visage caché derrière des lunettes noires d'aviateur.

— Un ami ?

— En quelque sorte.

— Jolie voiture.

— Oui, c'est une Ferrari. Il en est très fier.

Ils arrivèrent à son Alfa et, pour la première fois, il se sentit embarrassé à sa vue. Le coupé avait l'air tellement petit et fragile à côté de la Ferrari. Cependant, loin de s'en formaliser, Anne hocha la tête d'un air approbateur. Il l'aida à s'asseoir, fasciné par la façon dont elle glissa ses longues jambes bronzées sous le tableau de bord.

Il se mit au volant, démarra et se faufila dans la circulation. Ils quittèrent la ville par la route qui traversait Juan-les-Pins en direction du cap d'Antibes. Il n'y avait pas beaucoup de monde. Il était midi ; les gens déjeunaient.

— Vous allez à la course le week-end prochain ? demanda Anne.

Le Grand Prix de Monaco avait lieu cinq jours plus tard, le dimanche suivant, et il avait en effet prévu de s'y rendre.

— J'espère. Mais je déteste y aller tout seul.

— Vous êtes plus rapide qu'une balle de pistolet ! Vous ne pouviez pas attendre au moins la fin du déjeuner ?

— Et plus puissant qu'une locomotive, grommela-t-il.

— Est-ce une proposition ?

— Oui.

— Vous m'insultez.

— Charmant !

Ils arrivèrent à un croisement et s'engagèrent sur la route sinueuse qui conduisait à Vence. La vue magnifique donnait sur les villas et les serres des horticulteurs qui s'étalaient au pied des collines. Anne bavardait sans attendre de réponse, à la grande satisfaction de Carr. C'était la première fille qui comprenait instinctivement qu'il n'aimait pas parler en conduisant.

Il apprit que son père avait été diplomate, qu'elle était fille unique et qu'elle avait beaucoup voyagé avec lui. Il découvrit également que, sous ses airs désinvoltes, elle possédait beaucoup de connaissances sur l'astronomie, les voitures, l'art et la littérature française, allemande et anglaise. Il aimait l'entendre et appréciait sa façon de présenter les choses.

Il était heureux. C'était une de ces rares rencontres qui commencent vraiment bien, sans qu'on puisse s'expliquer pourquoi. Cette fille lui plaisait et il sentait qu'il lui plaisait, lui aussi.

Sur leur gauche, dressée sur un éperon rocheux, apparut une cité fortifiée, éblouissante de soleil. Carr se gara et ils descendirent. La ville de Saint-Paul était assez grande. Ses maisons ocre se serraient entre ses murailles autour de la collégiale et de son clocher. Les remparts apparemment intacts dominaient une vallée profonde et verdoyante.

— Je n'aimerais pas m'y attaquer, remarqua Carr. Cette cité semble imprenable.

— Ne savez-vous pas qu'il n'existe pas de forteresse imprenable, juste des attaques mal menées ? demanda-t-elle, un sourire en coin.

Carr lui jeta un regard furtif qu'elle lui retourna avec une franchise déroutante.

— Je croyais vous avoir offensée.

— Je l'étais, mais il ne faut pas m'en vouloir. Vous savez que vous ressemblez à un satyre ?

— Parlez-moi encore de vous.

— Pas tout d'un coup.

Ils remontèrent en voiture.

— Dans *Le Guide Michelin*, Saint-Paul a deux étoiles, reprit-elle alors qu'il redémarrait. Ce qui signifie que ça vaut le détour. Trois étoiles signifient que ça mérite le voyage. Ils pensent que Cannes mérite le voyage, ajouta-t-elle en riant.

— Vous n'aimez pas Cannes, on dirait ?

— Non, vraiment pas.

— Pourquoi y restez-vous ?

Elle se mordilla la lèvre.

— Je ne peux pas faire autrement.

— Comme disent les Américains, *You Cannes, but you can't*.

Elle s'esclaffa de nouveau.

— Arrêtez, c'est un très mauvais jeu de mots.

— J'ai un don pour ça, j'en ai peur.

— Mon Dieu !

La route s'incurvait doucement vers le village et ils se garèrent juste à l'extérieur des remparts qui paraissaient plus gris, vus de près. Le restaurant était en fait une auberge de campagne, La Colombe d'Or. C'était une grande maison de pierre construite à l'extérieur des murailles sur une corniche. L'enseigne bleue suspendue au-dessus de l'entrée montrait une colombe d'or survolant la cité fortifiée.

Ils passèrent sous une vieille arche et débouchèrent sur une terrasse ensoleillée. Les tables blanches décorées de fleurs aux couleurs vives donnaient toutes sur la vallée verdoyante.

Anne le fit entrer dans l'auberge pour le conduire vers une petite salle assez sombre, meublée de chaises et de lourdes tables rustiques.

— Le propriétaire de ce restaurant avait l'habitude d'offrir à manger aux jeunes artistes fauchés en échange de leurs toiles. Regardez ce qu'il a récolté.

Carr fit le tour de la pièce en lisant les signatures des tableaux à voix haute.

— Modigliani, Matisse, Picasso, Léger…

Il se retourna vers Anne qui souriait d'un air satisfait.

— Un petit malin, hein ? gloussa-t-elle.

— Plutôt !

— Ce sont toutes des œuvres de jeunesse et certaines ne sont pas bonnes. Ma préférée, c'est le Matisse dans le coin.

Carr s'approcha pour l'examiner. Il s'agissait d'un visage dont le trait portait l'élan lyrique du peintre.

— Vous avez vu la chapelle à Vence ? Eh bien, il faudra qu'on y aille, lâcha-t-elle spontanément.

Il sourit.

— Vous n'avez pas encore gagné, vous savez ? protesta-t-elle. Qu'y a-t-il de si drôle ?

— Rien. Vous me plaisez.

Il la prit par la main et ils regagnèrent la terrasse pour déjeuner. Ils prirent une table sur le côté avec une jolie vue sur la vallée verte et humide et les champs en terrasse bien entretenus qui entouraient des mas aux toits rouges. Juste sous leurs pieds se trouvait le pigeonnier à l'origine du nom du restaurant.

— Cet endroit est comme vous : il mérite plus qu'un détour, déclara Carr alors qu'ils attendaient les hors-d'œuvre.

— C'est une citation ?

— Bien sûr.

Elle sourit.

— Mériterais-je le voyage ?

Ses yeux verts scintillaient sous le soleil.

— Oh, c'est difficile à dire. Comment voulez-vous que je vous compare à Chartres ou à Notre-Dame ?

— Eh bien, je trouverais assez intéressant de vous comparer au Mont-Saint-Michel !

Carr se tortilla. Cette fille avait le don de le déstabiliser.

— Tout dépend de la personne qui m'inspire.

— *Touché !* pouffa-t-elle.

— Dès que j'en aurai l'occasion, promit-il, et ils se turent tous les deux.

Leur entrée arriva. Elle comprenait une bonne vingtaine de petits plats magnifiquement présentés et un grand saladier de légumes crus.

— Il y aura vraiment autre chose après ça ? s'étonna-t-il.

— Oui, répondit-elle alors que le serveur leur apportait une bouteille de rosé dans un seau à glace. Mais je ne peux pas manger comme ça très souvent. Je dois surveiller mon poids.

— Vous plaisantez. Je vous croyais du genre à ne jamais faire de régime.

Elle prit une écrevisse et ses cheveux blonds qui tombèrent sur son visage captèrent la lumière.

— Il ne faut pas rêver. Normalement, je vis de fruits, de laitue et d'eau distillée, sans parler des trois heures d'exercice par jour. J'y suis obligée. La concurrence est rude par ici. J'ai déjà eu de la chance de décrocher un job de danseuse.

— Où travaillez-vous ?

— Au casino de Cannes. Nous sommes entre deux saisons, le spectacle d'hiver est terminé et celui d'été ne reprendra que dans dix jours. Nous répétons deux fois par jour au Palm Beach. Une fois le matin et une autre le soir après le dîner. C'est suffisant pour vous ôter toute envie de vous empiffrer.

Carr hocha la tête.

— Vous habitez Cannes ?

— Menton.

Elle prit un radis, l'examina pensivement et le mit dans sa bouche.

— En fait, je ne devrais pas me plaindre de mon travail. Non seulement j'ai la chance d'exhiber mon joli petit corps devant la foule en extase, mais je peux parler philosophie avec les autres filles. C'est très stimulant, croyez-moi. Ces radis sont amers.

— Pourquoi n'arrêtez-vous pas ? demanda-t-il une nouvelle fois.

— Vous savez, l'art exposé dans cette auberge n'est rien en comparaison de tout ce qu'on trouve dans les environs. Vous avez visité les musées ? Le musée Picasso à Antibes ?

— Non, pas cette fois-ci. J'y suis allé il y a quelques années quand je suis passé dans la région. Picasso habite près d'ici, non ?

Elle écarta le reste des radis et goûta les concombres.

— Il a une villa, La Californie, au nord de Cannes. Et une nouvelle femme qui le séquestre et l'empêche de voir qui que ce soit. Ça fait scandale dans le coin.

— J'imagine.

Elle repoussa ses cheveux de son visage d'une main aux doigts fins et délicats.

— L'art ne vous intéresse pas vraiment, n'est-ce pas ?

— Non, ce n'est pas ça.

Il réfléchit. En fait, il n'y avait jamais accordé beaucoup d'attention. Il n'avait jamais eu le temps. Fidèle à son style de vie, il ne fréquentait que des filles détendues, agréables et drôles qui ne pensaient qu'à s'amuser. Elles n'étaient ni brillantes ni très intéressantes, mais il passait du bon temps avec elles et ça lui suffisait.

Mais ça ne me suffit plus ! corrigea-t-il mentalement, légèrement irrité. Cela avait assez duré, non ?

Dehors, sur le parking, assis au volant de la Citroën, Brauer jouait au poker avec les deux bouledogues installés à l'arrière. Ses yeux sautaient sans arrêt de ses cartes à l'entrée du restaurant. Ça ne le gênait pas de diviser son attention. Il gagnait haut la main.

— Vous avez l'air jeune, reprit Anne. Quel âge avez-vous ?

— Trente-sept ans.

— Marié ? poursuivit-elle d'un ton totalement désinvolte.

— Non.

— Vous ne l'avez jamais été ?

Carr secoua la tête.

— Ça, c'est intéressant ! Cela fait de vous un idéaliste, un misogyne, un play-boy invétéré ou un menteur.

— Je dois choisir ?

— Je vous classerais plutôt dans les play-boys. Laissez-moi deviner votre technique de séduction. Vous êtes vraiment riche ?

— Pas particulièrement.

— Mais vous avez une Alfa. Vous la louez, je suppose. Quel genre de voiture avez-vous aux États-Unis ? Une Porsche ?

— Une Austin-Healey.

— Je vois. Vous devez avoir une maison, un petit pied-à-terre ?

— Oui, répondit-il, dérangé par sa perspicacité, se gardant bien de préciser qu'il avait vendu la Porsche pour acheter l'Austin-Healey.

— Et vos vêtements sont bien coupés. Auriez-vous un petit tailleur caché à Rome ou à Londres ?

— Non, répondit-il, content qu'elle se soit trompée.

— Brook Brothers, décréta-t-elle. Américain jusqu'au bout des ongles, j'aurais dû m'en douter !

Elle se renfonça dans son siège et le contempla d'un œil critique.

137

— Je pense que vous tablez sur l'approche simple et décontractée. Vous ne mettez pas l'argent en avant, vous jouez le garçon sympathique et drôle. Et d'une plaisanterie à l'autre, elles atterrissent dans votre lit. Ou alors vous jouez les fougueux chevaliers. Vous les enlevez dans votre voiture de sport et hop ! sous les draps. Viens avec moi dans ma confortable petite chaumière, je suis un jeune homme beau, sociable, un avocat…

— … plein d'avenir.

— Oui, et si ça ne marche pas, il reste toujours le coup de la sincérité. Les yeux dans les yeux. Vous avouez en bafouillant que vous doutez de vous. Vous êtes un être honnête, intelligent mais las de cette vie trépidante, vous recherchez les vraies valeurs pour donner un sens à votre vie et, si possible, la fille qui partagerait vos aspirations. Ça marche toujours dans les cas plus difficiles.

Carr se tortilla sur son siège.

— Quel âge avez-vous ?

— Vingt-neuf, répondit-elle, visiblement ravie de l'avoir forcé à changer de sujet.

— On vous en donne vingt-deux à tout casser.

— Je sais. C'est un gros désavantage. Les vieux me croient pure et innocente et espèrent que je ne verrai pas quels piètres amants ils font ; ils n'arrêtent pas de me harceler.

— Vous avez été mariée ?

— J'ai comme l'impression d'avoir déjà entendu cette conversation quelque part.

— Le témoin est prié de répondre à la question.

— Oui, j'ai été mariée. Je ne rêvais que de ça. Je me suis mariée à dix-neuf ans, pratiquement sur le lit de mort de mon père. L'heureux élu était écrivain, du moins le croyait-il. C'était un sale crétin prétentieux très impressionnant pour une gamine de dix-neuf ans et je préférerais parler d'autre chose.

— Très bien. Pourquoi ne quittez-vous pas la Riviera ?

— Vous êtes bien curieux, maître.

— C'est plus fort que moi.

— Votre sourire est absolument démoniaque. Vous devez faire tomber les filles comme des mouches.

— Eh bien, je me plais à croire…

— N'allez pas plus loin, je ne suis pas sûre de pouvoir le supporter. Si vous me serviez un peu de vin ? Ah, voilà le plat de résistance…

12.

Le déjeuner fut un délice. Ils burent deux bouteilles de vin et, même après le café, Carr se sentait encore un peu pompette et très heureux. Ils avaient parlé de tout et de rien, et elle n'avait cessé de l'épater. À un moment, il l'avait accusée de tout prendre à la lettre et elle avait rétorqué en débitant la scène du fossoyeur d'*Hamlet*, pas juste un passage, mais la scène entière, en interprétant les trois personnages à tour de rôle, avec les expressions et les voix appropriées.

Plus tard, il l'écouta décrire avec autant de facilité les mesures de sécurité du casino, la suspension de la Citroën et la façon dont Mann écrivait, dix phrases par jour, pas une de plus. Elle préférait ça à Balzac qui rédigeait ses romans en partant d'un événement central qu'il étirait jusqu'à ce qu'il atteigne le début et la fin ; ou à Wolfe qui écrivait debout et jetait au fur et à mesures les pages écrites dans la corbeille.

Elle en était arrivée à parler de Poe qu'elle disait sous-estimé, à Larry Rivers, qui était nul, à de Gaulle que les Américains ne pouvaient pas comprendre, au sexe auquel personne ne comprenait rien et aux problèmes des riches qu'elle leur enviait.

— J'aimerais être juste assez riche pour être insatisfaite, mais pas assez riche pour être malheureuse.

Carr la trouvait vive, spirituelle et superbe. Elle le fascinait. Elle ne se laissait pas manipuler et repoussait ses avances avec humour et bonne humeur. Elle représentait une énigme à ses yeux, mais son intérêt allait plus loin. Jusqu'où ? Il n'en était pas sûr. Ce n'était pas le genre de choses dont il se souciait d'habitude.

Après le déjeuner, elle le prit par la main et l'entraîna vers la voiture en lui disant qu'il y avait un endroit qu'il devait absolument voir. Quelques minutes plus tard, ils arrivèrent devant une construction étonnante, perchée dans les bois qui dominaient Saint-Paul et la mer.

— C'est la Fondation Maeght, expliqua-t-elle tandis qu'ils se garaient. Elle a été construite il y a quelques années et c'est le meilleur musée de toute la Riviera.

Carr contempla l'édifice d'une modernité saisissante, surmonté de deux grandes ailes de béton. Une sculpture aux allures d'araignée se dressait devant, sur la pelouse.

— C'est un stabile de Calder, expliqua Anne alors qu'ils se dirigeaient vers l'entrée. N'est-ce pas incroyable ?

— Incroyable, opina-t-il.

À travers les portes d'entrée, ils aperçurent une cour centrale qui abritait plusieurs statues longilignes et émaciées de Giacometti. Il y avait très peu de meubles à l'intérieur du musée : les sols étaient gris, les murs blancs.

— Maeght est un marchand d'art. Il a construit cet

endroit spécialement pour cinq artistes. Chacun a sa salle. Celle-ci est réservée à Chagall.

Elle aurait pu être réservée au Grand Turc, Carr s'en contrefichait. Il tenait Anne par la main et cela suffisait à son bonheur. Ils passèrent de Chagall à Kandinsky, puis à Giacometti. Ils sortirent ensuite dans le jardin et s'approchèrent d'un œuf géant posé près d'un bassin.

— Miró, précisa Anne. Tous les artistes ont fait don d'œuvres originales au musée. Juste après le coin, il y a une mosaïque de…

Carr ne l'écoutait plus. Il venait d'apercevoir à l'autre bout du jardin le colosse blond accompagné de deux énormes brutes. Les trois malabars le regardaient en conversant à voix basse. Ils avaient un air sinistre et dérangeant. L'angoisse le saisit. Sans qu'il sache pourquoi, les paroles de Vascard lui revinrent à la mémoire. « N'avez-vous pas pensé qu'on voulait vous enlever ? »

Serrés les uns contre les autres, les trois hommes parlaient, tout en faisant semblant de s'intéresser à un nu de Giacometti. Et les deux brutes ressemblaient terriblement aux deux inconnus qui avaient prétendu avoir frappé par erreur à sa porte la veille, à l'hôtel. Il revit leur visage surpris. C'était bien eux. Il en était sûr. Et le serveur qui avait brusquement « fait un malaise » en lui apportant sa commande ? Tout concordait. Il frissonna.

Les trois hommes se dirigèrent vers lui.

— Je voudrais des cartes postales, glissa-t-il à Anne.

— Quoi ?

— Des cartes postales. Il m'en faudrait quelques-unes.

142

Elle le dévisagea sans comprendre.

— Mais nous n'avons pas vu toutes les sculptures.

— Nous reviendrons après.

— Ça va ? Je vous trouve un peu pâle.

— Tout va bien.

Les trois hommes approchaient, les mains enfoncées dans les poches, sans le quitter du regard.

— Franchement, murmura Anne en fronçant les sourcils, si cela ne vous intéresse pas…

— Ce n'est pas ça.

Il l'attrapa par le bras, la poussa à l'intérieur du musée et l'entraîna à grands pas vers la salle où ils vendaient des livres et des cartes postales.

— Hé, qu'est-ce qui vous arrive ?

— Rien.

Il s'arrêta devant le comptoir et prit un livre de lithographies.

— Je viens de voir des gens que je préfère éviter.

— C'est vrai ? Où ça ?

— Ne vous retournez pas. Prenez une carte postale.

Quelque chose dans son ton dut l'effrayer car elle saisit aussitôt une carte.

— Vous avez des problèmes ? demanda-t-elle en faisant semblant d'étudier la photo d'un œil critique.

— Peut-être. Je ne sais pas.

— C'est très excitant.

Pour l'amour du ciel ! songea-t-il. Du coin de l'œil, il vit les trois hommes entrer dans la salle et examiner une pile de reproductions à vendre.

Il tendit le livre à la caissière.

— Je vais prendre celui-là.

— C'est ce qu'il y a de plus cher, remarqua Anne.

143

— C'est pour vous.

— Oh, il ne faut pas…

— Si, et quand je vous l'offrirai, vous me remercierez d'un énorme baiser, ensuite vous passerez un bras autour de ma taille et nous sortirons d'ici.

Elle écarquilla les yeux, mais ne dit rien. La vendeuse emballa le livre, Carr lui tendit deux cents francs, puis il offrit le livre à Anne. Elle poussa un petit cri de joie et se jeta à son cou. Ils s'embrassèrent longuement.

— C'était bien ? demanda-t-elle alors qu'ils se dirigeaient vers la sortie, tendrement enlacés.

— Absolument parfait.

— Quelle façon sournoise d'obtenir un baiser ! C'étaient les trois types derrière nous ?

Carr n'osa pas se retourner. Il lui ouvrit la porte.

— Oui. Maintenant, allons vite à la voiture.

Il sentit une main lui tapoter l'épaule.

Seigneur !

La main se referma sur son épaule alors qu'il plongeait en avant et le souleva pratiquement du sol. Il se retrouva face au colosse blond.

Laid comme les sept péchés capitaux, songea-t-il. Un gros porc obèse.

— Vous n'aviez pas rendez-vous aujourd'hui ? demanda le colosse.

— Moi ? Un rendez-vous ? Je ne pense pas, répondit-il tout en essayant vainement de se dégager : il avait l'impression d'être pris dans un étau.

— Oui, un rendez-vous. À midi, devant l'American Express.

Le colosse parlait l'anglais lentement, avec un accent allemand.

144

— Vous devez faire erreur. Franchement, je ne sais pas de quoi vous parlez.

— Votre ami a dit de vous donner ça.

Le blond lui déposa dans la main une petite boîte pas plus grosse qu'un paquet de cigarettes et assez luxueusement emballée. Puis il le relâcha, s'inclina légèrement et retourna dans le musée. Carr resta pétrifié, la boîte à la main.

— Je n'ai pas tout compris, murmura Anne.

Carr frissonna, glissa la boîte dans sa poche et essaya de sourire.

— Moi non plus.

Ils retournèrent au parking. Il démarra l'Alfa, fit grincer l'embrayage, mais il s'en moqua et s'engagea sur la route à toute allure.

— Vous aviez réellement rendez-vous ? reprit Anne.

— Oui. J'ai complètement oublié.

Il avait l'esprit retourné, l'estomac aussi, à la fois perplexe et très inquiet. Il n'avait encore jamais paniqué de sa vie et il se sentait un peu honteux.

Le soleil encore très haut lui chauffait le visage tandis qu'ils redescendaient vers la côte. Sous le ciel d'un bleu éclatant, la situation lui semblait bizarrement irréelle, absurde.

— Vous êtes tout pâle, remarqua Anne. Qu'est-ce que je peux faire pour vous aider ?

— Rien.

Elle alluma une cigarette et la lui glissa entre les lèvres. Il lui en fut reconnaissant.

— Si vous avez des ennuis, pourquoi n'allez-vous pas à la police ? Ou au consulat ?

Le consulat ! Il n'y avait même pas pensé. Il n'avait qu'à aller les trouver et laisser toute l'affaire entre leurs mains.

Mais quelle affaire ? Il n'avait rien de tangible. Juste une série d'étranges incidents auxquels son imagination fertile donnait un tour sinistre. Non, ils ne pourraient rien faire pour lui, et la police non plus.

Sous le soleil qui baignait son visage et le vent qui soulevait ses cheveux, il fut frappé, une fois de plus, par l'absurdité de ce qui lui arrivait. On ne se faisait pas enlever comme ça, sans raison. Il avait été mêlé par hasard à une série d'incidents étranges. Il suffisait de les ignorer pour qu'ils se dissipent. Dans une semaine, il en rirait quand il y repenserait.

Toujours est-il qu'il n'avait pas envie de se retrouver seul ce soir.

Il se tourna vers Anne.

— En fait, il y a bien une chose que vous pouvez faire pour moi.

— Laquelle ?

Elle le regardait d'un air si sérieux qu'il éclata de rire.

— Venez dîner avec moi !

— Il faudra que je vous embrasse pour pouvoir quitter le restaurant ?

— Je vous promets que non.

— Alors c'est d'accord.

— Huit heures ? Au casino ?

— Vendu !

Elle lui demanda de la déposer à Cagnes-sur-Mer. Après, il regagna Nice.

Il était cinq heures et demie quand il arriva dans sa chambre. Il commanda un verre et se souvint alors du paquet. Quand il plongea la main dans sa poche pour le prendre, il sentit aussi la bague et sortit les deux en même temps. Il les posa l'un à côté de l'autre et les contempla.

Il avait déjà examiné l'anneau. Il était quelconque, usé, en or massif. Le paquet était enveloppé d'un papier glacé blanc et noué d'un ruban assorti, d'une élégance à la fois simple et raffinée. Une carte était glissée sous le ruban. « Avec nos regrets. Les Associés. »

Il secoua la boîte près de son oreille et n'entendit rien. Il pensa que ça pouvait être un truc horrible, comme un engin explosif, mais c'était bien petit et bien léger pour une bombe, non ?

« Avec nos regrets. Les Associés. »

Qui étaient ces gens ? Il n'en avait jamais entendu parler.

On lui apporta sa commande. Il sirota son verre en tournant autour de la table, sans quitter la carte et le paquet des yeux. Il avait peur de l'ouvrir. Mais pourquoi ? Il n'y avait aucune raison.

La vodka le détendit et lui donna enfin le courage d'arracher le ruban et de déchirer le papier. Il trouva une simple boîte en carton à l'intérieur.

Il ôta le couvercle et ne vit d'abord que du coton. Il le souleva et aperçut alors un doigt.

13.

Carr se laissa tomber sur un siège et finit son verre d'une traite. Il se pencha en avant et regarda de nouveau le doigt. Puis il le souleva avec méfiance. Il n'y avait aucun doute : c'était bien un doigt. Bronzé, crasseux, coupé nettement à la base. Avec le cercle bien visible de peau blanche laissé par l'alliance.

« Avec nos regrets. Les Associés. »

— Dieu tout-puissant ! murmura-t-il en laissant retomber dans la boîte le doigt raide qui fit un bruit sourd, comme un cigare rassis.

Cette fois, ça dépassait les bornes. Il devait faire quelque chose.

Dans un éclair de lucidité, il décrocha le téléphone.

— Le consulat américain, s'il vous plaît.

Quelques minutes plus tard, une standardiste lui répondit.

— Il faut que je voie quelqu'un tout de suite, commença-t-il.

— Le consulat va fermer, malheureusement. Il rouvrira demain à 8…

— C'est très important. Je ne peux pas attendre.

— Je vois. De quoi s'agit-il exactement, monsieur ?

148

— Il s'agit d'un doigt.

— Oui, répondit l'employée d'une voix absente, et il en déduisit qu'elle notait sa réponse.

— Je viens juste de le recevoir dans un paquet.

— Je vois, monsieur. Il est à vous ?

— Quoi ?

— Le doigt.

— Mon Dieu, non !

— Je vois, monsieur. Je pense pouvoir vous ménager un rendez-vous demain matin. Si vous voulez bien ne pas quitter, je vais…

— Ça ne peut pas attendre demain ! Vous ne comprenez donc pas ? C'est très grave : je n'ai pas l'habitude de recevoir des doigts.

— Je vois, monsieur… Quel est votre nom, s'il vous plaît ? demanda-t-elle après un silence.

— Roger Carr. C-a-r-r.

— Carr… Carr… Roger Carr… Roger.

Il devina qu'elle passait une liste en revue. Et il sursauta quand elle lui dit brusquement :

— Excusez-moi, monsieur. Quelqu'un va tout se suite vous recevoir. Préférez-vous que ce soit au consulat ou ailleurs ?

— Au consulat, bien sûr.

Pourquoi diable irait-il ailleurs ?

Cela parut la surprendre. Elle émit des petits bruits nerveux à l'autre bout du fil.

— Très bien, monsieur, nous vous attendons.

— Parfait ! lança Carr avant de raccrocher.

Le consulat américain, 3, rue du Docteur-Barety, avait l'apparence propre et relativement chaleureuse d'un endroit dont la fonction se limitait somme toute à prolonger la durée d'un visa ou à renouveler un passeport périmé.

Carr franchit les portes battantes vitrées et arriva devant une jolie petite réceptionniste très exaltée.

— Ah, monsieur Morgan ! s'exclama-t-elle. Tout le monde ici se réjouit de vous voir. Troisième porte à droite.

Elle tendit le doigt vers le couloir avec un grand sourire et enfonça un bouton sur la console devant elle.

— Je ne m'appelle pas Morgan. Je suis Roger Carr.

La réceptionniste rougit et le dévisagea, catastrophée.

— Bien sûr, pardonnez-moi, monsieur. Je suis nouvelle ici et, vous savez, ces choses sont bien compliquées. Je vous promets que ça ne se reproduira pas. Vous pouvez compter sur moi. Troisième porte à droite, répéta-t-elle, voyant qu'il ne bougeait pas.

Déconcerté, Carr suivit l'étroit couloir d'un blanc immaculé. Il s'arrêta devant la troisième porte à droite et lut le nom sur la plaque en cuivre : M. Gorman.

Il frappa.

— Entrez.

Il ouvrit la porte et s'arrêta sur le seuil. Un homme trapu, pas très grand, coiffé en brosse, se leva de derrière son bureau.

— Quelle bonne surprise ! Vous acceptez enfin de vous joindre à nous ! Après avoir réveillé tous mes ulcères, vous vous décidez à venir nous voir. Il était temps, Morgan, plus que temps ! Je dois vous dire que vous m'avez donné des sueurs froides…

Carr ne dit rien. Le petit homme le dévisagea en plissant les yeux.

150

— Vous n'êtes pas Morgan, dites-moi ? Enfin… Je ne voudrais pas vous offenser. Pour ce que j'en sais, vous avez peut-être subi une petite intervention, ou vous vous êtes retrouvé dans le pétrin et on vous a tabassé. J'espère que ce n'est pas le cas.

— Non, répondit Carr.

Les deux hommes restèrent à se dévisager à travers la pièce.

Gorman portait un costume rayé bleu marine et une cravate grise. Cette tenue type de diplomate lui donnait bizarrement une allure de gangster.

Un silence inconfortable s'installa entre eux.

— Vous n'avez jamais été très bavard, reprit Gorman.

— De quelle intervention parlez-vous ?

— D'une opération de chirurgie esthétique… Mais vous n'êtes vraiment pas Morgan, dites-moi ?

— Je n'ai jamais dit que je l'étais.

Gorman se gratta la tête, soudain très embarrassé.

— C'est étrange.

Il se mit à fouiller les papiers étalés sur son bureau et finit par retrouver sa pipe.

— Il ne manquait plus que ça !

Il continua à se gratter la tête tout en examinant minutieusement sa pipe. Puis il parut se souvenir de Carr et releva les yeux.

— Voilà qui change la donne, non ? Si vous n'êtes pas Morgan, c'est que vous êtes quelqu'un d'autre. Mais je ne vous connais pas. Qui êtes-vous ? Entrez donc et fermez la porte derrière vous. Merci. C'est à cause du courant d'air. Je me présente. Ralph Gorman. Enchanté. Asseyez-vous.

Carr lui serra la main et se laissa tomber sur un siège en cuir brun. Gorman se rassit et remplit sa pipe avec soin.

— Que puis-je faire pour vous ?

— J'ai un problème.

— Ça, je m'en doutais. Tous les gens qui viennent ici ont un problème, gloussa-t-il nerveusement. Après tout, quand s'adresse-t-on à son consulat ? Quand on a des ennuis. Nous sommes là pour ça. Mais vous ressemblez diablement à Morgan, ajouta-t-il après une hésitation. Vous ne me faites pas marcher, au moins ? Ce ne serait pas drôle, je vous assure. Pas drôle du tout, finit-il en lui adressant un regard suppliant.

— Non, je ne suis pas Morgan. Mais qui est-ce ?

— Un attaché qui devait venir ici. Nous l'attendons depuis deux jours et maintenant... mais ça n'a pas d'importance. Voyons votre problème.

— Eh bien, je me suis retrouvé pris dans une fusillade près du marché aux fleurs, hier après-midi.

Enfin, songea Gorman. Nous y voilà. À toi de jouer. À toi de décider si tu laisses ce type tranquille.

— C'était vous ! Mais vous m'étonnez. Pourquoi n'êtes-vous pas venu nous trouver tout de suite ?

Cela nous aurait évité toutes sortes d'ennuis, poursuivit-il intérieurement.

— J'étais complètement perdu.

— Je m'en doute. J'ai lu ce qui s'est passé dans les journaux. Quelle horreur !

— Mais ça ne s'arrête pas là.

Gorman haussa les sourcils.

Carr lui raconta son entretien avec le petit homme basané, puis il lui parla du paquet et le posa sur le bureau.

— Le voilà.

— Quoi ? C'est le doigt ?

— Oui.

Gorman ouvrit la boîte sous sa lampe.

— Ça alors ! C'est bien un doigt.

Carr attendit.

— Incroyable !

— Oui, opina Carr.

— C'est tout ?

— Ça ne vous suffit pas ?

— Non, je voulais dire... il n'y a pas eu d'autre incident ?

— Non. Je suis venu directement ici dès que j'ai reçu le paquet. Il y avait ce mot qui l'accompagnait.

Gorman prit la carte. Un bourdonnement retentit à l'interphone.

— Oui ? dit-il.

— Amory sur la une, annonça la secrétaire. Œuf.

— Très bien.

« Œuf » signifiait qu'il devait utiliser le brouilleur. Gorman adorait s'en servir. Cela lui donnait un sentiment d'importance. Il décrocha le combiné et enfonça une touche.

— Allô ?

Sans perdre une seconde, son chef à Paris lui demanda ce qu'il foutait le cul sur sa chaise à ne rien faire depuis deux jours.

— Il y a eu une petite erreur. Nous avons cru que Morgan était ici.

Le chef lui fit remarquer qu'il l'avait prévenu que Morgan ne viendrait pas : ce dernier se trouvait toujours à Londres.

153

— Je sais, nous venons juste de comprendre notre erreur.

Amory voulut savoir ce qui s'était passé.

— Un doublon. Un débordement.

Le chef comprit qu'il y avait eu une erreur d'identification et que Gorman ne pouvait pas lui donner davantage de détails car il avait quelqu'un dans son bureau. Il demanda cependant si la ressemblance était forte.

— Frappante.

C'était très regrettable.

— Qu'est-ce que je dois faire ? s'enquit Gorman.

Qu'est-ce qu'il pouvait faire, à son avis ? Il n'avait pas tellement le choix, non ?

— Non, c'est vrai.

Avait-on tenté de descendre ce pauvre type ?

— Non, apparemment, il est indemne.

C'était parfait. S'ils le kidnappaient, ils s'apercevraient de leur erreur. Et s'il se tenait à carreau, peut-être qu'ils le laisseraient tranquille. S'il était encore en vie, c'était sans doute qu'eux non plus ne savaient pas à quoi s'en tenir à son sujet.

— Sans doute, répondit Gorman, sans en être bien convaincu.

En tout cas, c'était bigrement regrettable ! poursuivit le chef. Mais ça tombait on ne peut mieux. Paris allait lui envoyer tout de suite un autre tueur. Et ce sosie pourrait servir de diversion pendant qu'ils faisaient entrer en scène ce nouveau venu. Cela lui convenait ?

— Très bien, répondit Gorman, toujours sans regarder Carr.

154

Il ne lui restait plus qu'à remonter le moral au pauvre bougre. Le rassurer. Qu'il vaque à ses affaires comme si de rien n'était. Tant qu'il restait loin des Associés, il ne risquait rien.

— Très bien, répéta Gorman.

Le chef raccrocha.

Carr avait écouté la conversation avec attention. Il avait l'impression qu'elle le concernait sans qu'il puisse en saisir un traître mot.

La mine préoccupée, Gorman se pencha sur son bureau pour griffonner sur son calepin.

— Bon, monsieur Carr, revenons à votre problème. Si j'ai bien compris, vous avez eu pas mal d'ennuis depuis votre arrivée à Nice et vous voudriez savoir ce que vous devez faire et ce que cela signifie.

Carr opina et alluma une cigarette.

— Moi, j'ai abandonné, lâcha Gorman.

— Pardon ?

— La cigarette. J'ai laissé tomber. C'est mauvais pour vous. Vous avez vu les rapports du ministère de la Santé ? Plus personne ne fume dans les hautes sphères de l'armée et de la diplomatie. En tout cas, pas les plus ambitieux. Ils sont forcés d'arrêter. La preuve, aux soirées, les serveurs n'ont plus de briquets. Ce qui, je vous assure, ne facilite pas la vie des épouses qui continuent de fumer.

— Écoutez, je préférerais qu'on ne change pas de sujet…

— Bien sûr, bien sûr. Revenons à votre problème. Je suppose que vous êtes allé voir la police ?

— Oui.

— Vous souvenez-vous du nom de la personne qui vous a interrogé ?

155

— Une grosse brute du nom de Vascard.

— Hmm… je ne pense pas le connaître. Je ne suis pas là depuis très longtemps. J'arrive d'Amsterdam. Il faut laisser aux gens le temps de s'adapter, de se roder, d'apprendre la routine du service, je n'arrête pas de le répéter au personnel.

Il s'interrompit et décocha à Carr un regard rempli de curiosité.

— Et que vous ont-ils donné comme explication ?

— Qui ?

— Les policiers, évidemment.

— Aucune. Pas un mot. Ils ne m'ont rien dit.

— Eh bien, vous savez, c'est le genre de situation délicate que nous rencontrons souvent dans nos missions diplomatiques. Du tact, de la patience, de l'intuition, voilà ce que ça demande, ajouta-t-il en tapotant la table du bout des doigts comme pour démontrer sa sensibilité. Lire entre les lignes, etc. Mais ils ont bien dû vous dire quelque chose, insista-t-il, la tête inclinée de côté.

— Rien du tout.

Cela rassura Gorman.

— Bon, dans ce cas, je peux tenter de vous expliquer la situation telle que je la vois.

— Ce serait gentil, répliqua Carr, de plus en plus agacé.

— D'abord, pour commencer, n'oubliez pas que je cherche encore mes marques dans cette partie du monde. Mais voilà en gros comment ça se passe ici. La Riviera est une région très riche où l'on joue beaucoup d'argent, ce qui attire comme des mouches toutes sortes de personnages indésirables. Des gangsters,

156

des escrocs, des monte-en-l'air, des tricheurs professionnels. Bref, tous les truands possibles et imaginables. La police de Nice raconte que ces gens-là ont leur QG à Marseille avec les réseaux de trafiquants. À Marseille, la police prétend que leur QG est à Nice avec les Corses. En fait, les deux villes rencontrent de graves problèmes. Les règlements de comptes y sont monnaie courante. Je pense que vous vous êtes retrouvé au milieu de l'un d'eux, ce qui explique les horreurs auxquelles vous avez été mêlé. Cela me rappelle un cas très similaire que nous avons eu à Amsterdam. Du moins très proche. Je dirais plutôt analogue. Mais nous l'avons assez bien réglé et je suppose qu'on pourrait appliquer ici la même solution. Franchement, si j'étais à votre place, j'ignorerais toute l'affaire. Je continuerais à vaquer à mes occupations. Je vivrais normalement.

— Que je vive normalement ? Vous plaisantez ?

— Pas du tout. C'est ce qui me paraît le plus raisonnable. Tout va s'éclaircir d'ici un jour ou deux, j'en suis certain. En attendant, faites comme si de rien n'était. Vivez votre vie.

Une fois Carr parti, Gorman se redressa sur son siège et se mit à gribouiller furieusement. Il savait aussi bien qu'Amory que Carr avait peu de chances de rester en vie. Certes, ça les arrangeait bien, mais c'était vraiment moche.

Il soupira de nouveau. Rayer comme ça un pauvre Américain de la liste des vivants. Il prit le doigt pour l'examiner de nouveau et remarqua la façon bien propre dont il avait été sectionné. On s'était servi d'un bistouri, c'était évident.

157

— Vivez normalement, répéta-t-il à voix haute.

La bonne blague !

Carr riait. La musique à plein volume, amplifiée par la stéréo de plusieurs centaines de watts, faisait trembler les murs de la petite salle sombre. Devant lui, Anne dansait le monkey, complètement déchaînée, et balançait son bassin d'une manière très suggestive. Elle riait aussi parce qu'il l'amusait.

Ils se trouvaient à Saint-Tropez dans une discothèque appelée, sans originalité, Le Whisky à Go Go. Il y avait des centaines de boîtes similaires et dotées du même nom sur la côte. Mais personne n'avait jamais pu lui expliquer ce qu'il voulait dire.

La clientèle ici était très particulière : les hommes en smoking et les femmes en robe longue se trémoussaient, hanche à hanche, contre des jeunes gens en jean et des femmes enfants vêtues de pulls moulants rayés et de pantalons incroyablement serrés. La moitié dansait pieds nus, beaucoup de filles arboraient entre les seins la roue de bateau blanche devenue l'emblème de Saint-Trop'.

La musique changea et Carr reconnut « Carol », un tube de Chuck Berry repris en français par Johnny Hallyday. La musique était forte et ça chauffait sur la piste de danse. Il se sentait bien.

Ils avaient fait un agréable dîner aux Mouscardins. Ils étaient venus de Cannes par la RN 98, la superbe route qui suivait la côte en dents de scie de l'Esterel avant d'atteindre Saint-Raphaël, Fréjus et enfin Saint-Tropez. Ils auraient pu prendre l'autoroute, mais celle-ci passait à l'intérieur des terres et Anne voulait longer la mer.

À présent, après ce bon repas et plusieurs verres, Carr se sentait en grande forme. Anne, le visage rougi par l'effort, dansait merveilleusement bien, comme il s'y attendait, pas du tout gênée par ses hauts talons, ses mouvements parfaitement contrôlés. Les filles qui dansaient bien étaient très agréables au lit.

C'est drôle, je ne pense plus à coucher avec elle, songea-t-il alors que la stéréo enchaînait « Route 66 » des Rolling Stones. Rien ne pressait. D'une part, parce qu'ils avaient tacitement décidé que cela finirait par arriver, d'autre part, parce qu'il l'appréciait, tout bonnement. Il aimait être avec elle et tout partager en sa compagnie. Rien d'autre n'avait d'importance.

Victor Jenning, accompagné de deux gardes du corps au visage impassible, entra dans le garage situé à la sortie de Monaco. Le local sentait la graisse, l'essence, la peinture et l'huile. Malgré sa bonne superficie, ce qu'on voyait avant tout, c'était une petite formule 1 en forme de cigare, avec d'énormes roues qui ne l'élevaient pourtant que d'une quarantaine de centimètres au-dessus du sol. Derrière la calandre ovale, la carrosserie profilée remontait jusqu'au minuscule cockpit situé devant le moteur. À l'arrière, la voiture se terminait brusquement, avec deux tuyaux d'échappement qui dépassaient d'une façon étrange.

Cette voiture appartenait à Jenning et il en était arrivé à l'adorer et à la détester en même temps. Il se tourna vers l'unique mécanicien qui se tenait près de l'établi.

— Quel est le problème ?

— C'est Gérard. On ne l'a pas vu depuis hier matin.

Jenning revit vaguement son nouveau mécano. Un homme petit, basané, très sûr de lui.

— Vous avez appelé chez lui ?

— Oui. Sa femme ne l'a pas revu non plus. Elle est très inquiète.

Jenning fronça les sourcils. Le Grand Prix de Monaco avait lieu dans moins d'une semaine.

— Vous pourrez trouver quelqu'un d'autre ?

Le mécanicien haussa les épaules.

— Je pense.

— Un bon ?

— J'espère.

— Très bien.

Ces foutus saisonniers ! On ne pouvait pas compter sur eux. C'était tellement difficile de dénicher du personnel stable et compétent.

— Comment va-t-elle ? demanda-t-il avec un signe de tête vers la voiture.

— Bien, je crois qu'on a enfin calé l'allumage. Et nous avons gonflé la troisième.

Jenning hocha la tête. La transmission jouait un rôle crucial dans le Grand Prix de Monaco. Elle souffrait terriblement sur ce circuit court et sinueux.

Après quelques mots d'encouragement à son mécanicien, Jenning quitta le garage.

Jenning était un assez bon pilote de formule 1. Il ne figurait pas parmi les meilleurs, il n'était ni assez doué ni assez motivé. Il faisait figure d'original dans le sens où il n'appartenait pas au monde de la course automobile. Il gagnait de l'argent avec les armes et ne courait que pour son plaisir. Du moins essayait-il de s'en persuader. Il refusait de reconnaître qu'il était accro, tout en sachant qu'il l'était.

160

Tôt ou tard, cette voiture – ou une autre du même style – le tuerait. À trente-neuf ans, il vieillissait et le temps du tour se réduisait d'année en année. Il gardait à l'esprit, dans un coin reculé de son cerveau, que plus de cent quatre-vingts coureurs s'étaient tués depuis la guerre. Il le savait mais il n'y pensait pas, pas plus qu'il ne remettait en question la présence des deux hommes qui l'escortaient dans la fraîcheur de la nuit monégasque. Un sur sa gauche, légèrement devant lui, l'autre sur sa droite, légèrement en retrait. Ils étaient armés tous les deux et il en avait besoin.

Tout se résumait à une question de risque. Jusqu'à quel point vous étiez prêt à l'assumer. Victor Jenning avait choisi sa vie depuis de nombreuses années et il en était satisfait.

Les préparatifs de l'expédition se déroulaient bien. Dimanche soir, après le Grand Prix, il signerait les derniers papiers et son travail serait achevé. Il n'envisageait même pas la possibilité de ne plus être là pour tenir le stylo.

Liseau passa en revue les visages de ses cinq associés tandis qu'il sirotait un lait grenadine pour calmer son estomac.

— Il signera les papiers après la course, déclarat-il. Cela m'a été confirmé par ma charmante et fidèle source.

Un petit rire parcourut ses auditeurs. Il se permit un sourire.

— Nous suivrons ensuite notre planning comme prévu.

Il dévisagea de nouveau avec soin les hommes qui l'entouraient. Il était presque certain que, dans les

161

prochaines vingt-quatre heures, ses plans devraient être radicalement modifiés. Il avait bien étudié l'obstiné petit homme qui avait refusé de parler et il était presque certain de ce qui se préparait.

L'un des leurs, l'un de ces cinq hommes assis en face de lui, allait passer à l'ennemi. Au début, cela lui avait paru impossible, mais il s'était fait à cette idée. L'expédition représentait plus de trente millions de dollars américains. Et celui qui les trahirait ferait une sacrée bonne affaire, songea-t-il avec gravité.

Ses espoirs reposaient à présent sur l'Américain, cet homme tellement imprévisible, tellement étrange. Lui seul savait ce qui avait été dit lors de l'entrevue à l'hôtel après la destruction des micros. Lui seul pouvait le mettre sur la voie.

D'ailleurs, ne s'était-il pas précipité au consulat ce soir ? Peut-être était-ce bien un agent secret, finalement. Ils le sauraient bientôt. Liseau avait prévu deux plans pour le coincer. Il y en aurait bien un des deux qui réussirait.

14.

Roger Carr se réveilla avec une étrange impression. Il se leva, alla au balcon puis revint dans sa chambre, perdu dans ses pensées. Quelque chose le tracassait, un détail qui clochait.

Soudain, il comprit. Il n'avait pas la gueule de bois. Pas du tout. Pas la moindre petite trace.

Eh bien, qui l'eût cru ? Ce n'était pas du tout désagréable, en fin de compte.

Il avait déposé Anne dans un café à Cannes, la nuit précédente, après vingt minutes de flirt intense dans la voiture. Normalement, il aurait trouvé que c'était mal conclure la soirée ; pourtant, bizarrement, cela lui avait paru merveilleux.

Il se rendit dans la salle de bains et se sourit dans la glace. Il avait l'air honteusement joyeux et bien réveillé. Il s'adressa un clin d'œil.

— Heureusement qu'aucun des copains du cabinet ne me voit !

Après un copieux petit déjeuner, il partit pour l'agence Graff. Il décida de s'arrêter en route prendre un café. Il faisait un temps magnifique et il se sentait paresseux et détendu. Il tourna vers l'avenue de la Victoire, une des artères principales de Nice, bordée d'une double rangée de platanes qui jetaient une ombre tachetée sur la chaussée et le trottoir. C'était une bouffée d'air frais dans l'agitation de la ville. Cette rue typiquement provençale aurait pu se trouver aussi bien à Avignon qu'à Arles ou à Aix. Il s'arrêta à un kiosque pour y acheter l'édition internationale du *Times* et chercha des yeux le café le plus proche. Alors qu'il traversait la rue Biscarrat, il eut l'idée de passer dire bonjour à un de ses vieux amis, le propriétaire du restaurant L'Estragon, où il s'était souvent rendu lors de sa précédente visite à Nice. La nourriture y était succulente, et le propriétaire, un grand homme au nez d'aigle qui ressemblait à de Gaulle, professait une philosophie très amusante sur les femmes.

Mais il était trop tôt, s'aperçut-il. Il aurait tout le temps de renouer ses anciennes amitiés plus tard. Il entra dans le premier café venu, qui était bondé, et se faufila jusqu'à une table libre dans le fond. Il commanda un *café noir*. Deux hommes se glissèrent à la table voisine de la sienne et le bousculèrent. Il faillit protester, mais préféra les ignorer. Il ramena son attention sur les passants et nota que la mode américaine faisait rage : les adolescents français se pavanaient en baskets, en salopettes délavées et en chemises en madras.

Il ouvrit le journal et le parcourut. Comme son café n'arrivait pas, il chercha du regard le serveur. L'homme n'était nulle part en vue. Une indolence sans doute due au fait que le pourboire était automatiquement compris dans la note. Il le vit enfin arriver avec un café et un verre d'eau sur son plateau. L'un des hommes assis à la table voisine se leva précipitamment et le bouscula de nouveau. C'était exaspérant ! Mais avant qu'il ait pu dire quoi que ce soit, l'homme passa devant lui et marcha en direction du serveur pour lui parler. Il était désormais impossible pour Carr d'apercevoir ce dernier – l'homme lui cachait la vue.

Carr sentit alors qu'on lui tapait sur l'épaule et vit qu'il s'agissait de l'autre type assis à la table voisine.

— *Le service* est très lent ici, il faut être patient.

Carr opina, étonné par cette familiarité inattendue de la part d'un Français. Il ramena les yeux vers le serveur qui arrivait enfin avec son café. Le premier homme avait disparu ; sans doute avait-il demandé où se trouvaient les toilettes. Le serveur déposa le café devant lui et alla s'occuper de la table derrière. Carr reprit la lecture de son journal.

— Un café express, entendit-il son voisin commander.

C'était bizarre. Son compagnon était peut-être parti pour de bon. Il poursuivit sa lecture tout en sirotant son café qui était fort et bon. Les Parisiens avaient de nouveau des problèmes de stationnement et une mysté-rieuse épidémie de grippe sévissait à Bristol. Il trouva un article fort intéressant concernant la dernière décision de la Cour suprême sur la nouvelle répar-tition législative.

Il le lisait depuis deux minutes quand il commença à se sentir tout chose.

Il laissa tomber son journal sur la table et renversa sa tasse. Une forte nausée lui souleva l'estomac, et il eut soudain froid, de plus en plus vaseux.

L'homme à la table derrière se pencha vers lui. Carr le distingua à peine. Sa vision se brouillait. Tout devenait flou.

— Ça ne va pas, monsieur ? demanda son voisin.

— Si, si, répondit-il.

Il regarda la rue devant lui, les gens. Les objets se superposaient puis se détachaient avant de se fondre de nouveau. Il aperçut le premier homme, celui qui avait parlé au serveur, debout sur le trottoir. Il l'observait.

— Pardon, mon ami, mais vous n'avez pas l'air bien. Voulez-vous que j'appelle un médecin ?

Il sentit une main le serrer comme un étau au-dessus du coude.

D'un geste léthargique, comme au ralenti, il écarta la main. Il ne dit rien. Il essaya de se lever, trébucha et retomba sur sa chaise.

Il ne percevait plus un son. Le monde autour de lui avait bizarrement sombré dans un silence de mort. Il avait l'impression que sa tête roulait sur son cou.

Il vit la Citroën noire s'arrêter devant le café. L'homme sur le trottoir en ouvrit la porte.

— Venez, mon ami, tonna une voix forte, surgie de nulle part.

Carr sentit qu'on le soulevait et il eut l'impression de flotter jusqu'à la rue, le corps léger ; il ne pesait plus rien.

Puis il s'évanouit.

Il se réveilla dans un silence douloureux, étouffant. Avec l'impression de recevoir des coups de pied dans sa tête qui ballotait, projetée brutalement d'un côté à l'autre. Il ouvrit les yeux sous une lumière aveuglante, brûlante et les referma. Le silence l'oppressait. Il transpirait, ses vêtements lui collaient à la peau. Il entendit un tic-tac et sentit une odeur atroce.

— Un effort ! lui ordonna-t-on. Ouvrez les yeux. Je ne vais pas attendre toute la journée.

Il se tourna vers la voix, mit la main en visière sur ses yeux et essaya de nouveau de voir. Il ne distingua au début qu'un halo brillant, puis il commença à distinguer des formes. Du gris, du noir, un visage blanc.

— Vous êtes un homme obstiné, monsieur Carr. Vous ne vous rendez pas compte quand la situation vous dépasse ?

— Bonjour, Vascard, répondit-il, et il tressaillit en sentant une douleur fulgurante lui traverser le front. Qu'est-ce que vous faites là ? Mais où sommes-nous ?

— Au commissariat. Vous êtes sur une couchette que nous utilisons à l'occasion pour interroger les suspects.

Carr fit une grimace.

— Quel genre de suspects ? Des infirmes ?

Vascard soupira et envoya un nuage de fumée dans sa direction.

— Les interrogatoires sont parfois éprouvants.

— Mais qu'est-ce que c'est que cette horrible odeur ?

— Vous avez vomi.

— Oh…

— Vous voulez sans doute savoir comment vous avez atterri ici. C'est par le plus grand des hasards, figurez-vous. Des amis à vous s'apprêtaient à vous embarquer dans une Citroën noire quand un jeune policier s'est interposé. Ils ont dit que vous étiez ivre et notre nouvelle recrue, particulièrement zélée, vous a arrêté pour ivresse sur la voie publique. N'est-ce pas scandaleux d'être soûl dès dix heures du matin ? Vos amis ont protesté, mais en vain. Un car de police vous

167

a amené ici, quelqu'un vous a reconnu à la réception et nous vous avons mis là.

— Il y a longtemps ?

— Une heure environ. Nous avons fait venir un médecin pour vous examiner. Il a dit qu'on vous avait donné de la scopolamine. Comment vous sentez-vous ?

— Très mal.

Vascard sourit d'un air désolé.

— Je m'inquiète pour vous, mon ami. Pourquoi ne prendriez-vous pas des petites vacances ?

— Je suis en vacances.

— Je sais, mais le climat de la Riviera ne semble pas vous convenir.

— C'est drôle que vous pensiez cela.

— Ne me dites pas que vos affaires vous forcent à rester ici.

Carr fronça les sourcils.

— Pourquoi cette soudaine sollicitude ?

— Disons que j'ai changé d'avis à votre sujet.

Il considéra le visage de Carr, pâle et fatigué. Personne ne pouvait jouer la comédie à ce point. Il aurait dû le comprendre tout de suite. C'était honteux de la part du consulat de le laisser s'attarder en France.

— Je pense vraiment qu'un petit dépaysement vous ferait le plus grand bien. Qu'est-ce qui vous retient ici ?

— Une fille.

— Ah ! s'exclama-t-il alors que son regard s'éclairait. Voilà une bonne raison pour un Français comme moi, mais je ne m'y attendais pas de votre part, je l'avoue. Le monde est rempli de filles.

— Celle-là me plaît.

168

Vascard haussa les épaules.

— Ce sont des choses qui arrivent.

Il marqua une pause.

— Vous avez reçu un télégramme hier. Qu'est-ce qu'il disait ?

— Décidément, rien ne vous échappe, Vascard.

— Vous semblez surpris que je fasse bien mon boulot. Vous me fâchez.

— C'était un message de mon client pour que j'achète une villa.

— Ah… et vous avez pris les mesures nécessaires ?

— Oui.

— Bien. Vous devriez avoir terminé d'ici un jour ou deux. Ensuite, rendez-vous un grand service : quittez Nice. Quant à la fille, emmenez-la ailleurs, au Maroc ou à Madrid, par exemple. Ça m'est égal. On s'est compris ?

— Oui, répondit Carr, et il laissa échapper un nouveau grognement.

— Restez ici aussi longtemps que vous voulez. Je vais vous faire porter du café dans cinq minutes. C'est la *spécialité de la maison*, ajouta-t-il dans un rire. Après, vous pourrez rentrer à votre hôtel en taxi. Je vous demande juste d'être prudent. Et, ajouta-t-il, sa cigarette pointée sur Carr, souvenez-vous qu'un homme a rarement plus de deux chances.

La porte se referma et Carr se retrouva seul.

— Ne vous inquiétez pas, assura Liseau, très détendu.

Brauer le dévisagea d'un air dubitatif.

— J'ai une solution de secours. Et elle est infaillible.

Carr avait les cheveux emmêlés, le costume complètement chiffonné, la chemise déchirée, une grosse tache sur son pantalon, et il empestait le marc de café. S'il s'était senti mieux, il aurait été très gêné de traverser le hall du Negresco dans cet état. Là, il s'en moquait. Il avait rassemblé le peu d'énergie et de lucidité qui lui restait pour descendre du taxi, traverser le hall et gagner l'ascenseur. Il entra en titubant dans sa chambre et s'adossa à sa porte pour la refermer, complètement épuisé.

Il se dirigea vers la salle de bains, ouvrit le robinet et s'aspergea le visage. L'eau glaciale l'aida à reprendre un peu ses esprits.

— Tu ne me dis pas bonjour ?

Anne se tenait derrière lui sur le seuil de la salle de bains, vêtue d'une robe jaune toute simple en coton, plus ravissante que jamais.

— Je ne me sens pas très bien.

Elle parcourut du regard ses vêtements froissés, ses yeux injectés de sang et son visage blême, et hocha la tête.

— Tu as une mine affreuse.

Carr opina lentement. L'eau goutta de son menton dans le lavabo.

— Comment es-tu arrivée ici ?

— Je t'ai attendu un long moment dans le hall et j'ai pensé que tu ne t'étais pas réveillé. Nous devions nous retrouver à midi, tu te souviens ? Alors je suis allée à la réception…

— Attends, faut que je prenne une douche, la coupa-t-il en se frottant la tête. Tu veux bien m'aider à me déshabiller ? Continue, je t'écoute.

— Le réceptionniste m'a dit que tu étais sorti à dix heures, poursuivit-elle en lui retirant sa veste. Alors j'ai décidé de monter t'attendre ici.

Il se débarrassa de sa chemise.

— Comment tu as fait ?

— Ils se sont montrés très compréhensifs. C'est un hôtel très discret, tu sais. Tu veux faire nettoyer ton costume ?

— Oui, merci. Tu n'as qu'à les appeler, ils monteront le chercher. Et commande-leur à boire par la même occasion, ajouta-t-il avant d'entrer dans la douche. Ce que tu veux pour toi et un grand jus d'orange pour moi. J'en ai pour une seconde.

Le jet puissant balaya sa fatigue avec la sueur salée qui lui desséchait la peau. Il émergea de la douche avec l'impression d'avoir récupéré assez d'énergie pour tenir jusqu'à la fin de la journée.

Anne était sortie sur le balcon et contemplait la mer.

— Je t'ai préparé des vêtements. Ils sont sur la chaise.

Carr s'habilla rapidement. Cette fille a du goût, songea-t-il tandis qu'il enfilait un pantalon gris en laine peignée, une chemise blanche en oxford, une lavallière bordeaux et un blazer bleu marine.

Elle revint dans la chambre alors qu'il mettait ses chaussures.

— Ça va mieux ?

— Nettement. Où est mon jus d'orange ?

— Dans le coin.

Il alla le chercher, s'assit sur le lit et but lentement. Anne lui tendit une cigarette allumée et l'embrassa sur la joue. Elle s'assit à côté de lui, son verre sur les genoux, et attendit.

171

— Je suppose que je te dois quelques explications, murmura-t-il enfin.

— Mon père m'a appris à ne jamais me montrer indiscrète, mais tu avais une drôle d'allure quand tu es revenu. Tu t'es battu ?

— Pas exactement.

Et sans même s'en apercevoir, il se retrouva à lui raconter toute l'histoire : l'avion, le premier jour, puis les coups de fil, la fille au pistolet, la fusillade au marché aux fleurs. Il termina par le doigt et ce qui lui était arrivé le matin même. Cela lui faisait du bien d'en parler, de le dire à quelqu'un d'autre. Non, corrigea-t-il intérieurement, ça lui faisait du bien de le dire à elle.

Elle l'écouta en silence, les yeux baissés sur son verre qu'elle faisait tourner entre ses mains. Elle allait dire quelque chose quand le téléphone sonna. C'était Graff.

— J'ai parlé au signor Perrani. Il est impatient de vous voir. Trois heures, cet après-midi, cela vous irait ?

— Très bien.

— Excellent ! Si vous passez par mon agence, je vous emmènerai…

— Non, je préfère vous retrouver là-bas, le coupa Carr, en regardant Anne. À trois heures, c'est bien ça ?

— Tout à fait, répondit Graff, sans pouvoir dissimuler une certaine contrariété dans sa voix.

Carr raccrocha et se tourna vers Anne.

— Tu es très jolie sur ce lit.

— Tu dois vraiment aller mieux.

— Pas tant que ça, murmura-t-il alors qu'une douleur soudaine lui martelait le crâne. Je crois que j'ai besoin de déjeuner. Tu veux qu'on se fasse monter quelque chose ?

— Eh bien… murmura-t-elle d'une voix hésitante, je pensais… j'ai apporté de quoi pique-niquer. Ça te dit ?

Il trouva sa proposition merveilleuse et le lui dit.

— Où veux-tu qu'on aille ?

— Je connais l'endroit idéal.

Quand ils arrivèrent à la voiture, Carr suggéra qu'elle conduise. Il ressentait toujours des élancements intempestifs dans la tête, et le peu qu'ils venaient de marcher depuis l'hôtel l'avait épuisé. Anne conduisait en souplesse, assise bien droite dans le siège baquet, les cheveux balayés par le vent. En la regardant, Carr s'aperçut qu'il était heureux.

— Où m'emmènes-tu ?

— C'est une surprise.

Ils se dirigèrent vers le nord de Nice par la rue de la République et il crut qu'elle allait prendre la Moyenne Corniche. Mais elle dépassa l'embranchement, toujours cap au nord, et traversa bientôt la zone industrielle de La Trinité. C'était un quartier pauvre, avec des terrains vagues où rien ne poussait et quelques masures à peine habitables. Ils dépassèrent les carrières de sable et de gravier, l'usine de ciment et l'usine à gaz aux environs de Drap et commencèrent à monter dans les collines à l'est. L'Alfa s'engagea dans une série de virages en épingle taillés dans la falaise rocheuse qui dominait une large vallée. Anne pilotait avec adresse ; elle avait l'air de bien connaître la route. Carr sentait néanmoins son estomac se nouer chaque fois que la

173

chaussée revenait longer le précipice. Les pneus cris-
saient. Elle conduisait très vite.

— Regarde sur la droite, lui dit-elle. Tu vas apercevoir un magnifique village perché : Peillon.

Il aperçut en effet un village accroché aux rochers.

— J'ai comme l'impression que tu as un faible pour
les pics.

— Attends de voir où nous allons.

Ils continuèrent à rouler vers le nord. Carr regardait
les panneaux avec intérêt.

— Je ne pense pas être jamais venu par ici.

— Peu de gens connaissent cette route. C'est pour
cela qu'elle me plaît. Seuls quelques touristes allemands bien décidés à ne rien rater se rendent à Peillon,
et même eux ne vont pas plus loin.

— On en a encore pour longtemps ?

— Non, nous allons bientôt arriver.

Ils grimpèrent une côte et redescendirent vers un
village du nom de Peille. Carr n'avait jamais entendu
parler de cette bourgade tranquille.

— C'est joli, remarqua-t-il alors qu'Anne traversait
sans ralentir la grande place ombragée.

— Aucun intérêt, répondit-elle sans s'occuper du
policier qui la sifflait. Nous ne sommes plus très loin.

Alors que la route redescendait, les signes d'activité
industrielle, les poids lourds, la poussière, les panneaux « Sortie de camions » disparurent. Ils arrivèrent
au pied d'une colline et, soudain, plongèrent dans une
gorge étroite et verdoyante.

Carr en eut le souffle coupé. Anne parut ravie de
sa réaction.

— Tu ne t'y attendais pas, hein ? Ce n'est pas très
profond, cent cinquante mètres à peine, mais j'adore.

174

C'est si vert et tellement calme. Ce sont les gorges du Peillon. Il y en a d'autres bien plus connues dans la région, comme les gorges du Verdon ou celles du Cians, mais celles-ci sont mes préférées.

— Tu viens souvent ici ?

Anne ne répondit pas. Elle avait ralenti et scrutait le bord de la chaussée avec attention. La route, taillée dans la roche, semblait suspendue au-dessus du vide. Carr n'aurait su dire à quelle profondeur se trouvait la rivière, mais il l'entendait bouillonner.

— Il y a un endroit que j'aime particulièrement. Ah, nous y sommes ! annonça-t-elle en se rangeant sur le côté. Viens.

Ils descendirent et Carr s'avança vers le petit muret qui dominait le précipice. L'eau se trouvait une bonne douzaine de mètres plus bas. Il s'agissait d'un torrent étroit et tumultueux d'à peine un mètre de large qui continuait à creuser son lit dans la pierre. Le bas de la gorge semblait trop étroit pour qu'un homme puisse suivre le cours du torrent à pied.

Anne lui sourit d'un air impatient et lui tendit la main.

— Viens. Prends le panier et descendons.

— Tu veux qu'on descende ça ?

Carr contempla la pente raide dans les rochers usés comme le dos d'une vieille femme et couverts d'une fine couche de sable. C'est de la folie, songea-t-il.

— Suis-moi, insista-t-elle.

Ils descendirent quelques mètres.

— Maintenant, fais exactement comme moi. Pose les pieds et les mains aux mêmes endroits et accroche-toi aux buissons. Le tout, c'est de prendre son temps.

175

Et déchausse-toi, ajouta-t-elle en enlevant ses hauts talons. Ce sera plus facile.

— Je ne me sens pas très bien, murmura-t-il.

Il disait la vérité. Son mal de tête l'avait repris et il tenait à peine sur ses jambes.

— Ça vaut la peine.

Elle poursuivit sa descente et Carr distingua un vague chemin à moitié envahi par les broussailles que les tas de feuilles mortes et le sable rendaient dangereusement dérapant, sans un seul endroit où se retenir.

Il la regarda s'accrocher aux branches puis s'avancer prudemment les bras écartés sur les pierres arrondies, presque lisses. Elle glissa, une seule fois, et se rattrapa aussitôt.

Je n'y arriverai jamais, songea-t-il, alors que le bruit de l'eau rugissait à ses oreilles.

Elle se retourna pour lui crier quelque chose, mais le torrent couvrit sa voix. Elle mit sa main en visière sur ses yeux et l'appela d'un geste impatient.

Il devait être fou !

Il commença à descendre. Les premiers mètres se déroulèrent presque sans encombre. Il pouvait s'accrocher aux arbres et le panier ne le gênait pas. Mais il se trouva bientôt devant une dalle de pierre lisse à traverser sans la moindre branche à laquelle se retenir. Impossible de la contourner. Il s'avança avec prudence, tendu et nerveux.

C'était la pire chose à faire.

Il dérapa, tomba et glissa sur plusieurs mètres avant que ses mains n'arrivent à agripper une des rares touffes d'herbe qui arrivaient à pousser entre les rochers.

Il resta allongé sur le ventre, sans bouger, les jambes pendues au-dessus du vide, à se demander ce qu'il allait faire, assourdi par le fracas de l'eau, en dessous. Il se mit à transpirer.

Il ne voyait devant lui que le panier du pique-nique, en équilibre un peu plus haut sur le rocher, là où il l'avait lâché dans sa chute. Tandis qu'il le regardait, le panier commença à glisser vers lui et à prendre de la vitesse.

Seigneur ! songea-t-il. Je vais le recevoir en pleine figure !

Une seconde plus tard, le panier s'écrasait sur son nez. Mais Carr, agrippé au rocher, ne bougea pas d'un millimètre.

Cette nana était complètement folle !

— Donne-moi la main.

Anne s'accroupit à côté de lui et il la laissa l'aider à se mettre à genoux.

— Je ferais mieux de prendre le panier, marmonna-t-elle d'un ton brusque.

Il se redressa lentement en essayant de contrôler le tremblement qui agitait ses jambes.

— Retire tes chaussures et détends-toi. Tu n'as rien d'autre à faire.

— Je ne me sens vraiment pas bien.

Anne fit une grimace et reprit sa descente. Il enleva ses chaussures et ses chaussettes et la suivit.

La fin du sentier s'avéra beaucoup moins ardue. Ils parvinrent à un endroit où les rochers étaient moins sableux et où il pouvait prendre de meilleurs appuis. Et même s'il refusait de le reconnaître, il glissait beaucoup moins pieds nus. À l'approche du niveau de la rivière, ils trouvèrent d'avantage d'arbrisseaux au feuillage résistant et il finit la descente sans difficulté.

Le bruit de l'eau qui résonnait entre les rochers était incroyablement fort. Il considéra avec étonnement le torrent bouillonnant qui faisait à peine soixante centimètres de large et trente centimètres de profondeur à cet endroit-là.

— Nous allons traverser là-bas, annonça Anne avec un geste vers l'endroit où le torrent creusait un passage particulièrement étroit dans la roche.

Le soleil qui jouait sur la surface habillait les parois d'une résille de lumière. Sur la droite, en amont, se dressait une petite cascade bruyante. Carr leva la tête vers la route puis vers la crête du canyon, bien plus haut, brumeuse sous le ciel éclatant.

Ils remontèrent le long du torrent en sautant d'une pierre sur l'autre. Anne, particulièrement agile, avançait d'un pas sûr et rapide, alors que Carr suivait sa silhouette mince et élancée sans cesser de calculer la distance entre les pierres glissantes, avec l'impression d'être un attardé. Ils traversèrent l'eau là où le cours était le plus étroit et débouchèrent sur une petite piscine calme et profonde. Anne tendit la main vers un croissant de sable niché entre deux énormes rochers et complètement caché de la route au-dessus.

— Ça te plaît ?

— C'est à tomber ! répondit-il en se laissant choir sur le sol.

— Tes jeux de mots sont vraiment exécrables. Il va falloir que je te change.

Elle ouvrit le panier et lui tendit une bouteille de vin.

— Plonge-la dans l'eau, tu veux bien ? Il est bon, je crois, ajouta-t-elle en voyant qu'il regardait l'étiquette. Du côtes-de-provence. Pas excellent, mais correct. Je ne prétends pas m'y connaître en vin et ce serait une perte de temps. Je fume trop. Tous les fumeurs qui se vantent de reconnaître les millésimes ou les cépages se mentent à eux-mêmes et aux autres. Ce ne sont que des œnologues du dimanche !

Carr, appartenant lui-même à cette catégorie, se contenta de hocher silencieusement la tête. Il glissa la bouteille dans l'eau claire et fraîche et la coinça entre deux pierres. Il avait les doigts engourdis quand il les ressortit.

Pendant ce temps, elle avait étalé une nappe blanche par terre.

— Quel style !

— Ne m'en parle pas. Tu vas devoir boire le vin à la bouteille.

Il éclata de rire.

Elle montra du doigt le contenu du panier.

— J'ai apporté un quart de poulet grillé aux herbes, du bon *pâté*, et une grosse salade avec de l'oignon, du chou rouge et des piments. Qu'est-ce qui te ferait plaisir ?

— Je prendrai comme toi.

— Ça m'étonnerait. Voilà ce que je vais manger.

Elle sortit une orange, de la laitue et un morceau de fromage.

Carr la dévisagea d'un œil perplexe.

— Le poulet, alors.

Ils mangèrent en silence, en se passant la bouteille, bercés par l'eau qui gazouillait doucement à leurs pieds avant de se précipiter dans un bouillonnement vers la prochaine cascade. Carr finit le poulet et Anne lui prépara un sandwich au pâté agrémenté d'oignon, de piment et de poivron vert.

— Tu es une vraie petite ménagère ! remarqua-t-il tandis qu'elle s'affairait.

— Pas vraiment.

Elle secoua la tête et regarda le soleil. Carr trouva sa réaction un peu embarrassée. Elle avait une étrange expression, comme déconcertée par elle-même ou par lui.

— Qu'est-ce que tu vas faire maintenant ? demanda-t-elle quand ils eurent terminé le vin et qu'ils fumaient allongés sur le sable.

— Avec le doigt et tout ça ?

Elle hocha la tête.

— Je ne sais pas. Je ne vois pas ce que je pourrais y faire. Je vais acheter la villa et repartir, sans doute, en espérant qu'il ne m'arrivera rien d'ici demain ou après-demain.

— Tu ferais peut-être mieux de quitter Nice et d'aller t'installer à Cannes ou à Menton, ou de l'autre côté de la frontière italienne.

— J'y ai pensé, mais ça pourrait paraître suspect à ces gens, quels qu'ils soient, et je ne voudrais surtout pas leur donner cette impression. Et l'hôtel serait furieux. Je leur ai déjà causé assez de problèmes.

— Cela ne regarde que toi. Ils sont là pour se plier aux caprices de leurs clients. Si un employé est désagréable avec toi, faut pas te laisser faire.

— Tu es une dure.

— Ouais. Tu aurais dû me voir quand je fumais le cigare.

— Quand était-ce ?

— Il y a quelques années. J'ai commencé à fumer des cigarillos pour plaisanter. Les vieux schnoques en avaient les joues qui tremblaient, ils n'en croyaient pas leurs yeux. Un succès !

— Pourquoi as-tu arrêté ?

— Simplement parce que ces machins empestaient. J'étais verte à la fin de la journée.

Elle jeta son mégot dans la rivière et regarda le courant l'emporter.

— Comment tu te sens ?

— Beaucoup mieux, mais un peu inquiet pour la remontée.

— Ce sera plus facile. D'ailleurs, on ferait mieux d'y aller si tu ne veux pas arriver en retard à ton rendez-vous de trois heures. Tu n'auras qu'à me déposer à Menton.

— Pas question. Tu viens avec moi.

— Tu es bien sûr de toi, rétorqua-t-elle, mais il vit qu'elle était contente.

— Je tiens ça d'une fille que je connais bien, répondit-il avant de l'embrasser.

15.

La villa Perrani se nichait dans les collines boisées entre Villefranche et Monaco. Elle dominait le cap Ferrat qui s'étalait telle une main verte sur le bleu de la Méditerranée. L'énorme demeure avait été construite à la fin du XIXᵉ siècle dans le style second Empire avec une façade surchargée rehaussée de tourelles et de balcons.

Malgré tous ses ornements, Carr la trouva sinistre.

Anne fut encore plus directe tandis qu'ils remontaient l'allée gravillonnée bordée d'arbres.

— C'est affreusement vulgaire ! Qui t'a demandé d'acheter cette horreur ?

— Mon patron.

— Heureusement qu'il y a de belles fleurs.

Des massifs bien entretenus égayaient la propriété d'une profusion de taches rouges, violettes et orange.

Ils furent accueillis à la porte par Graff, plus onctueux que jamais. On aurait dit une loutre émergeant d'un ruisseau, songea Carr.

Il lui présenta Anne.

— Une amie, Mlle Crittenden.

Graff lui baisa la main d'un geste théâtral.

— *Enchanté.*

Il sourit en coin à Carr, l'air de dire qu'il la trouvait trop jolie pour être seulement une amie. Anne surprit son regard et rougit de colère. Ils gravirent les marches de marbre qui menaient aux lourdes portes en acajou.

— Je viens juste de parler au signor Perrani, annonça Graff d'un ton aussi solennel que s'il s'était agi du pape. Le signor Perrani est de mauvaise humeur, malheureusement. Je pense qu'il a des problèmes avec sa maîtresse. Les Italiens ne savent pas y faire avec les femmes, ils se mettent toujours dans des situations difficiles. Mais j'espère que vous ne lui tiendrez pas rigueur de sa rudesse.

Carr répondit qu'il ne venait que pour affaires. Ils franchirent les portes et se retrouvèrent dans un hall gigantesque dominé par un lustre en cristal et en métal doré, surchargé de pampilles de verre, de chérubins et de cygnes. Sur la gauche, un imposant escalier en marbre menait aux étages.

Un majordome surgit d'un angle et leur annonça que le signor Perrani les attendait dans la bibliothèque. Il leur fit franchir deux doubles portes et les introduisit dans une longue pièce rectangulaire.

Il y avait des livres partout. Les étagères montaient jusqu'au plafond situé à plus de six mètres de hauteur. Au centre de la pièce trônait une grande cheminée entourée de trois confortables canapés en cuir noir. Assis sur l'un d'eux, le signor Perrani lisait. Il leva la tête, son regard balaya les arrivants pour s'arrêter sur Carr.

— Monsieur Carr ?
— *Oui.*
— *Bon.*

Il se tourna vers le majordome.

— Servez le thé à monsieur Graff et à madame dans la salle à manger, ou quelque chose de plus fort s'ils préfèrent.

Le majordome s'inclina.

Carr et Perrani se retrouvèrent seuls.

— *Parlate italiano ?*

— *Non, seulement français. Beaucoup de mauvais français.*

Perrani éclata de rire et se leva pour lui serrer la main.

— J'allais prendre mon cognac de l'après-midi. Voulez-vous vous joindre à moi ?

— *Avec plaisir.*

— Parfait.

Perrani saisit une carafe en cristal sur un plateau d'argent et servit deux verres. Carr l'étudia. Il était grand, vêtu sobrement d'un pantalon marine et d'une chemise en soie bleue, les pieds nus dans des espadrilles. Son bronzage faisait ressortir la blancheur de ses cheveux et il avait l'aisance d'un homme riche et élégant.

— À nos affaires ! trinqua-t-il.

Ils burent tous les deux.

— Je vous en prie, asseyez-vous. Je suis désolé que vous ayez eu à passer par Graff. Mais ce type a des contacts parmi le genre d'acheteurs qui m'intéressent, même si je ne comprends pas comment ils peuvent le supporter. Quel répugnant personnage ! J'espère que je n'insulte pas un ami ?

— Non, pas du tout.

— Vous me rassurez.

Perrani le soupesa du regard.

184

— Vous êtes mon premier acheteur potentiel et je dois dire que vous avez vite réagi. J'en ai parlé à Graff il y a trois jours à peine. Puis-je vous demander comment vous avez appris que la villa était en vente ?

Carr lui parla du télégramme.

— Nous devons avoir des amis communs, votre client et moi. C'est bien. Qui est votre client, monsieur Carr ?

Carr lui parla du gouverneur et, quand il commença à évoquer sa carrière politique, Perrani l'arrêta d'un geste.

— Inutile de me faire son éloge. Contrairement à ce que l'autre porc a voulu vous faire croire, ce n'est pas pour l'acheteur que je m'inquiète, mais pour mes voisins et pour l'entretien de cette maison que j'adore. L'argent suffit à résoudre ce genre de problèmes. Il assure l'entretien d'une telle villa et achète le respect des gens qui vivent autour de vous. Ils peuvent se moquer à voix basse de vos goûts, mais quelle importance ? Quelle différence que vous ayez une Bentley ou une Maserati ? Aucune, réellement. Et même si votre client était un gangster, eh bien, j'en compte aussi parmi mes amis.

Carr hocha la tête poliment.

— C'est logique, poursuivit Perrani. Il y a plus de gens riches par ici que ne peuvent raisonnablement en fournir les héritages, le sens aigu des affaires ou la chance. Il y a forcément de nombreux escrocs parmi eux. Et, ajouta-t-il en sirotant son cognac, dans l'ensemble, je préfère les escrocs. Ils font profession de malhonnêteté avec tant de brio !

Carr rit.

— Puis-je fumer ?

— Je vous en prie. Comme je vous le disais, votre client ne m'intéresse pas pour ce qu'il est, mais parce qu'en lui vendant ma maison je lui vends aussi ceci, poursuivit-il avec un geste qui englobait la pièce. La bibliothèque reste dans la maison, elle en fait partie. C'est même le cœur de cet horrible endroit. Sans sa bibliothèque, ce ne serait qu'une villa comme il y en a tant sur la Riviera.

— C'est votre bibliothèque personnelle ?

— Non, pas vraiment. Juste quelques livres par-ci par-là, quelques premières éditions. En particulier celles de Dickens. J'ai toujours eu un faible pour les illustrations de Cruikshank. Mais cela ne représente pas grand-chose. Chaque propriétaire successif a enrichi la bibliothèque et stipulé qu'elle reste intégralement dans la villa. Quand on a vécu un certain temps au milieu de ces livres, on comprend pourquoi.

— Certainement, opina Carr.

Il se leva et fit le tour de la pièce en faisant semblant de regarder les titres, comme il se sentait tenu de le faire. Mais cela ne changeait en rien la suite des événements. Il ne se laissait pas tromper par le baratin de Perrani.

— L'un des plus grands luxes des riches est le temps, poursuivit Perrani. Du temps pour vous, du temps à tuer, du temps pour courir les femmes, pour jouer ou pour lire, si vous préférez.

— J'ai bien peur que le gouverneur ne soit très occupé.

— Je ne connais pas grand-chose de la vie politique américaine, mais je ne demande qu'à vous croire. Cependant, il est encore jeune et finira par se calmer.

Comme tous les gens riches. Les affaires, la politique... C'est fatigant, la santé n'est plus ce qu'elle était, il faut s'arrêter quand on est encore dans la course, au top. Il faut être fou pour continuer.

Il finit son verre et le reposa délicatement.

— Mais assez bavardé. Votre gouverneur appréciera la bibliothèque ou du moins la respectera-t-il. J'ai beaucoup d'admiration pour son esprit, malgré sa propension à... disons... une certaine grivoiserie.

— Vous êtes bien informé.

— Pas vraiment. Je l'ai rencontré il y a deux ans. Un homme charmant. Quel est son prix ?

— Quel est le vôtre ?

Perrani haussa les épaules.

— Vous me semblez cultivé, monsieur Carr. À combien estimeriez-vous cette pièce ?

— Elle n'a pas de prix, répondit-il courtoisement.

Perrani le décevait. La mise en avant de la bibliothèque comme pivot de la négociation était tellement grossière qu'il avait espéré qu'elle cachait un motif plus subtil, ou même que l'Italien était sincère.

— Exactement. Elle est incalculable. Au sens propre du terme. On pourrait en faire donation, à une bibliothèque par exemple, et, dans ce cas, elle n'aurait pas de prix. Ou la vendre, volume par volume, mais le total ne représenterait en rien sa valeur réelle. On ne récupère jamais l'argent que l'on met dans les livres, vous savez. Quarante, soixante pour cent peut-être. C'est un mauvais investissement, si on les prend séparément. Mais c'est différent pour une collection comme celle-ci, car sa valeur repose sur sa totalité. Dispersez-la et ce ne sont que des livres, mais ensemble... je demande un demi-million de dollars pour la villa, payés en francs suisses ou en bolivars vénézuéliens sur un compte à Genève. Cela vous convient-il ?

— Le gouverneur envisageait plutôt la moitié de ce montant.

— Le gouverneur n'a pas vu la villa. Vous, si. Et je suis sûr que vous êtes conscient qu'elle vaut davantage.

— Là n'est pas la question. Le gouverneur veut une villa et m'a demandé d'examiner plusieurs offres. Si celle-ci est trop chère, je me contenterai de l'en informer et j'irai voir les autres.

Perrani fronçait à présent les sourcils.

— Quel montant envisageait-il, monsieur Carr ?

— Trois cent mille dollars.

— Impossible ! s'esclaffa-t-il. C'est à peine le prix d'une heure de télévision en prime time en Amérique. Votre client doit le savoir.

— Il sait également qu'il a une élection qui l'attend. Son image de meneur de la réforme urbaine, d'homme qui se consacre à nettoyer les taudis, pourrait en souffrir si l'on venait à savoir qu'il vient d'acheter une villa d'un demi-million de dollars sur la Riviera. Certes, il est riche, mais il ne tient pas à étaler sa fortune devant ses électeurs.

— Quatre cent soixante-quinze mille. Je ne peux pas baisser davantage.

Carr écrasa sa cigarette.

— Je suis désolé. Je ne suis pas autorisé à vous offrir autant.

Perrani hésita. C'était le moment crucial. Si l'Italien s'en tenait là, les négociations s'arrêteraient et Carr

serait forcé d'attendre une journée après avoir préten-
dument télégraphié au gouverneur de débloquer des
fonds supplémentaires. Et il finirait par payer le prix
demandé par Perrani. C'était un prix totalement justifié
et ils le savaient tous les deux. Un homme honnête s'y
tiendrait, mais un homme honnête n'aurait pas demandé
à être payé en une devise stable sur un compte numéroté
en Suisse. Perrani voulait peut-être seulement échapper
aux impôts, mais cela pouvait cacher bien autre chose.

— Puis-je savoir jusqu'à quel prix vous seriez prêt
à aller ? reprit Perrani.

— Quatre cent mille.

Pris d'une impulsion soudaine, Carr décida de
pousser l'avantage, d'augmenter la pression.

— Il se peut, une fois que j'aurai décrit la villa au
gouverneur, qu'il accepte de payer davantage, cela,
bien sûr, s'il tient absolument à l'avoir. À moins qu'il
ne décide le contraire et ne me dise de continuer mes
recherches. Quoi qu'il en soit, le problème reste le
même dans les deux cas : c'est le temps.

Carr nota avec satisfaction que Perrani avait plissé
les yeux. C'était son problème, à lui aussi.

— Le gouverneur s'apprête à partir en tournée dans
tout le pays pour inspecter les techniques de planifi-
cation métropolitaine. Il va avoir beaucoup de choses
à régler et sera très peu disponible. Je peux lui télégraphier et aller visiter d'autres villas en attendant.
J'aurai peut-être sa réponse dès demain.

— Et sinon ?

Carr haussa les épaules.

— Ce sera dans huit jours, deux semaines, deux
mois. C'est difficile à dire.

Il y eut un long silence. Perrani joua avec son verre de cognac vide. Carr décida de donner le coup de grâce.

— D'un autre côté, je suis autorisé à payer immédiatement jusqu'à quatre cent mille dollars. Vous pouvez avoir le chèque maintenant et l'encaisser dès demain à l'ouverture des banques.

— Vous me prenez dans une période difficile, monsieur Carr.

— Vous m'en voyez désolé.

Perrani continua à jouer avec son verre.

— La villa est à vous, décida-t-il enfin. Je vais appeler mon notaire afin de signer la vente dans l'heure. Cela vous convient-il ?

— À merveille.

Seigneur, il avait vraiment un besoin urgent de cet argent !

Perrani faisait triste mine. Il ne proposa pas de lui serrer la main, mais s'excusa pour aller téléphoner. Anne vint voir Carr pour lui dire que Graff était parti ; il lui avait fait des avances et elle l'avait giflé.

Quand Perrani revint, il semblait de meilleure humeur.

— Mon notaire va bientôt arriver. Un autre cognac ? Je ne pense pas avoir été présenté à cette jeune dame. Et peut-être voudriez-vous visiter le reste de la villa. Je suis sûr que vous aller la trouver des plus charmantes.

À cinq heures, quand Anne et Carr quittèrent la maison, les papiers étaient signés.

— Il ne me plaît pas, déclara Anne alors qu'ils remontaient l'allée ombragée en voiture.

— Graff ?

190

— Non, Perrani. Je me méfie de ce genre d'homme tout sourire, et plein de manières. Il est aussi cultivé qu'une aubergine !

— Je l'ai trouvé assez sympathique, protesta Carr qui flottait encore sur son petit nuage après cette belle victoire.

— Appelle-ça de l'intuition féminine. Où vas-tu maintenant ?

— Ça dépend. À quelle heure dois-tu être au casino ? On pourrait peut-être dîner avant ?

— Je suis désolée. Je ne peux pas.

La déception de Carr dut se voir car elle s'empressa d'ajouter :

— Tu n'es pas le seul homme au monde, tu sais.

— Je sais.

Merde ! songea-t-il. Qu'est-ce qui me prend ? Une fille pareille doit avoir une armée de soupirants. Il remarqua alors qu'elle avait l'air contente de le voir dépité et cela l'irrita.

— Pourquoi ne passerais-tu pas me prendre au casino à minuit et demi ?

— Tu y tiens vraiment ?

Elle chercha ses cigarettes dans son sac.

— Tu réagis comme un enfant, Roger.

— Tu as raison. Pardonne-moi.

Elle l'avait appelé par son prénom ; il se sentit mieux.

— Et tu as des choses à faire. Tu dois télégraphier à ton client, non ?

— Oui.

— Alors tu n'as qu'à me laisser place Masséna et je te retrouverai à minuit et demi devant le Palm Beach. Ça te va ?

— Ça me va.

Elle lui pressa la main et lui sourit.

— Fais bien attention à toi.

— Ne t'inquiète pas, répondit-il gaiement.

Il regagna son hôtel, le cœur léger. Quelle fille ! Elle arrivait à vous rendre heureux même quand elle vous rembarrait !

Il s'arrêta à la réception pour rédiger son télégramme au gouverneur : il serait content d'apprendre qu'il avait la villa pour quatre cent mille dollars. Puis il monta dans sa chambre, s'assit sur un fauteuil Louis XVI et alluma une cigarette.

Il avait terminé sa mission. Il pouvait partir à présent et rentrer chez lui ou, ainsi que Vascard l'avait suggéré, emmener Anne au Maroc ou à Madrid. C'était une bonne idée : tout plutôt que de continuer ce jeu étrange qu'il ne comprenait pas et n'avait aucune envie de comprendre.

S'offusquerait-elle s'il lui proposait de partir en voyage avec lui ? Non, ce n'était même pas la peine, elle ne pouvait que refuser. Il l'avait toujours traitée avec une délicatesse et des égards qui ne lui étaient guère habituels. Peut-être se montrait-il trop attentionné ? Il avait appris à ses dépens que, bien que toute femme souhaite qu'on la mette sur un piédestal, tôt ou tard, elle finit par vouloir en descendre. Il aurait sans doute pu lui faire l'amour après le déjeuner. Peut-être était-ce la raison pour laquelle elle l'avait conduit dans un coin si reculé. Lui en voulait-elle à présent ? Se sentait-elle insultée ? Elle n'en avait pas donné l'impression, mais il se souvint de ce que les Français disaient des Américains : ils sont trop pris par leurs

192

affaires, trop préoccupés par l'argent, ils n'ont plus de temps pour *l'amour*.

Il s'en voulut brusquement de ces pensées. Cette fille n'était pas une bombe à retardement sur le point d'exploser. Ce qui devait arriver arriverait. À quoi bon s'inquiéter ?

Brauer attendait au volant de la Citroën sur le parking devant la gare de Nice, en retrait de l'avenue Thiers. Le train de 5 h 03 en provenance de Paris venait juste d'arriver. Il regarda les gens descendre. Il n'avait pas peur de rater l'homme qu'il attendait. Il avait vu le représentant arriver dans une petite 2 CV grise, la voiture la moins voyante de France, se garer et partir à pied.

Brauer s'émerveillait de l'étendue du réseau de Liseau. Leur contact au consulat avait appris ce matin que Paris envoyait un nouvel homme de main et par quel train il arriverait. Quelle efficacité ! Cela lui facilitait agréablement la tâche.

Un homme avec une petite valise descendit du quai et scruta les voitures garées autour de la gare. Brauer plissa les yeux. Il avait l'air d'un dur, avec un aspect sombre mais séduisant, le côté gauche du visage barré d'une cicatrice. Son corps était musclé, il avait de profonds yeux bleus, une bouche fine et décidée, et des cheveux noirs de jais en bataille. Une mèche bouclait sur son front. Il portait un costume bleu et une cravate tricotée noire.

L'homme repéra la 2 CV et se dirigea droit sur elle. Il monta et regarda autour de lui.

Il cherche les clés, pensa Brauer. Où pouvaient-elles être ? Sous le siège ? Sous la banquette arrière ?

L'homme se pencha au-dessus du volant. Bien sûr, elles se trouvaient sous le tableau de bord.

Quelques secondes plus tard, la 2 CV démarra et se glissa dans la circulation. Brauer la suivit dans la Citroën.

La voiture tourna à droite dans l'avenue de la Victoire et se dirigea droit vers la place Masséna. L'homme au volant conduisait sans hésiter, il savait exactement où il allait.

Il tourna à gauche place Masséna, passa devant le casino, contourna la fontaine de Neptune et remonta vers la place Garibaldi. De là, il suivit le Paillon par la rue de la République et tourna à droite dans l'avenue des Diables-Bleus.

Il va droit vers Menton, songea Brauer, et, par sécurité, il laissa une voiture se mettre entre lui et la 2 CV.

Juste à l'entrée de Menton, la petite voiture tourna brutalement à gauche et grimpa vers les collines. Brauer suivait toujours à une courte distance. Quand la voiture s'arrêta un bon kilomètre après la villa de Liseau, dans un virage qui dominait la maison, Brauer dut continuer au moins mille cinq cents mètres avant de trouver un endroit d'où il voyait l'autre voiture. Il se gara et descendit.

C'était une route tranquille, bordée de propriétés. Il n'y avait pratiquement aucune circulation. Il sortit ses jumelles et observa l'autre homme.

Une belle brute. Il devait avoir beaucoup de succès auprès des femmes en quête d'ébats rapides et sauvages. Et il était bien habillé, dans un style british.

L'homme observait la villa de Liseau aux jumelles. Il sortit une cigarette d'un étui en cuir noir et l'alluma.

Brauer soupira. Autant régler tout de suite le problème. Il retourna à sa voiture, sortit son .22 et le chargea de balles qui avaient toutes la tête entaillée d'une croix. Elles rentreraient proprement dans la chair, mais ressortiraient en laissant un trou énorme. Les balles dum-dum étaient interdites par les conventions de Genève, bien entendu, mais personne ne se souciait de telles broutilles dans ce milieu où tous les coups bas étaient permis.

Il mit le dos de l'homme dans la mire de sa lunette. Sa cible ne bougeait pas, tout à son observation à travers ses jumelles. C'était le tir le plus simple du monde.

Il visa plus bas, légèrement sur la gauche. Tirer en plein cœur, tel était le but. Cela n'avait guère d'importance, mais autant bien faire les choses.

Il appuya sur la détente.

À travers sa lunette, il vit l'homme frémir et s'écrouler sur la route. Il ne bougea plus. Le sang devait jaillir de sa poitrine, songea Brauer. Oui, ça se voyait, même de là où il se trouvait.

Il remonta dans la Citroën et repartit tranquillement.

— Ça fait longtemps que tu m'attends ? demanda-t-elle en montant dans la voiture.

— Non, une dizaine de minutes.

Elle repoussa les cheveux de son visage et contempla le ciel.

— Quelle belle nuit ! Où allons-nous ?

— Où tu veux.

— Retournons à Nice alors, on y réfléchira en chemin.

Ils démarrèrent.

195

— Tu es bien silencieux, ce soir. Ça ne va pas ?

— Si, si.

Il y avait peu de circulation et ils traversèrent rapidement Juan-les-Pins et Antibes. Ils aperçurent bientôt les lumières de Nice devant eux et les six kilomètres d'immeubles blancs qui bordaient la promenade.

— Tu as envoyé ton télégramme ?

— Oui.

— Tu as décidé quand tu repartais ?

— Pas encore.

Elle se mordilla la lèvre, le regard rivé sur la route.

— Qu'est-ce qui t'arrive ?

— Rien.

Elle secoua la tête comme pour chasser de sombres pensées.

— Si on allait sur la Grande Corniche ? La vue est superbe la nuit.

— D'accord.

Il lui pressa la main. Il s'était senti incroyablement déprimé toute la soirée. Il avait passé sa vie en revue et l'avait trouvée triste, monotone et vide, alors qu'il avait toujours été convaincu du contraire jusque-là. Mais il retrouva son entrain à ses côtés.

Ils roulèrent pendant presque une heure, le visage balayé par l'air frais de la nuit. Carr suivit la Basse Corniche entre Nice et Villefranche, puis il rejoignit la Grande Corniche.

— C'est la route Napoléon, déclara-t-il.

— C'est vrai. Comment le sais-tu ?

— J'ai lu les guides. Napoléon Ier l'a fait construire pour son armée sur le tracé de l'ancienne Via Aurélia.

Ils prirent de la vitesse. Anne frissonna et enfila un pull.

— Qu'est-ce que tu dirais d'aller prendre un verre au Vistaëro ?

— Bonne idée.

C'était un des endroits préférés de Carr. L'hôtel-restaurant ultramoderne, perché à trois cents mètres au-dessus de la mer, avait une vue sublime sur le cap Mortola, Monte-Carlo et Monaco. Ils se garèrent et se dirigèrent vers la terrasse. Leurs bras se couvrirent de chair de poule sous la brise.

Il n'y avait que deux ou trois couples installés sur les jolis sièges blancs. Ils commandèrent à boire et allèrent s'accouder à la rambarde.

— Toutes ces lumières ressemblent à la Voie lactée, remarqua Anne.

Carr contempla la plage de Monte-Carlo, juste en dessous, fit remonter son regard en direction du casino puis de la haute masse grise du Musée océanographique avant de l'arrêter sur le palais.

On faisait vite le tour de la principauté. Un petit bout de terre en forme de U, avec la vieille ville, Monaco, d'un côté, la nouvelle ville, Monte-Carlo, de l'autre et le port entre les deux.

Avec ses illuminations, elle paraissait plus grande qu'en réalité. Carr avait du mal à imaginer que ce petit État indépendant faisait la moitié de Central Park ou un quatre-vingt-sixième de Londres. Il ressemblait à un royaume de conte de fées, fabuleusement riche, à l'écart du reste du monde.

Anne frissonna.

— Tu as froid ?

— Non, je voudrais rentrer chez moi.

— Tu es sûre ?

197

Elle hocha la tête et finit son verre d'une traite. Puis elle courut vers le parking. Carr la regarda partir, trop étonné pour protester. Il posa son verre, jeta une poignée de francs sur la note et se précipita derrière elle.

Elle l'attendait près de la voiture et fumait en regardant la route. Sa cigarette rougit dans le noir tandis qu'elle aspirait une bouffée. Il l'observa un long moment en silence, sans savoir quoi dire.

— Tu es prête ? demanda-t-il enfin.

— Oui.

Elle monta en voiture d'un air absent.

— On va où ? poursuivit-il d'un ton qui se voulait vainement léger.

— À Menton. Je vais te guider.

Elle parlait d'une voix plate, dénuée d'expression, et ne le regarda pas une seule fois tandis qu'ils redescendaient vers la ville, puis remontaient dans les hauteurs par une rue escarpée qui traversait un quartier résidentiel et élégant. Il faisait sombre et il se demanda distraitement s'il retrouverait son chemin pour rentrer.

— Arrête-toi là.

Il s'immobilisa devant une haute grille en fer forgé. Les portes ouvertes laissaient voir une longue allée mais pas la villa à laquelle elle conduisait.

Anne regarda Carr.

— Tu peux me laisser là. Je suis désolée.

Carr pensa une fois de plus à ses vêtements coûteux. Il se sentit à la fois triste et découragé.

— C'est bon. Je vais te conduire jusqu'au bout, déclara-t-il alors qu'elle s'apprêtait à descendre.

— Non ! protesta-t-elle, mais il s'engageait déjà dans l'allée.

— Pour une fille pragmatique, tu as un drôle de comportement. À quoi rime cette comédie ? Écoute, je me moque si quelqu'un…

— Je t'en prie, arrête-toi, fais demi-tour !

— Quand est-ce que je te revois ?

L'allée aboutissait à un mur qui faisait au moins trois mètres de haut. Il était de construction récente, en pierre, et Carr se demanda si la villa était moderne, elle aussi. Une porte y était percée. Quatre voitures étaient garées devant : deux Citroën, une Dauphine et une superbe Ferrari métallisée grise.

Anne ne dit rien.

— Quand est-ce que je te revois ?

— Oh, tu n'es pas raisonnable ! s'écria-t-elle avant d'éclater en sanglots.

Elle bondit hors de la voiture et disparut par la porte. Carr se retrouva seul dans la nuit, le moteur au ralenti, les yeux rivés sur le halo de ses phares.

Il ne savait pas quoi penser. Lentement, comme en transe, il fit demi-tour et remonta l'allée en direction de la route. Anne lui avait paru bizarre toute la soirée. Quelque chose la tracassait. Pourtant, elle était en forme au déjeuner.

Il ralentit tout à coup, sans en croire ses yeux, puis il s'arrêta. Le portail était fermé.

C'était peut-être le vent. Il laissa son moteur tourner et descendit pour le rouvrir. Mais bien avant d'atteindre les grilles, il vit l'énorme cadenas éclairé par ses phares. Les barreaux jetaient de longues ombres sur la route de l'autre côté.

Il se penchait pour examiner le cadenas quand deux hommes l'empoignèrent, chacun par un bras. Il se débattit, se libéra de l'un et donna un coup de pied dans l'entrejambe de l'autre qui roula par terre en gémissant, les genoux remontés contre la poitrine. Carr n'eut pas le temps de se retourner que le premier revenait à la charge et lui décochait un direct à l'estomac puis il sentit une douleur fulgurante entre ses yeux et entendit un craquement d'os. Il commença à tomber avec une lenteur inquiétante et l'impression que sa chute n'en finissait pas.

16

Des lampes s'allumèrent.

Carr ouvrit les yeux et découvrit qu'il était affalé sur une chaise, sa veste et sa chemise couvertes de sang. Il avait le nez tout engourdi et quelque chose de blanc et duveteux enfoncé dans les narines. Il leva la tête. Les éléments d'un mobile rouge et vert dansaient mollement devant ses yeux. Il regarda, fasciné, la façon dont ils tournaient et prenaient la lumière. Puis il examina lentement le reste de la pièce : elle était spacieuse, avec un décor moderne, entièrement vitrée.

— Rideaux ! cria une voix.

Quelqu'un appuya sur un bouton et des rideaux dorés coulissèrent le long des parois de verre jusqu'à ce que toute la pièce soit fermée. Il y régnait un grand silence. Elle était meublée avec un goût aussi simple que luxueux : des fauteuils Barcelona, des céramiques Picasso, des luminaires italiens et des meubles danois. Le sol en ardoise faisait ressortir les lignes épurées et lisses des canapés et des fauteuils.

— Monsieur Carr.

Un visage apparut dans son champ de vision. C'était un visage soigné, élégant avec une bouche mince, de hautes pommettes et des cheveux bruns très courts. Carr ne put voir les yeux : ils étaient cachés par des lunettes noires. Les lèvres relevées par un sourire dévoilaient des dents très blanches.

— Nous sommes désolés de ce qui vous est arrivé, mais nos gardiens avaient reçu des ordres très stricts. Vous vous êtes acquis une réputation d'homme difficile à retenir.

Le visage recula et Carr put voir son interlocuteur en entier. Mince et se tenant parfaitement droit, les mains le long du corps, il portait un costume noir avec une cravate sombre et donnait l'impression d'être grand. Il devait mesurer plus d'un mètre quatre-vingts.

— Vous serez ravi d'apprendre que vous n'avez rien de grave, poursuivit l'homme avec un geste vers le sang sur sa chemise. Les capillaires du nez sont particulièrement fragiles et plusieurs se sont rompus, c'est tout. Un simple saignement de nez. Nous vous avons fait une injection de benzédrine et de dextrose. Et vous allez bientôt recevoir un sédatif.

— Je veux voir un médecin, protesta Carr, et il s'aperçut, en voulant se tâter le nez, qu'il avait les coudes attachés au bras du fauteuil.

— Dans ce cas, vos vœux sont comblés, vous en avez un devant vous.

L'homme observa Carr avec intensité puis il pressa un bouton d'interphone sur une petite console installée près de la cheminée, au centre de la pièce.

— La réunion peut commencer, dit-il à l'interphone.

Il se retourna vers Carr.

— Je suis désolé pour vos bras, je sais que ça doit être gênant. Espérons que vous pourrez répondre rapidement à nos questions, car nous sommes tous des gens très pressés et vous devez être fatigué.

La garce ! songea Carr, pris d'une colère subite. Elle m'a bien eu depuis le début. Elle m'a mené par le bout du nez. Quel idiot ! Il aurait dû le savoir, ou au moins s'en douter.

Quatre hommes entrèrent dans la pièce et rejoignirent l'homme aux lunettes noires. Carr les étudia tour à tour. Ils n'avaient rien d'extraordinaire, tous bien habillés, le visage inexpressif. Un seul était barbu. Aucun ne fumait, personne ne parlait et pourtant on ne sentait aucune tension dans la pièce. Ils semblaient tous totalement décontractés.

Lunettes Noires, qui semblait être le chef, se tourna vers eux.

— Il nous manque toujours le même. En retard comme d'habitude, mais ce n'est pas grave. Nous allons commencer sans lui. Nous sommes prêts ?

Personne ne répondit. Il régnait un silence total.

— Très bien. Monsieur Carr, allons droit au but. Vous nous avez causé pas mal d'ennuis ces derniers jours. Et nous n'aimons pas les ennuis.

— Vous non plus ne m'avez pas ménagé, répondit Carr.

Sa voix lui parut étrange. Sans doute cela venait-il du coton qui lui bouchait les narines.

— Nous aimerions vous poser quelques questions, d'où votre présence ici, enchaîna Lunettes Noires avant de se tourner vers les autres. Antoine, tu veux bien commencer ? demanda-t-il à l'un des hommes, plus jeune que les autres, qui s'avança aussitôt. Monsieur Carr, nous avons cru comprendre que vous étiez avocat. Sachez qu'Antoine est également avocat et

203

qu'il possède une grande connaissance de la procédure américaine. Répondez donc avec attention.

Il recula d'un pas.

— Quel est le nom du cabinet qui vous emploie ? demanda Antoine.

— Bon sang, ça ne vous regarde pas !

Alors qu'il s'attendait à être frappé, personne ne bougea et le groupe continua à l'observer sans ciller, le visage toujours impassible.

— Si vous êtes avocat, monsieur Carr, reprit Antoine, nous devrons en conclure que nous avons commis une erreur. Ce serait embarrassant, mais pas grave et vous resterez en vie. Si vous n'êtes pas avocat, nous ne nous serons pas trompés. Je vous en prie, répondez à la question et épargnez-nous vos éclats.

Carr réfléchit sans cesser de les observer. Ils le dévisageaient avec une gravité sinistre.

— Harrison, Bentley et Reed.

— Adresse ?

Carr la donna.

— Quel étage.

— Dix-septième.

— Depuis combien de temps travaillez-vous pour eux ?

— Douze ans.

— Cela fait un bon moment. Quelle position occupez-vous ?

— Associé adjoint.

— Votre domaine ?

— Droit fiscal et droit des sociétés, au sens large, mais…

— Cela me paraît un poste excellent, le coupa sèchement Antoine. Où avez-vous fait vos études ?

— À Harvard.

— En quelles années ?

— De 1951 à 1953.

— Vous avez aimé Harvard ?

— Personne n'a jamais apprécié la faculté de droit d'Harvard.

— Pourquoi donc ? Parlez-nous-en.

Carr marqua une pause.

— Essaieriez-vous d'établir si j'y suis vraiment allé ?

— Vous êtes très malin.

Il haussa les épaules et ses liens lui scièrent les bras.

— Il n'y a pas grand-chose à dire. J'ai passé moins de temps dans les livres qu'il aurait fallu et…

— Quelle bibliothèque fréquentiez-vous ?

— Ames.

— Où se trouve-t-elle ?

— Pas loin de Massachusetts Avenue, là où elle contourne…

Antoine l'arrêta d'un geste.

— Pourquoi êtes-vous à Nice, monsieur Carr ?

— Je suis venu acheter une villa.

— C'est ce que nous avons entendu dire. Quoi de plus commun que d'envoyer un avocat acheter une villa ? Cela pourrait camoufler n'importe quelle activité. Qui est votre client ?

— Je ne peux pas vous le dire. En qualité d'avocat, vous devez le savoir.

Antoine se mit à arpenter la pièce. Il coulait de temps en temps des regards vers lui. Carr crut y lire un certain amusement.

— Vous savez, reprit-il, ou vous êtes un imbattable menteur ou vous êtes celui que vous dites.

— Vous êtes très malin.

— Dites-moi, un avion est-il un véhicule à moteur ?

La question le prit totalement par surprise et il mit quelques instants à s'en remettre. Mon Dieu, pourquoi n'avait-il pas été plus attentif à ses cours ?

— Peut-être, commença-t-il après quelques secondes d'hésitation. Ça dépend, vous devez me donner les circonstances exactes afin que je puisse décider quel principe légal est invoqué.

— À vous de me les donner.

Le groupe les observait sans montrer la moindre émotion ni beaucoup d'intérêt. Seuls leurs yeux bougeaient, de ses mains à son visage et à ses lèvres.

— Un pilote se trouve forcé d'atterrir sur une autoroute ou sur une plage publique. Ce faisant, plusieurs personnes sont tuées.

— L'avion sera-t-il forcément considéré comme un véhicule à moteur dans cette situation ? demanda Antoine avec une sorte d'intérêt professionnel, presque de la curiosité.

— Non, bien sûr que non. Plusieurs facteurs peuvent entrer en ligne de compte. Si l'avion est militaire ou s'il appartient au gouvernement, s'il est commercial, s'il effectuait un vol intérieur, s'il a atterri dans un État doté d'une législation sur le sujet.

— Parlez-moi de l'affaire Baker contre Carr, lança Antoine à brûle-pourpoint.

— Tout a été dit dans les journaux, rétorqua Carr. Vous ne préféreriez pas qu'on parle de Marbury contre Madison ?

— Ce ne sera pas nécessaire. Dites-moi, ce Carr a-t-il un lien quelconque avec vous ?

— Non.

— Et celui de la loi Henderson-Carr sur les transports.

— C'est mon père.

— Votre père est sénateur ?

— Oui.

Carr vit l'homme aux lunettes noires tressaillir nettement à cette précision. Intéressant. Mais était-ce positif ?

— Vous dites être venu à Nice pour acheter une villa. Quelles démarches avez-vous entreprises dans ce but ?

— Je l'ai achetée.

Cette fois, la réaction fut générale. Ils le dévisagèrent tous avec intérêt.

— Vous êtes rapide. Vous avez dû procéder à cet achat cet après-midi. De quelle villa s'agit-il ?

— J'ai bien peur de ne pas pouvoir vous le révéler. Cela concerne la vie privée de mon client, répondit-il, bien décidé à ne pas impliquer le gouverneur dans cette histoire.

— La situation réclame un certain assouplissement de votre code d'éthique, insista Antoine. Nous ne nous intéressons pas à votre client ni à ses affaires, nous cherchons juste à établir la véracité de vos propos.

— La villa Perrani, près de Villefranche.

Un silence de plomb s'abattit sur la pièce.

Les hommes prirent un visage sinistre. Carr sentit aussitôt que la situation se gâtait.

— Nous savons quand vous mentez, monsieur Carr.

Garde ton calme, se dit-il. Ne te trémousse pas

sur ton siège, ne remue pas les mains, conserve un ton égal.

— Demandez à la fille. Elle était avec moi.

— Il n'est pas question d'elle pour le moment. Dites-nous la vérité.

On frappa doucement à la porte derrière lui. Un homme entra dans la pièce. Carr ne se retourna pas. Il garda les yeux fixés sur les autres hommes.

— Bienvenue, dit Lunettes Noires, que l'on n'avait pas entendu depuis plusieurs minutes. Vous arrivez juste à temps pour nous aider à interroger monsieur Carr.

Le signor Perrani entra dans son champ de vision. Comme les autres, il affichait un visage impassible, sans émotion, et ne manifesta aucun signe de reconnaissance.

— Cet homme prétend avoir acheté votre villa, signor, enchaîna Lunettes Noires, imperturbable.

— C'est la première fois que je le vois de ma vie, répliqua Perrani.

17.

Cette déclaration fut suivie d'un long silence expectatif. Le regard de Carr alla de Perrani à Lunettes Noires puis aux autres membres du groupe. Il essaya d'estimer rapidement comment il devait jouer à ce nouveau jeu. Perrani mentait, mais avec une assurance inquiétante, un calme inébranlable qu'il ne comprenait pas. Perrani appartenait visiblement à ce groupe, mais ils avaient commencé sans lui. Il n'occupait donc pas une place prépondérante. Il pouvait peut-être en tirer profit.

Carr se tourna vers Lunettes Noires.

— Il ment.

— Trouvez autre chose, monsieur Carr, répondit Lunettes Noires d'une voix lasse, presque déçue.

— Je peux prouver qu'il ment. Je peux décrire la villa Perrani en détail. J'y étais cet après-midi. Je peux vous parler de la bibliothèque, du majordome, des chambres à l'étage…

— Vous nous avez déjà impressionnés par l'étendue de vos connaissances. Nous sommes persuadés que vous pouvez décrire la villa avec une exactitude absolue.

— Et Graff, l'agent immobilier ? J'étais avec lui, il pourra vous le confirmer. Pourquoi ne pas lui poser la question ?

— Nous pourrions aussi interroger le consulat. Ils corroboreront vos dires avec encore plus d'empressement.

— Et la fille ? Pourquoi ne pas lui demander ? Elle ne m'a pas quitté.

— La fille est désespérément amoureuse de vous, répondit patiemment Lunettes Noires. Nous n'avons pas besoin de la faire venir ici pour nous en apercevoir.

Perrani sourit légèrement et secoua la tête en regardant Carr d'un air apitoyé.

— Écoutez, je l'ai payée, cette villa. Un chèque de quatre cent mille dollars, à l'ordre d'Enzio Perrani, payable à la Société générale, à Nice. Je le lui ai donné. Vous pourrez vérifier à la banque demain matin.

Lunettes Noires haussa les épaules.

— Et si aucun chèque n'a été déposé ? Nous aurons encore perdu du temps alors que la moindre seconde est cruciale.

Un frisson d'effroi le parcourut. Ils avaient raison, bien sûr. S'il se sentait traqué, Perrani n'encaisserait pas le chèque.

— Ce que Perrani fait de son argent ne me regarde pas, poursuivit-il. Il voulait au départ que je dépose la somme sur un compte numéroté en Suisse, mais j'ai refusé. Je préfère les transactions franches et directes.

— Quel homme honnête ! soupira Lunettes Noires.

Il interrogea les autres du regard.

— En avons-nous assez entendu ?

Les hommes hochèrent la tête et Perrani se permit un petit rictus.

— Monsieur Carr, reprit Lunettes Noires, vous continuez à nous donner du fil à retordre, semble-t-il. Nous devons à présent décider de la façon la plus simple de nous débarrasser de vous. Ernst, surveillez-le.

L'Allemand blond surgit de l'ombre derrière lui, un long couteau à la main.

— Attendez une minute ! s'écria Carr. Vous commettez une grave erreur. Vous devriez...

Ce qui se passa ensuite fut si rapide que Carr n'en crut pas ses yeux. L'Allemand traversa la pièce d'un bond, attrapa les deux bras de Perrani, les ramena dans son dos et pointa son couteau sur sa gorge.

— Arrêtez ! ordonna Lunettes Noires.

L'Allemand obéit. La lame avait juste entaillé la peau et laissé une fine ligne rouge. Perrani écarquillait les yeux.

Un silence de mort planait sur la salle. Lunettes Noires s'avança et sortit un pistolet de la ceinture de Perrani.

— Enzio, pauvre fou ! soupira-t-il d'un air dramatique. Vous pensiez vraiment pouvoir réussir ? Et vous croyez vraiment que je vais vous accorder une mort aussi douce en le laissant vous trancher la gorge ? ricana-t-il d'un rire amer. Vous allez mettre des heures à mourir, je vous le promets.

Il alla chercher sa sacoche noire dans un coin et la rapporta au centre de la pièce.

— Observez, messieurs, le sort réservé aux traîtres. Remontez sa manche.

On lui retira sa veste et on déchira sa manche pendant que Lunettes Noires remplissait une seringue.

— De l'éther, mes amis. Injecté en intraveineuse, c'est assez amusant.

Perrani transpirait. Il bougea les lèvres sans proférer un son. L'Allemand le força à tendre le bras : Lunettes Noires enfonça délicatement l'aiguille au creux du coude et injecta le contenu de la seringue.

La réaction fut immédiate.

Perrani s'effondra et fut prit de spasmes d'une violence comme Carr n'en avait jamais vu. Il roula sur le sol et se tordit dans tous les sens, le corps entier parcouru de mouvements frénétiques. Il ne parlait pas, mais émettait des sifflements comme s'il cherchait vainement à tousser. Ses membres s'agitaient de manière incontrôlable et sa tête pilonnait le sol tel un marteau-piqueur. Son visage avait viré au bleu vif.

— Jetez-le dehors et laissez-le se rouler sur l'herbe jusqu'à ce qu'il meure.

Ils durent s'y mettre à trois pour emporter le corps qui gesticulait.

Une fois qu'il eut disparu, Lunettes Noires se tourna tranquillement vers Carr.

— Nous vous sommes très reconnaissants, monsieur Carr. Permettez-moi de me présenter. Je suis Georges Liseau.

Il ne lui serra pas la main et ne proposa pas de lui présenter ses compagnons.

— Vous avez évité bien des malheurs à notre organisation en nous parlant du signor Perrani et nous aimerions vous remercier de notre mieux.

Carr dévisagea Liseau comme s'il était fou. Il était complètement perdu.

— Que diriez-vous de m'offrir un verre et de me raccompagner à mon hôtel ?

Liseau hocha aimablement la tête et défit ses liens.

— En tant que médecin, je vous conseillerais la vodka. C'est l'alcool qui donne le moins la gueule de bois et qui contient le moins d'impuretés. Cela vous convient-il ? Avec des glaçons ?

Il s'approcha d'un seau à glace, remplit un grand verre de glaçons et versa la vodka par-dessus.

— Dites-moi quand ça suffit.

Carr le laissa remplir le tiers du verre.

— C'est bon.

— Quant à votre hôtel, reprit Liseau en lui tendant le verre, permettez-nous de vous montrer plus amplement notre gratitude. En tant que fils d'un distingué sénateur américain, vous nous feriez un grand honneur en acceptant notre hospitalité quelques jours.

— Ai-je le choix ?

— Nous enverrons une voiture chercher vos affaires au Negresco. Je pense que vous trouverez votre séjour ici très plaisant et nous nous appliquerons de notre mieux à le rendre agréable. En outre, vous avez besoin de quelque temps pour vous remettre de votre blessure. Vous avez le nez cassé, vous savez. Et d'ailleurs, ajouta-t-il après un instant de réflexion, je ferais bien de m'en occuper tout de suite. Prenez votre verre et suivez-moi. Je vais vous conduire à votre chambre.

Il s'agissait d'une chambre, moderne, aux murs blancs, qui donnait sur la mer par une immense baie vitrée. Liseau demanda à Carr de s'allonger. Après avoir retiré sa veste, il examina son nez à la lueur de la lampe de chevet. Carr frissonna à son contact en se souvenant de Perrani.

— Je pense qu'il vaudrait mieux que je vous soigne sous anesthésie. Je vous en prie, relevez votre manche. Vous n'avez rien à craindre, je vous assure, s'esclaffa-t-il devant son hésitation.

Carr décida qu'il s'en moquait. Il tombait d'épuisement et se laissa faire. Il sentit qu'il lui frottait le bras avec un coton imbibé d'alcool puis qu'il le piquait.

— Fermez les yeux, monsieur Carr, suggéra Liseau d'une voix assurée et rassurante. Détendez-vous. Respirez profondément.

Il vit le visage de Liseau dériver et se diluer.

— Détendez-vous. Vous n'avez rien à craindre.

Carr ferma les yeux. Il dormait.

Il fut réveillé par des gazouillements d'oiseaux devant sa fenêtre. Le soleil qui inondait sa chambre l'aveugla presque quand il chercha sa montre à tâtons. Il était neuf heures. Il se leva et se dirigea vers le miroir pour examiner son visage. Il avait les yeux un peu injectés de sang et une petite coupure sur le menton qui le gênerait quand il se raserait, mais rien d'autre. Un petit triangle en carton blanc lui recouvrait le nez. Il souffrait beaucoup moins qu'il ne l'avait craint. Sur la commode, à côté du miroir, une petite boîte de comprimés jaunes était posée sur une feuille de papier sur laquelle il lut : *un comprimé toutes les quatre heures en cas de douleur.*

Il regarda autour de lui et aperçut sa valise debout dans un coin. On avait dû l'apporter pendant la nuit.

214

Il resta un moment perplexe en la trouvant vide. Puis il ouvrit le placard et vit ses vêtements bien rangés sur des cintres.

Il y avait deux autres portes dans la pièce. Il essaya la première et découvrit qu'elle s'ouvrait sur le couloir. Il n'était donc pas enfermé, c'était une surprise ! L'autre donnait dans une salle de bains ultramoderne carrelée de blanc. Son nécessaire de rasage était posé sur la tablette du lavabo avec sa brosse à dents et un tube de dentifrice neuf. Il se souvint qu'il avait fini le sien et avait oublié d'en racheter la veille à Nice.

On frappa à la porte.

C'était une domestique, très jolie, qui réussit à paraître à la fois navrée et ravie de le voir encore en pyjama.

— Je suis désolée de vous déranger, s'excusa-t-elle.

— Non, non, répondit Carr en la déshabillant des yeux.

Elle était vraiment ravissante. Son uniforme non amidonné suivait les courbes de son corps.

— Le docteur Liseau serait ravi que vous le rejoigniez sur la terrasse pour le petit déjeuner, si cela vous convient.

— J'y serai dans un quart d'heure.

— Je vais prévenir M. Liseau.

Une fois douché et rasé, il suivit le couloir jusqu'à un escalier, descendit, entra dans une salle de séjour et reconnut en la traversant la pièce dans laquelle il avait été interrogé.

Il sortit sur la terrasse. Liseau disparaissait derrière un numéro du *Monde* ouvert devant lui. Un exemplaire du *Times International* était soigneusement plié à côté de l'assiette de Carr.

215

Il s'assit.

— Bonjour.

Liseau posa son journal.

— Bonjour, monsieur Carr. J'espère que vous avez bien dormi ?

— Très bien, merci.

— Je vous ai demandé des œufs au plat, du jambon et du jus d'orange. Vous devez avoir faim. Cela vous convient ?

— Tout à fait.

— *Bon.*

Sans se retourner, Liseau fit signe à la domestique qui servit aussitôt le petit déjeuner de Carr. Il était chaud à souhait et délicieux. Malgré lui, Carr le mangea avec un grand plaisir. Liseau poursuivit sa lecture quelques instants avant de reprendre la parole.

— Votre nez n'a présenté aucun problème. C'était une fracture simple le long de la suture fronto-nasale qui devrait guérir rapidement. Vous avez trouvé les comprimés de codéine ?

— Oui.

— Bien. Je vais devoir vous quitter, ajouta Liseau après avoir consulté sa montre. J'ai des rendez-vous à Nice. Mais avant de partir, je voudrais clarifier votre situation ici. Vous êtes mon invité. Ma demeure et le parc sont à votre disposition et je souhaite que vous vous y sentiez comme chez vous. J'aimerais également que vous oubliiez ce qui s'est passé hier soir. C'était un malheureux malentendu du début à la fin et nous ne devons plus y penser. Je peux vous assurer que vous ne courez aucun danger ici. Cependant, ajouta-t-il en se levant, il serait imprudent de vouloir partir.

Vous pourrez constater que le mur qui entoure la propriété n'est pas infranchissable, c'est pour cela qu'il a été électrifié. Il y a aussi des gardes qui ont reçu l'ordre de ne pas vous importuner à moins que vous n'essayiez de vous en aller. Nous nous comprenons bien ?

— Combien de temps allez-vous me retenir ici ?

— Étant votre médecin, je vous conseille de me laisser en décider. Je n'ai que votre intérêt à cœur. Et maintenant, si vous voulez bien m'excuser, je dois honorer mes rendez-vous.

Il hocha la tête poliment et partit.

La domestique s'approcha.

— Du café ou du thé ?

— Du café.

Elle lui adressa un sourire aguicheur.

— J'espère que vous apprécierez votre séjour au Scalpel.

— Pardon ?

— Le Scalpel. C'est le nom de la villa. Le docteur Liseau a un sens de l'humour un peu spécial.

— J'ai cru remarquer.

— Les gardes l'appellent L'Estomac, parce qu'on y mange très bien. Le docteur Liseau a engagé un chef du Baumanière pour lui faire la cuisine le soir. Ça lui coûte une fortune, croyez-moi.

Elle lui apporta du café.

— Le docteur Liseau a beaucoup d'invités ?

— Vous voulez dire qui résident ici ? Non, pas en ce moment. Il y a un mois, nous en avons eu beaucoup et il y a six mois, aussi. Mais pas maintenant. Il n'y a que vous et Mlle Crittenden.

Donc les autres ne vivent pas ici, songea-t-il. Ils doivent avoir leurs villas personnelles comme Perrani.

— Où se trouve Mlle Crittenden en ce moment ?

Cette question parut la dépiter.

— Par là-bas, répondit-elle avec un geste vague vers le parc paysagé. Vous la connaissez ?

Carr s'apprêtait à répondre quand retentit le grondement sourd d'une voiture qui démarrait.

— La Ferrari du docteur Liseau, expliqua la domestique.

— La métallisée grise ? Elle est à lui ?

— Oui. *Elle est jolie, hein ?*

Carr hocha la tête et se souvint de Cannes. Il se leva et s'avança sur la pelouse, décidé à faire le tour de la maison. Il s'éloigna de quelques mètres pour avoir une vue d'ensemble du Scalpel.

La demeure était immense, en forme de L, avec le côté le plus court en surplomb sur la colline qui dominait Menton et la mer. Il ne comprenait qu'un niveau où se trouvaient la salle de séjour et la terrasse. L'autre côté possédait un étage et abritait une salle à manger, sans doute un bureau et des chambres. Celle de Carr se trouvait au premier étage, à l'angle du L.

Toute la villa était construite en verre et en métal, et il comprit pourquoi elle s'appelait Le Scalpel. Dedans comme dehors, elle était nette, propre, lisse et dépouillée. La dureté de ses lignes était brisée de-ci de-là par quelques briques qui lui donnaient de la texture et par les murets de pierre qui l'entouraient et la protégeaient des regards depuis l'allée.

Carr songea qu'elle correspondait parfaitement à Liseau, qu'elle résumait sa personnalité. Il se demanda si c'était lui qui l'avait dessinée.

Toujours curieux, il remonta l'allée et ne mit pas longtemps à apercevoir le garde, assis dans l'herbe près du portail, qui tripotait distraitement son arme. Il examina la grille. Les gros barreaux en fer forgé d'au moins deux mètres de haut étaient couronnés de barbelés. Il fallait bien les observer pour distinguer les petits isolants électriques peints en noir comme la grille. Ils ne devaient pas transmettre une forte charge, juste de quoi sonner un homme…

Mais pourquoi s'en soucier ? Il était en sécurité pour le moment et dans des conditions somme toute assez confortables. Autant se laisser porter par le courant sans faire de remous. Il partit explorer le parc.

La propriété devait couvrir une dizaine d'hectares, boisés en grande partie. Sur une centaine de mètres autour de la maison les arbres avaient été éclaircis pour laisser place à la pelouse, aux massifs de fleurs et aux arbustes. C'était un agencement agréable et pratique : il était impossible de s'approcher de la maison sans se faire voir.

Il tomba brusquement sur une piscine. Elle était déserte. Attiré par l'eau tranquille et fraîche, il s'apprêtait à se déshabiller quand il se souvint de son nez et se ravisa. Il s'assit sur une chaise en bois, près d'une table, à l'ombre d'un parasol au bord du bassin. Il alluma une cigarette et son regard tomba sur un téléphone posé sur la terrasse en bois. Le fil disparaissait sous les arbres. Intrigué, il décrocha.

— Oui, monsieur ?

— Allô ?

— Que puis-je pour votre service ?

Il reconnut la voix de la domestique.

— Rien, je me demandais juste à quoi servait ce téléphone. Excusez-moi.

— Voulez-vous boire quelque chose ?

— Tiens, pourquoi pas ? Une vodka citron vert serait parfaite.

— Tout de suite, monsieur.

Carr soupira. Non, il n'était pas si mal, en fin de compte. Il se renfonça dans son siège et tira sur sa cigarette. Se laisser porter par le courant, c'était la meilleure solution.

La domestique apparut. Il fut surpris de la voir poser devant lui un plateau avec une bouteille de vodka, quatre citrons verts, de la glace, un pichet et deux verres.

— Le docteur Liseau préfère laisser ses invités faire eux-mêmes leurs cocktails, expliqua-t-elle, et il remarqua sa façon intéressante de se tenir, à la fois réservée et lascive. Ainsi, ses invités peuvent les doser à leur guise.

— C'est certain. Mais pourquoi deux verres ?

— J'ai pensé que vous étiez peut-être avec Mlle Crittenden, répondit-elle, visiblement contente que ce ne soit pas le cas. Voulez-vous que je remporte le verre en trop ?

— Non, laissez-le, merci.

La domestique se retira, non sans lui donner un aperçu de son déhanché. Il prépara un cocktail assez raide dans l'espoir que l'alcool atténuerait sa douleur : son nez commençait à le lancer et il avait oublié ses comprimés dans sa chambre. Il se servit un verre et le goûta. Trop doux. Il versa une nouvelle rasade de vodka. À quoi bon lésiner ? songea-t-il alors que la bouteille glouglougtait.

— Allez, cul sec ! lança une voix féminine de l'autre bout de la piscine.

Il sursauta et releva la tête.

C'était Anne.

18.

Elle portait un pantalon blanc moulant et un haut imprimé vaporeux, les cheveux remontés négligemment sur le haut de la tête, une grande serviette de bain à la main.

— Oh, mais ne serait-ce pas Dalila ?

— Tu arrives toujours à te flatter en insultant les autres ?

Carr ne dit rien, mais il lui remplit un verre et lui fit signe de s'asseoir.

— Tu ne me parles plus ?

— Bien sûr que si, mais c'est plutôt toi qui vas me parler. Je crois que tu me dois quelques petites explications.

— Ça ne va pas te plaire, répondit-elle en prenant son verre.

— Je ne vois pas ce qui pourrait me contrarier plus que je ne le suis déjà.

Elle se mordilla la lèvre.

— Très bien. Je connais Liseau depuis deux ans.

— Mais je parie que vous êtes juste bons amis !

— Non, nous avons vécu ensemble pendant presque un an. Je l'ai rencontré dix-huit mois après l'échec de mon mariage. À l'époque, je traversais une mauvaise passe et il m'a plu. Je le trouvais cultivé, intéressant et son énergie me fascinait. Mon mari était une horrible mauviette. Quoi qu'il en soit, nous nous sommes installés ensemble peu après la fin de la construction de cette maison. Il m'a fallu plusieurs mois avant de comprendre qu'il n'était pas seulement un chirurgien prospère.

Elle s'arrêta et dévisagea Carr comme si elle guettait son approbation.

— Continue.

— Tous les quinze jours, trois semaines, des hommes étranges lui rendaient visite. Je trouvais plein de voitures dans l'allée quand je rentrais du casino. Ces soirs-là, j'avais ordre de rester dans ma chambre. Au début, j'ai juste trouvé ça bizarre. Puis, peu à peu, ça m'a paru sinistre et effrayant. C'est à partir de ce moment-là que nous avons fait chambre à part.

— Pourquoi ne l'as-tu pas quitté ?

— J'en avais l'intention. Mais une nuit, j'ai entendu du bruit devant ma chambre qui se situe au rez-de-chaussée. Je me suis levée, j'ai regardé par la fenêtre et je l'ai vu avec deux autres hommes transporter un gros paquet. J'ai d'abord cru qu'il s'agissait d'un sac ou d'un tronc avant de comprendre.

Elle prit son verre et le reposa sans avoir bu.

— Je portais une chemise de nuit blanche et il a dû me voir derrière la vitre. Le lendemain, quand je lui ai dit que c'était fini et que je voulais m'en aller, il m'a répondu d'une voix très calme que je ferais mieux de rester encore quelque temps. J'ai eu peur et j'ai encore peur.

— C'est ridicule. Tu n'as qu'à acheter un billet d'avion et partir. Il te laisse bien libre dans la journée, non ?

Ses lèvres se mirent à trembler.

— Ne t'énerve pas !

— Je ne m'énerve pas.

— Tu ne peux pas comprendre. Tu ne sais pas quel genre d'homme il est. Il me fait suivre tout le temps. Je m'en aperçois le plus souvent, d'autres fois je le soupçonne seulement. Je pense que certains jours il ne se donne même pas cette peine, c'est inutile. Quand il m'appelle et qu'il me demande ce que je fais, je lui réponds toujours la vérité.

— Tu lui as dit que tu m'avais rencontré ? Ou c'est lui qui t'as envoyée spécialement pour me piéger ?

— Non, répondit-elle d'une voix grave et triste. Il savait juste que j'avais fait ta connaissance sur la plage. Et c'est seulement hier qu'il m'a demandé de passer la journée avec toi. Ensuite, j'ai reçu un message au casino hier soir où il me demandait de te ramener ici, finit-elle d'une voix à peine audible.

— Tu as donc obéi.

— Je ne voulais pas. J'avais peur. J'étais sûre qu'ils allaient te tuer comme l'homme que je les ai vus traîner. J'ai essayé de te prévenir devant le portail. J'avais l'intention de lui raconter que tu t'étais fâché et que tu avais refusé de m'accompagner. Mais tu es toujours tellement têtu. Tu as foncé droit dans son piège.

Il se sentit fondre en voyant une larme rouler sur sa joue.

Elle s'essuya le visage du revers de sa manche.

— J'ai pleuré toute la nuit. Maintenant, tu sais tout, renifla-t-elle en relevant les yeux. Mais c'est quoi, ce carton ?

— Ils m'ont cassé le nez.

Bizarrement, il eut l'impression que cette déclaration n'était pas à son honneur.

Elle se frotta de nouveau les yeux.

— Ce n'est pas grave. Tu étais beaucoup trop beau, murmura-t-elle avant de boire une grande gorgée.

Elle s'étrangla et reposa brutalement son verre sur la table.

— Mon Dieu ! Qu'est-ce qu'il y a là-dedans ?

— Juste de quoi calmer ma douleur, expliqua-t-il, toute sa colère envolée, incapable de lui en vouloir.

— Qu'est-ce que tu dois souffrir ! répondit-elle avec un sourire hésitant.

Il s'approcha d'elle et l'embrassa sur la joue. Elle était salée.

— Je suis désolé de t'avoir bousculée.

— Je suis désolée, moi aussi.

— Combien de temps va-t-il me garder ici, à ton avis ?

— Ça ne t'arrive jamais de penser aux autres ? s'écria-t-elle, de nouveau au bord des larmes.

— Nous garder ici, s'empressa-t-il de corriger.

— Je ne sais pas, mais pas longtemps. Il s'apprête à partir.

— Qu'est-ce qui te fait penser ça ?

225

— Juste des petits détails. Il n'arrête pas de recevoir des lettres d'agents immobiliers de Hong Kong depuis quelques semaines. Il a vendu un dessin de Modigliani il y a quelques jours ; c'était un de ses préférés. Je peux me tromper, mais je sais qu'il a prévu quelque chose pour très bientôt. Je le sens. Les autres viennent tous les soirs. Jamais ils ne sont venus aussi souvent. Ils s'enferment dans la salle de séjour et restent à parler jusque tard dans la nuit, parfois jusqu'à deux ou trois heures du matin. Et il est devenu aussi nerveux qu'un chat, à courir partout, toujours tendu, à parler sèchement. Il n'était pas comme ça avant.

Carr se remémora ses manières doucereuses et réservées et se demanda comment pouvait être Liseau deux ans auparavant.

— Tu sais qu'ils ont tué Perrani la nuit dernière ?

Elle écarquilla les yeux.

— C'était un Associé ?

— Oui, tu ne le savais pas ?

— Je n'en ai jamais vu aucun et je suis sûre que Perrani ne m'avait jamais vue avant notre visite. Pourquoi l'ont-ils tué ?

— Je l'ignore, mais cela avait un rapport avec le fait qu'il m'a vendu sa villa.

— Je n'y comprends rien.

— Moi non plus.

Il se servit un autre verre.

— Tu connais un certain Morgan ?

Elle secoua la tête.

— Et Victor Jenning ?

Elle le dévisagea d'un air ahuri.

— Tu le connais ?

— Bien sûr ! répondit-elle. Tout le monde ici a entendu parler de lui. Il habite Monaco et c'est une sorte de légende. Il est beau, mais il n'est plus tout jeune et adore les voitures de course et les femmes. Il a eu six ou sept épouses et elles viennent toutes le voir courir chaque année au Grand Prix de Monaco dans l'espoir qu'il se tue. Du moins, c'est ce qu'on raconte.

Carr fronça les sourcils.

— Il est coureur professionnel ?

— Je ne crois pas. Personne ne sait vraiment. Apparemment, ses énormes revenus viendraient de la vente d'armes. J'ai entendu dire qu'il les vendait en toute légalité, mais aussi qu'il en fabriquait et qu'il faisait de la contrebande. Tu sais comment sont les gens... Pourquoi ?

— Parce que la police m'a interrogé à son sujet. Et le personnel du consulat voulait absolument que je m'appelle Morgan.

Il se creusa les méninges pour essayer de mettre en place les morceaux du puzzle. Il eut soudain un trait de génie : et si le petit homme brun aux cheveux en brosse et aux mains sales était mécanicien ? Le mécanicien de Jenning ? C'était possible. Mais qu'est-ce que ça pouvait signifier ?

Il se trouvait de nouveau dans l'impasse. Il avait beau changer de perspective, il n'était pas plus avancé.

— C'est bien compliqué, soupira Anne. Qu'est-ce que tu en penses ?

— Pas grand-chose. Juste que nous sommes en sécurité ici, du moins pour le moment.

Cette affaire ne le regardait pas, tenta-t-il de se convaincre. Autant ne pas s'en mêler.

— Si ce que tu dis est vrai, Liseau va terminer ce qu'il a à faire et il nous relâchera tous les deux dans quelques jours. Après tout, quel tort veux-tu qu'on lui fasse s'il est à Hong Kong ? Jusque-là, ajouta-t-il avec un sourire, nous sommes coincés ici, alors à quoi bon se battre ? Un autre verre ?

— Avec plaisir. J'espère que tu as raison, murmura-t-elle tandis qu'il la servait.

— Moi aussi.

Les autres perspectives étaient trop déprimantes. Carr préféra changer de sujet.

— Tu allais te baigner ? demanda-t-il avec un geste vers sa serviette.

— Oui. Tu m'accompagnes ?

— Non, je préfère éviter de me mouiller le nez pendant quelques jours.

— Il va finir par baigner dans l'alcool, si tu bois encore un verre.

Elle se leva. Bien que son pantalon soit d'un blanc aveuglant sous le soleil de midi, ce fut son chemisier à la fois fluide et moulant qui captura le regard de Carr.

Vite, il prit une nouvelle gorgée de vodka.

Anne se déshabilla avec sa grâce habituelle. Il la regarda retirer son pantalon et révéler ses longues jambes brunes, puis ce fut le tour du chemisier. Il soupira. Son minuscule bikini mettait en valeur sa superbe poitrine et son ventre plat et musclé.

— Tu es sûr que tu ne veux pas venir ? Il fait tellement chaud !

— À qui le dis-tu !

— Quand j'étais petite, on me disait que c'était très mal élevé de fixer les gens.

— Tu n'es plus une petite fille et je ne te fixe pas. En revanche, tu me sidères par ton art de l'euphémisme.

Elle se tapota l'estomac.

— Tu trouves que j'ai grossi ?

— Je ne peux pas dire avec tous les vêtements que tu as sur le dos.

— Tu es vraiment difficile à contenter.

— Oh, mais je suis content !

— Tant mieux.

Pratiquement sans faire une ride sur l'eau, elle disparut sous la surface. Elle remonta avec un grand sourire.

— C'est merveilleux, tu devrais essayer.

Elle se laissa flotter sur le dos en battant paresseusement des pieds puis elle plongea en ne laissant dépasser qu'une jambe aux muscles galbés tendue en l'air, les orteils pointés. Le corps toujours sous l'eau, elle décrivit des cercles complets de telle façon que sa jambe mouillée tourna sur elle-même en luisant sous le soleil. Carr ne pouvait en détacher les yeux.

— Comment tu appelles ça ? demanda-t-il quand elle réapparut, ses cheveux plaqués en arrière. Le périscope ?

— J'ai fait du ballet aquatique autrefois. C'est plus difficile qu'on ne le pense.

— Je veux bien te croire.

— C'est le contrôle, le plus dur.

— Ah, le contrôle, ne m'en parle pas.

— Attends, regarde !

Elle s'allongea sur le dos et se mit à brasser l'eau à toute vitesse. Puis elle renversa la tête en arrière tout

229

en relevant ses deux jambes à la verticale et, sous leur poids, s'enfonça lentement dans l'eau sans faire un seul remous. Bizarrement, Carr songea qu'il n'avait jamais rien vu d'aussi sexy.

Elle réapparut avec un grand sourire.

— Tes jambes sont sans aucun doute un de tes meilleurs atouts, déclara-t-il tout en pensant qu'elle méritait vraiment qu'on s'intéresse à elle.

— Tu serais surpris d'apprendre quel est mon meilleur atout, rétorqua-t-elle et elle plongea sous l'eau sans lui laisser le temps de répondre.

Oui, il devait absolument s'occuper d'elle.

Quand elle sortit pour s'étendre et se sécher au soleil, Carr alla s'asseoir à côté d'elle, son verre à la main, envoûté par les mouvements de son corps. Il avait la gorge pâteuse et du mal à avaler, mais il attribua ce malaise à la vodka. Anne s'étendit à plat ventre sur l'herbe chaude et le regarda.

— Tu veux bien me détacher ?

— Pardon ?

— La fermeture de mon soutien-gorge. J'ai encore la marque de la bride, je n'arrive pas à m'en débarrasser.

— Oh.

Il eut un peu de mal, car le maillot de bain était mouillé, mais il finit par y arriver et découvrit une fine ligne blanche qui lui barrait le dos.

— C'est affreux, non ?

— Horrible !

Il se pencha et l'embrassa entre les deux omoplates. Elle roula sur le dos, perdit son soutien-gorge et lui passa les bras autour du cou pour l'attirer contre elle.

— Hé, mais tu es trempée ! protesta-t-il en la sentant toute froide contre sa poitrine.

— Ce sont des choses qui arrivent, rétorqua-t-elle en lui mordillant la lèvre.

— Attention à mon nez !

— Je vais essayer, promit-elle.

Elle tint parole : il ne pensa plus à son nez du reste de la matinée.

19.

Ce jour-là et le suivant se déroulèrent comme dans un rêve pour Carr. Il se promena dans le parc de la villa main dans la main avec Anne. Ils parlèrent, mais il leur arrivait de passer des heures sans échanger un mot, comme s'ils n'en avaient pas besoin pour savoir ce que l'autre pensait. Le soleil était chaud, le temps magnifique, et ils ne se quittaient pas de la journée. Liseau n'était que rarement à la villa et ne les dérangeait jamais. Il semblait même ravi de les voir préoccupés uniquement d'eux-mêmes.

Le soir, Anne allait au casino. Elle rentrait épuisée. Le show d'été devait commencer dans quinze jours et le rythme des répétitions augmentait. Cependant, elle ne montrait jamais sa fatigue et ne semblait y accorder aucune importance. Carr était tout bonnement heureux avec elle. Il avait l'impression d'avoir trouvé ce qu'il cherchait depuis longtemps.

Son emprisonnement ne le gênait pas. Ils se promenaient, écoutaient l'excellente collection de disques de Liseau, lisaient, nageaient. Carr avait décidé dès le second jour de ne plus se soucier de son nez. En fait, plus rien ne l'inquiétait. Il fumait moins, dormait bien et se sentait mieux qu'il ne l'avait été depuis des années.

Il trouvait Anne toujours aussi magnifique. Il n'en revenait pas du naturel de sa beauté. Quoi qu'il fasse, rien ne paraissait l'altérer ou l'amoindrir. Un jour, il l'ébouriffa, lui enleva son maquillage et lui mit des vêtements à lui. Il eut le souffle coupé en la voyant assise ainsi devant lui, décoiffée, dans une chemise bien trop grande pour elle.

— Tu es splendide ! s'émerveilla-t-il.

— Toi aussi, tu es beau. Et alors ?

Il lui tendit une cigarette pour la remercier.

— Tu devais être une ravissante petite fille.

— J'étais grosse, obèse même, horrible, avec des bourrelets de graisse sur les hanches, un quadruple menton, des genoux bouffis. Je ne t'aurais pas plu du tout.

— C'est incroyable comme tu t'es arrangée en vieillissant.

— Oui, finalement.

Elle ne semblait pas infatuée d'elle-même et Carr n'arrivait pas à déceler chez elle la moindre once de vanité ou de mépris. Il essayait sans cesse, comme mû par une curiosité perverse, à tel point qu'elle finit par lui dire qu'il était fou d'elle.

— C'est vrai, mais tu n'y es pour rien, c'est la faute de tes cuisses.

Elle fit la moue.

— Tu ne m'aimes que pour mon physique.

— Je l'avoue.

— Ce n'est pas bien. Chaque soir, je me retrouve avec cinquante filles toutes plus belles et mieux bâties que moi. Et certaines sont aussi plus intelligentes.

233

— Présente-les-moi.

— Tu peux courir. Je sais reconnaître une perle rare quand j'en vois une.

— Ça m'a tout l'air d'un abus de position dominante.

— Y a pas de doute, t'es vraiment avocat.

— Il y a pire comme métier. Et il a des avantages.

— Je sais, répondit-elle en lui mordillant l'oreille.

— Tu ferais bien d'arrêter sinon je ne réponds plus de rien.

— Est-ce un défi ?

— Essaie ! Essaie pour voir !

Ralph Gorman feuilletait le dossier CORTEX avec irritation. La situation lui échappait : les Associés menaient la course et semblaient bien partis pour la remporter. Carr avait disparu sans laisser de traces, il avait quitté son hôtel, et le tueur spécialement envoyé par Paris s'était fait sommairement descendre une heure après son arrivée.

Ils réagissaient sacrément vite !

En plus, il y avait l'affaire Perrani. Ce dernier faisait partie des Associés, ils le savaient depuis longtemps. Il avait des contacts dans le monde de la course automobile. Et voilà qu'on retrouvait son corps la nuit dernière au pied d'une falaise à l'ouest de Cannes, sur la côte de l'Esterel. Sa mort semblait naturelle, mais allez savoir.

Par ailleurs, Jenning avait signalé la disparition d'un de ses mécaniciens, envolé sans laisser de trace. En réunissant ces indices, Gorman en était arrivé à la conclusion que les Associés avaient prévu de saboter sa voiture au Grand Prix de Monaco afin de le tuer avant qu'il ne signe les papiers. Le mécanicien était un homme de Perrani. Et maintenant, tous les deux avaient disparu de la circulation sans qu'on sache pourquoi.

Cela semblait logique. N'empêche qu'il pouvait se tromper.

En fait, la seule question importante, la seule qu'il fallait se poser, c'était la suivante : qu'allaient faire les Associés ensuite ? Ils devaient absolument arrêter Jenning, de lui dépendait toute l'expédition jusqu'à ce que les papiers soient signés. Ils tenteraient encore de le tuer, comme ils l'avaient déjà fait.

Mais quand ? Comment ?

Bientôt, sans doute. La course n'était plus que dans deux jours.

Roger Carr fut réveillé le matin du troisième jour par une odeur de café chaud et quelque chose qui lui chatouillait le menton. Anne, penchée sur lui, balançait ses cheveux au-dessus de son visage. Le soleil inondait la pièce et la jeune femme lui parut éclatante, fraîche et heureuse.

— J'ai un problème, déclara-t-elle en lui servant son café.

Elle était en short, en débardeur blanc et en sandales.

— Tu n'en as pas l'air.

— Si. Comment vas-tu appeler ton premier enfant ?

— Voilà une sacrée question à poser à un homme au réveil ! s'exclama-t-il. Mais… tu ne veux pas dire que…

— Non, non, je me posais juste la question.

235

— Je n'en ai pas la moindre idée.

Il se leva et se dirigea vers la salle de bains en traînant les pieds.

— T'es grincheux le matin, remarqua-t-elle en le suivant des yeux.

Il se retourna. Elle s'était assise sur une chaise, les jambes remontées contre sa poitrine, sa tasse serrée entre ses mains. Sa vue l'emplit de bonheur.

— Comment s'est passée ta répétition ?

— Très bien. Tu es toujours d'aussi mauvaise humeur au réveil ?

— Je suis incapable de réfléchir tant que je ne me suis pas brossé les dents.

— Je l'ignorais.

— Et tant que je ne suis pas rasé, aussi.

— Incroyable !

— Seul, finit-il en lui fermant la porte au nez.

Elle la rouvrit un peu plus tard, pendant qu'il se rasait, et il sentit une bonne odeur de café parvenir de la chambre. Anne s'appuya contre le chambranle, croisa les bras sur sa poitrine et le regarda passer le rasoir sur son visage. Il se coupa aussitôt le menton, la partie la plus délicate. Il tendit sa mâchoire en avant pour voir l'étendue des dégâts.

— C'est ta faute.

— Pourquoi ?

— Tu m'as tiré du lit à une heure impossible et, du coup, je dors debout.

Il finit de se raser, se rinça le visage et sortit de la salle de bains. Elle s'assit sur le lit tandis qu'il prenait sa tasse de café.

— Nell, dit-il.

— Pardon ?

— Notre premier enfant. Nell. Entre nous, nous pourrions l'appeler Solane Nell.

— Solane Nell Carr. Non, ça ne me plaît pas.

— Pourquoi pas Hubert ?

— Non, si c'est une fille, nous pourrions l'appeler Coma. Coma Carr ? Ça ne sonne pas mal du tout.

— Je préfère Carcinoma.

— Ça, c'est un joli nom ! s'écria-t-elle avant de le répéter à voix basse. Parfait !

— Et pour un garçon, Andrea Tort Carr.

— Non, c'est trop sec. Passi Tort Carr peut-être, quoique ce ne soit guère mieux.

— Paul Ondulé Carr.

— C'est déjà meilleur.

— Horace Poutine Carr.

— Sans hésitation.

Ils se turent et sirotèrent leur café.

— Est-ce que je vais t'épouser ?

— Je l'ignore. Est-ce que je vais accepter ?

— Depuis tout petit, j'ai toujours eu peur de me faire rejeter. Du boulot, de l'équipe de foot de Groton, du bal des débutantes, de tout. Je préfère te prévenir.

Il la regarda avec attention, mais elle était concentrée sur sa tasse de café.

— Le mariage est un risque à prendre, répondit-elle enfin.

— Sans doute.

Il regretta brusquement d'avoir abordé ce sujet.

Une voiture remonta l'allée. Carr reconnut le grondement de la Ferrari. Anne se leva pour regarder à travers la vitre.

— C'est Liseau. Il me fait signe de descendre. Je ferais mieux d'aller voir ce qu'il veut. Je reviens tout de suite.

Carr remua son café. Lorsque toute cette histoire serait terminée, il emmènerait Anne avec lui, et pas qu'au Maroc. Elle n'était pas la seule à savoir reconnaître une perle rare. Il se sentait heureux et bizarrement impatient. Il ne leur restait qu'à attendre que Liseau les relâche.

Elle revint en claquant la porte derrière elle et s'assit sur le lit, le visage las, les traits tirés.

— Que se passe-t-il ?

— Liseau. Il vient de me donner mon billet d'avion. Il m'emmène avec lui à Hong Kong.

20.

Sonné par cette nouvelle, Carr continua à remuer machinalement son café, le regard fixé droit devant lui.

— Quand ça ?

— Demain soir.

— Demain soir !

— Il m'a dit de quitter mon job au casino et de faire mes adieux. Je suppose qu'il voulait parler de toi.

Carr sortit une cigarette et commença à taper nerveusement une extrémité puis l'autre contre la table de nuit.

— Je ne le laisserai pas faire.

Elle lui passa les bras autour de la taille et appuya la tête contre son épaule.

— Ça ne servira à rien. Il nous a amenés là où il voulait. C'est sans espoir. Nous ne pouvons rien faire contre lui. Au moins, il te laissera partir.

— Je me le demande.

Anne se mit à pleurer sur son épaule.

— Calme-toi. Nous allons trouver un moyen de nous en sortir. J'ai des amis. Peut-être que si j'arrive à m'échapper…

— Si tu essaies de partir, il me tuera, je le sais. Je dois y aller.

Elle se leva et lui donna un long et dernier baiser, mouillé de larmes.

— Au revoir.

— Attends...

Elle claqua la porte derrière elle et il l'entendit courir dans le couloir. Il resta assis, incapable de croire à ce qui venait de se passer. Il n'arrivait pas à concevoir qu'Anne puisse lui être arrachée. Il en prit conscience lentement, douloureusement.

Il refusait de la laisser partir.

Il ne pouvait pas la laisser partir.

Carr revit soudain Vascard, le policier, qui secouait la tête de tristesse, désabusé par ses raisonnements. C'était de la folie de tenter de s'évader, il le savait. Tous les éléments se dressaient contre lui sans exception, mais il pouvait essayer et il essaierait. Il n'avait pas le choix.

De toute sa vie, il n'avait pas connu de pire situation qu'un rendez-vous surprise avec une inconnue. Il n'avait pas la moindre idée de la façon de s'y prendre ni par où commencer. Il était sans arme et sans défense. À moins que...

Il s'habilla en souriant.

Il possédait une arme, chérie et polie par une longue expérience.

Une arme et une possibilité.

Il tenterait le coup.

Alors qu'il se dirigeait vers la terrasse, Liseau l'appela.

Carr s'arrêta et le regarda d'un air amical, du moins l'espérait-il. Il avait peu d'atouts dans sa manche, mais la surprise en faisait partie.

— Oui ?

Liseau lui passa un bras autour des épaules et marcha avec lui vers la maison.

— Je pense que vous avez apprécié votre séjour.

— En effet. Ce fut merveilleux du début à la fin. Franchement, je ne m'attendais pas à ce qu'il soit aussi agréable.

— Je suis ravi de l'entendre, répondit Liseau et il donnait vraiment l'impression de le penser. En retour, je peux vous dire que vous serez bientôt libre de repartir.

— D'un côté, c'est une triste nouvelle, vous m'avez tellement gâté que j'aurai du mal à me réadapter à la vie new-yorkaise. Mais il faut bien reprendre le collier. Je devrais peut-être réserver mon avion ? suggéra-t-il d'un ton détaché.

— Vous aurez l'occasion de le faire très bientôt, mon ami. Entre-temps, j'aurais une faveur à vous demander. Ce soir, nous recevons quelques amis et nous préférerions ne pas être dérangés. Serait-ce trop vous demander de passer la soirée dans votre chambre ?

— Pas du tout. Mais dites-moi, puis-je de mon côté recevoir une invitée dans ma chambre ?

— J'ai peur que Mlle Crittenden ne soit…

— Je ne pensais pas à elle, le coupa-t-il avec un petit clin d'œil salace.

— Quoi ? lâcha Liseau, pris de court.

Il fronça les sourcils.

Il n'aime pas les surprises, constata Carr.

— Vous ne voulez pas dire…

— Si.

Liseau haussa les épaules pour cacher son soulagement.

— Mais avec plaisir ! Ma maison est entièrement à votre disposition comme tout ce qui s'y trouve, je vous en prie.

— C'est très gentil à vous.

— Mais c'est normal. Bonne chance, mon ami. Je suis sûr que vous la trouverez à votre goût, ajouta-t-il après une courte pause.

Carr hocha la tête en souriant et se dirigea vers la pelouse d'un pas nonchalant. Il s'arrêta, dos à la maison, comme pour admirer le paysage. Son esprit fonctionnait à toute allure : son plan était hasardeux, ses chances de réussite plus que minces, mais il avait franchi le premier obstacle avec succès. C'était déjà ça.

Il revint vers l'allée et observa les voitures garées les unes à côté des autres. En premier, il y avait son petit coupé Alfa biplace capoté dont Liseau devait détenir les clés. Ensuite venait la Ferrari gris métallisé, à l'allure féline et puissante. Enfin, une Dauphine jaune qui devait être la voiture de la soubrette. Il ne pensait pas qu'on l'observait, mais fit comme si. Les mains dans les poches, il s'approcha de l'Alfa qu'il examina avec un intérêt de propriétaire. Il donna un coup de pied dans un pneu, puis il s'avança vers la Ferrari et passa plusieurs minutes à la contempler sous tous les angles. C'était la première fois qu'il avait l'occasion de l'examiner de près et son admiration était sincère devant cette splendide machine, rapide et efficace, dotée de la grâce musclée d'un puma. Dessinée par Pininfarina et sans doute carrossée par Scaglietti. Elle devait monter sans effort à deux cent cinquante kilomètres à l'heure et ça se voyait. À l'intérieur, le cheval noir se cabrait sur un fond jaune au centre du volant. Son regard balaya le tableau de bord à la ligne dépouillée, les sièges baquets recouverts de cuir noir. Il y avait une mallette sur la tablette derrière les sièges et une paire de gants de conduite en cuir roux sur le siège du passager.

Il se redressa et, feignant la simple curiosité, s'approcha de la voiture de la domestique. Il la regarda d'un œil distrait, affectant peu d'intérêt, tout en examinant l'intérieur minutieusement. Le volant et les sièges étaient recouverts d'une vilaine imitation de peau de léopard et il y avait un paquet de cigarettes vide écrasé dans le cendrier.

Malheureusement, il ne vit aucune couverture sur la banquette arrière, contrairement à ce qu'il espérait.

Cependant, c'était encore possible, songea-t-il en regagnant la maison. Plus difficile, certes, mais encore réalisable, et il devait jouer maintenant la partie la plus délicate.

La cuisine était une grande pièce avec une grosse table au centre, des placards blancs et des éléments bas en acier inoxydable qui couraient tout autour de la pièce. Sur un côté se trouvaient trois fours à porte vitrée. Liseau devait vraiment recevoir beaucoup.

La domestique écossait des petits pois devant l'évier. Carr s'avança sur la pointe des pieds et l'embrassa doucement à la naissance du cou, juste en dessous de ses cheveux courts.

— Oh ! s'écria-t-elle en lâchant une poignée de petits pois. C'est vous, monsieur Carr !

— Josette, il faut m'appeler Roger. J'aimerais mieux vous connaître.

— *Avec plaisir*, Roger.

Elle roulait les *r* d'une façon charmante et baissait les yeux d'un air modeste presque crédible. Mais cette fille n'avait pas une once de pudeur en elle.

— Je ne voudrais pas vous empêcher de travailler.

Elle sembla sortir de sa transe et reprit une poignée de petits pois.

Très bien, songea-t-il. Maintenant prudence, cette fille n'est peut-être pas aussi stupide qu'elle en a l'air.

— Vous vous plaisez ici ?

— Oh, oui, beaucoup. Enfin, c'est surtout bien payé, tempéra-t-elle d'un petit haussement d'épaules comme si elle s'en voulait d'avoir manifesté autant d'enthousiasme.

— Et l'endroit est agréable, opina-t-il. Cette cuisine doit être la mieux équipée de la région.

— Oh, vous n'avez pas idée ! Le docteur reçoit beaucoup et il a absolument tout ce qui se fait de mieux. Regardez, il y a même un lave-vaisselle. *C'est magnifique, non ?*

— Incroyable !

— Et ce n'est pas tout. Nous avons un mixer, un robot et *voici* un ouvre-boîte électrique, ajouta-t-elle en tapotant un petit boîtier blanc sur une étagère. Nous ne nous en servons pas pour ouvrir les boîtes, on ne mange jamais de conserves dans cette maison. Mais ça fait aussi affûteur de couteau.

— Ce n'est pas possible ?

Voilà qui devenait intéressant.

— Si, je vais vous montrer.

Elle ouvrit un tiroir et farfouilla dedans un moment.

244

Carr entendit s'entrechoquer des objets métalliques. Le tiroir devait être rempli de couteaux. Elle finit par en choisir un et revint près du boîtier. Elle posa la main gauche sur une petite manette et enfonça le couteau dans une fente. On entendit un crissement métallique : le couteau ressortit lentement de la boîte et tomba dans sa main.

— Stupéfiant ! s'extasia Carr en examinant la lame. Très pratique !

— Oui, *vraiment*.

— Je peux le ranger ?

— Oui, s'il vous plaît.

Josette reprit l'écossage des petits pois et Carr s'approcha du tiroir à couteaux. Il l'ouvrit et remua bruyamment les couverts tout en glissant le couteau nouvellement aiguisé dans sa poche.

Il referma le tiroir et se retourna.

— Dites-moi, Josette, avez-vous du temps libre ?

— Bien sûr. Ce soir, par exemple ? Quand j'aurai servi l'apéritif aux invités du docteur Liseau à neuf heures, ma journée sera terminée.

— Et avez-vous des projets ?

Un sourire rusé s'épanouit sur le visage de l'accorte soubrette.

— D'habitude, les soirées où je finis tôt, je vais à Nice…

— Vous avez une voiture ?

— Bien sûr. Une Dauphine. Mais peut-être que ce soir je n'irai pas, ajouta-t-elle d'un ton lourd de sous-entendus.

— Je ne voudrais surtout pas perturber votre programme, mais…

— Oui ?

— Ça me ferait très plaisir si vous pouviez me monter à boire vers dix heures, murmura-t-il avec un sourire charmeur.

— Pour vous et Mlle Crittenden ? demanda-t-elle d'une voix soudain sèche.

— Oh, non ! Je serai seul.

— Ah ?

— Ce serait possible ?

— Oui, avec plaisir.

— Avec grand plaisir, j'espère. Alors à tout à l'heure, Josette.

La dernière vision qu'il eut d'elle la montrait souriante, une lueur coquine dans les yeux, tandis qu'elle finissait d'écosser les petits pois.

Assis dans sa chambre, il pensait aux trois voitures garées sur le parking. Mille dangers le guettaient ce soir, il le savait, et il ne pouvait compter que sur la chance. Les voitures des invités ne risquaient-elles pas de bloquer la Dauphine ? Non, pas si Josette avait l'habitude de partir peu après leur arrivée.

Il lui restait cependant deux difficultés majeures à vaincre : aller de sa chambre à la voiture et ensuite franchir le portail en voiture. Si la première étape lui paraissait possible, la seconde semblait insurmontable. Surtout si les grilles étaient fermées…

Il se demanda s'il ne ferait pas mieux d'emmener Josette avec lui. Il avait espéré trouver une couverture sur la banquette arrière. Il aurait pu ainsi se cacher dessous pendant qu'elle conduisait sous la menace de son couteau. Faute de couverture, il ne lui restait que deux choix possibles. Ou il s'allongeait sur le plancher à découvert, avec Josette au volant, en espérant que le garde ne vérifierait pas, ou il pouvait tenter de conduire la voiture lui-même. Il lui semblait qu'il aurait plus de chance s'il emmenait Josette, mais cela ne résolvait pas le problème d'Anne. Elle avait dit que Liseau la tuerait s'il s'échappait et elle avait sûrement raison. En tout cas, la faute retomberait sur elle.

À moins que Liseau ne trouve Josette ligotée et bâillonnée dans sa chambre !

Oui, c'était ce qu'il fallait faire. Josette arriverait à dix heures ; il la ficellerait, prendrait ses clés et gagnerait la Dauphine en douce. S'il réussissait à s'évader, il irait tout de suite trouver Vascard ou Gorman. Mais il lui faudrait d'abord franchir le portail…

Il fut aussitôt assailli par cent questions tandis que toutes sortes d'obstacles se dressaient devant ses yeux. Si Josette venait sans ses clés ? S'il y avait un garde dans le couloir ? Si la porte d'entrée était verrouillée ? La Dauphine démarrerait-elle au quart de tour ? Les Associés prendraient-ils la Ferrari pour le poursuivre ? Et surtout, Anne comprendrait-elle ce qui se passait et ce qu'il avait fait ?

Il continua à se ronger les sangs mais, après le déjeuner, engourdi par le vin et la bonne chère, il sombra dans un sommeil agité.

Carr se fit servir à dîner dans sa chambre de bonne heure par Josette qui se répandit en allusions et en sous-entendus grivois. Après son départ, il s'aperçut qu'il était incapable de manger. La tension et l'excitation lui faisaient tourner la tête. Il avait l'estomac noué, les jambes flageolantes et des crampes dans l'avant-bras gauche.

Il examina le couteau qu'il avait volé dans la cuisine. Il était assez pratique, avec une poignée en bois bien solide et une lame de quinze centimètres mince et aiguisée. Mais cela ne le rassurait pas beaucoup. Un couteau ne faisait guère le poids contre une arme à feu et ces hommes possédaient des pistolets. De plus, ils ne plaisantaient pas. S'il se faisait prendre, ils le tueraient.

Il espérait, s'il avait l'occasion de se servir du couteau, qu'il aurait le cran de tuer sans pitié. Il n'avait jamais abattu aucun animal de sa vie, il n'avait même jamais vidé un poisson. Il s'imaginait s'approchant furtivement d'un garde qui ne se doutait de rien, le couteau entre les dents. (Était-ce une bonne idée de le tenir comme ça ?) Bref, il s'approchait du garde et lui immobilisait les deux bras. Mais comment le tuait-il après ? Le garde risquait de donner l'alarme. Il fallait vite lui trancher la gorge. Comment devait-il procéder ? Il se souvenait vaguement qu'il fallait sectionner la veine jugulaire ou un truc du genre. Les héros le faisaient à tout bout de champ dans les films. Mais où se trouvait-elle ? Sur le devant du cou, sur le côté, ailleurs ?

Au fur et à mesure que la nuit s'assombrissait et que le vent se levait dans les arbres, la peur lui nouait un peu plus l'estomac. Il avait l'impression qu'un monstre s'était logé dans son ventre et le broyait.

Il s'allongea sur son lit et attendit, les yeux rivés sur le plafond.

Il était à présent huit heures. Le cendrier débordait de mégots ; l'air enfumé était irrespirable. Il entendit des voitures se garer dans l'allée et alla regarder par la fenêtre. Il en était arrivé trois à peu d'intervalle.

Les Associés étaient des gens ponctuels. Ils se garèrent en ligne – deux Citroën et une Mercedes qu'il n'avait encore jamais vue – et entrèrent rapidement dans la maison. Carr sursauta en voyant que c'était une femme qui conduisait la Mercedes. Mais l'obscurité l'empêcha de bien la distinguer. Il retourna s'allonger, vida le cendrier dans la corbeille et alluma une nouvelle cigarette.

L'idée ne lui vint que vers neuf heures. Il était allé à la fenêtre pour se dégourdir les jambes. Il fumait sa cigarette tout en contemplant sur l'herbe le halo des lumières de la salle de séjour quand il remarqua un faible bruit de voix. Les Associés mettaient sans doute au point les derniers détails pour le lendemain.

Que mijotaient-ils ? Il n'en avait pas la moindre idée. Comment espérait-il convaincre Vascard sans l'ombre d'une preuve, ni le moindre indice sur ce qui se préparait ? Même s'il voulait l'aider, Vascard ne pourrait intervenir que s'il avait des raisons légitimes de le faire au regard de la loi. Il devait lui fournir un minimum d'informations et sa seule source possible de renseignements, c'était le groupe réuni dans le salon.

Il regarda de nouveau la lueur sur l'herbe. C'était tentant. Les Associés n'avaient pas pris la peine de fermer les rideaux. N'importe qui pouvait voir ce qui se passait depuis la pelouse… ou depuis le toit.

Sa montre indiquait 9 h 05. Cela lui laissait presque une heure avant l'arrivée de Josette. Il regarda dehors avec un regain d'intérêt.

Un bref instant, il crut que c'était infaisable puis il aperçut sous sa fenêtre une gouttière métallique d'à peine cinq centimètres de large qui courait tout le long du premier étage. En la suivant, Carr pourrait atteindre le toit de la salle de séjour, puisque cette partie à flanc de colline ne comportait qu'un niveau. Seul problème, les parois de verre n'offraient aucune prise en dehors des rares morceaux de corniches métalliques et des petites sections de briques.

Il fit coulisser sa baie vitrée et posa un pied sur la gouttière. Elle ploya sous son poids mais tint bon. Jusque-là, tout allait bien. Il sortit complètement en s'accrochant au bord de la vitre et son pied dérapa.

Les semelles de cuir, c'était peut-être bien pour danser mais pas pour ça.

Il retourna se déchausser à l'intérieur. Il trouva le métal froid quand il revint poser ses pieds nus sur la gouttière.

Plaqué contre la vitre, il commença à progresser latéralement vers la salle de séjour, quinze mètres plus loin. Sans regarder le sol, il parcourut ainsi toute la longueur de sa chambre, en s'accrochant comme il le pouvait. La pièce voisine était un débarras. Elle contenait une table à repasser, du linge et du bric-à-brac. Il continua. Il voyait son haleine se condenser sur le verre. Prudence, se dit-il. Doucement.

Pas à pas. Centimètre par centimètre.

Il était entièrement concentré sur ses mains et ses pieds, uniquement sensible à la surface courbe de la gouttière sous ses orteils et au froid de la vitre sous ses doigts, sa joue et sa poitrine.

Encore une pièce.

Elle était éclairée. Carr s'arrêta. Que faire ? Il tendit l'oreille. Pas un bruit. Il décida de prendre le risque et glissa un œil. Il s'agissait d'un petit bureau rempli de livres, de cartes et de classeurs et équipé d'une petite table de travail et d'un fauteuil bien rembourré. La pièce était vide ; Liseau avait dû la quitter en oubliant d'éteindre. Il continua.

Un sifflotement l'arrêta net.

Il provenait de la pelouse. Carr, pétrifié, n'osait même plus respirer.

Le sifflotement se rapprocha. Carr perçut des pas sur l'herbe humide.

C'était un garde qui faisait sa ronde, bien sûr. Il devait surveiller particulièrement le bois, espéra-t-il. Il baissa les yeux et vit un homme costaud, un fusil en bandoulière, qui marchait d'un pas décontracté, sûr que rien ne pouvait lui arriver.

Carr pria le ciel qu'il ne lève pas les yeux. Il se sentait horriblement voyant, écartelé ainsi contre la paroi. Le sifflotement décrut et le garde disparut à l'angle de la maison.

Carr haletait, mais pas question de respirer à fond : le simple gonflement de sa poitrine aurait suffi à le faire tomber en arrière. Il refoula sa terreur et reprit sa progression. La brise nocturne soufflait doucement à ses oreilles. Où était Anne en ce moment ?

Pas à pas, centimètre par centimètre, l'extrémité se rapprochait. Plus que deux ou trois mètres. En quelques pas plus prudents que jamais, il atteignit enfin la surface gravillonnée et goudronnée du toit.

Il fit le point de la situation. Ses jambes ne tremblaient plus, il se sentait même très calme. Il examina la terrasse. Elle comportait juste au centre une canalisation et une cheminée. Il s'avança tranquillement vers le bord du toit. Il vit une descente de gouttière qui allait jusqu'au sol : elle lui serait bien utile.

Il se mit à plat ventre et, cramponné d'une main à la gouttière, il entreprit d'avancer le plus possible au-dessus du vide. Il fit crisser le gravier et le bruit lui parut assourdissant. Tout le monde avait dû l'entendre. Il s'immobilisa, mais le murmure des conversations se poursuivit sans marquer la moindre interruption. Il reprit sa reptation jusqu'aux limites de l'équilibre et aperçut enfin l'intérieur de la pièce.

Les Associés se tenaient debout autour d'une table sous le mobile. Mais ils lui bloquaient la vue. Impossible de voir ce qu'ils regardaient. Il repéra la femme : elle était en robe du soir et ne disait rien. Elle était très belle, pourtant aucun des hommes ne lui accordait la moindre attention. Faisait-elle partie de leur groupe ?

Liseau dit quelque chose, les hommes hochèrent la tête. Quelques instants plus tard, Josette entra avec un plateau de rafraîchissements. Les Associés s'assirent, pas la femme, mais Carr put enfin voir ce qui se trouvait sur la table.

On aurait dit une carte, très grande, marron et blanche comme une carte d'état-major. Dessus était dessinée en rouge une boucle grossière. Les Associés discutaient en montrant différents endroits de cette boucle.

Qu'est-ce qu'elle pouvait bien représenter ?

Le sang lui battait aux tempes à force de se tenir la tête en bas. Il aurait bien aimé savoir ce qu'ils disaient, mais le vent couvrait tous les bruits. Liseau porta un toast et les Associés se levèrent, lui bloquant de nouveau la vue. Il recula sur le toit.

Si seulement il pouvait les entendre !

Il jeta un regard furieux autour de lui. Ses yeux s'arrêtèrent sur la cheminée. Qui sait ? Il s'avança lentement sur le gravier, conscient qu'un simple dérapage, un simple crissement pouvait le trahir. Il se pencha sur la cheminée et tendit l'oreille.

— … nous sommes d'accord alors, ce sera à cet endroit.

— Oui. Messieurs, portons un toast. (Carr reconnut la voix de Liseau.) À la tribune R.

— À la tribune R !

— Et à *Herr* Brauer ! lança une autre voix que Carr ne connaissait pas.

— À *Herr* Brauer !

La femme prit alors la parole.

— Pourquoi ne pas le dire franchement ? À la conclusion rapide et réussie de notre affaire !

— Voilà qui est parlé, gloussa Liseau.

Carr entendit un léger tintement de verres puis le vent forcit et noya les autres sons. Merde ! Il revint au bord du toit, se remit à plat ventre et regarda. Les Associés se tenaient toujours debout le verre à la main et parlaient de la carte qu'il ne distinguait pas clairement. Il était frustré : il ne pouvait ni voir ni entendre.

Il consulta sa montre. Neuf heures et demie. Il ferait mieux de rentrer. Il se releva avec prudence et refit en sens inverse le chemin le long de la gouttière. Il lui fallut dix minutes pour couvrir la distance jusqu'à sa chambre.

Une fois à l'intérieur, il se mit à trembler de tous ses membres. Il avait pris de gros risques, mais il avait réussi. Il alluma une cigarette et se repassa mentalement la scène à laquelle il avait assisté. Elle ne signifiait rien pour lui, mais peut-être Vascard saurait-il l'interpréter.

Il s'accouda et essaya de maîtriser ses tremble-ments. Il s'en était sorti. C'était quelque chose ! Avec un peu de chance, il réussirait à s'évader. Il imaginait la tête de Liseau quand il s'en apercevrait : la stupeur, vite remplacée par l'irritation, puis de nouveau le visage impassible. Il donnerait des ordres, calmement, froidement. Il se lancerait à sa poursuite.

Mais, avec un peu chance... Oui, un peu de chance, c'était tout ce qu'il lui fallait.

Quelqu'un alluma brutalement la lumière de sa chambre.

Carr se retourna d'un bond et vit Liseau debout sur le seuil, un pistolet à la main.

21.

— Je ne vous savais pas si sportif, monsieur Carr ! s'exclama Liseau. Franchement, vous m'avez surpris. Je ne vous aurais jamais cru capable d'un tel exploit.

Carr ne dit rien. Depuis combien de temps Liseau se tenait-il là, dans le noir ?

— Je suis monté tout à fait par hasard vous prévenir que Josette, à son grand regret, ne pourrait pas venir vous rejoindre ce soir. Et aussi vous demander de rendre le couteau. Josette a été particulièrement bien formée, ajouta-t-il avec un sourire inexpressif.

Une voiture démarra dans l'allée.

— En fait, je l'entends qui repart maintenant à Nice.

Il dévisagea Carr d'un air hésitant comme s'il ne savait pas quoi faire de lui.

— Si nous descendions ?

Carr se leva et sortit de la chambre, complètement abattu. Son adversaire avait toujours un train d'avance sur lui et cela depuis le début. Quelle folie de vouloir le battre à son propre jeu ! Un amateur n'a aucune chance contre ces gens-là, songea-t-il alors que Liseau

255

le poussait doucement en avant du canon de son pistolet. Liseau était un pro, jamais il ne s'énervait ni ne prononçait un mot plus haut que l'autre, il était toujours d'un calme imperturbable et maître de la situation.

Une fois en bas, à sa grande surprise, Liseau le dirigea non pas vers la salle de séjour mais vers l'extérieur. Un garde fumait une cigarette dans l'allée, appuyé contre l'aile de la Ferrari.

— Écartez-vous de cette voiture !

Le garde se redressa d'un bond comme s'il avait été piqué.

— Ce n'est pas un banc, mon ami. La prochaine fois, adossez-vous au mur.

Liseau se tourna vers Carr.

— Je déteste que l'on fasse un mauvais usage des choses, pas vous ?

Carr ne répondit pas. Il attendait passivement, vidé de ses forces. La vue du garde venait de lui faire comprendre que ses projets d'évasion étaient fichus d'avance. Il n'aurait jamais pu atteindre la Dauphine.

— Haut les cœurs, monsieur Carr ! La situation n'est pas aussi désespérée que vous le pensez. Voici les clés de votre voiture.

Liseau sortit un trousseau et le lui tendit.

Carr vit clairement briller sous la lune la croix et le serpent, emblèmes d'Alfa Romeo. Il prit les clés lentement, presque à contrecœur.

Liseau sourit et ses dents brillèrent d'un blanc fantomatique dans le noir. Il se tourna vers le garde.

— Aidez M. Carr à baisser sa capote. Oui, allez-y, encouragea-t-il Carr qui le regardait sans bouger.

Ce sera bien plus agréable de rouler à l'air libre par une nuit pareille.

Carr se dirigea lentement vers le cabriolet et, avec le garde, décrocha la capote du pare-brise et la replia derrière les sièges. Il agissait mécaniquement, complètement dépassé. Il sentit la toile humide et fraîche sous ses doigts et passa les mains sur le cuir froid des sièges. Il était perdu et cela devait se voir.

— Je ne supporte pas de vous voir aussi inquiet, poursuivit Liseau. Les gens anxieux m'angoissent.

Il sourit de nouveau et fit un geste vers l'allée.

— Quand vous arriverez sur la route principale, vous n'aurez qu'à tourner à gauche pour regagner Menton. Vous tomberez sur la Moyenne Corniche dans un kilomètre environ et, de là, vous retrouverez facilement votre chemin.

Il lui tendit la main. Carr la serra, dans un état second. La poignée de main de Liseau était chaude, sèche et douce.

— Ce fut un plaisir, poursuivit Liseau. Je vous souhaite un bon voyage de retour aux États-Unis.

Carr retrouva ses esprits. Il y avait un piège quelque part. Forcément.

— Et mes vêtements ?

Liseau fronça les sourcils, sans vraiment paraître se soucier de la question.

— Ah oui... Nous les avons oubliés, semble-t-il. Voulez-vous que je vous les fasse suivre aux bons soins de l'American Express, à New York ?

Carr opina sans un mot.

— Très bien. Ce sera fait. Au revoir, monsieur Carr.

— Au revoir.

Carr monta dans la voiture, tira le starter et tourna la clé. Le moteur démarra au quart de tour et rugit dans la nuit. Dans son rétroviseur, il regarda Liseau debout à côté du garde. Il recula, puis repartit en avant et passa devant Liseau qui lui fit aimablement adieu de la main. Carr le vit à peine, concentré sur le bruit de son moteur. Auraient-ils mis une bombe sous le capot ? Ou desserré la direction pour qu'elle lâche au premier virage et qu'il parte dans le décor ?

Mais la voiture lui parut normale et émettait un ronronnement sain et vigoureux. Il descendit lentement l'allée et remarqua au passage une petite voiture jaune garée sous les arbres. Celle de Josette ? Elle n'avait donc pas quitté la villa. Qui avait-il entendu partir, alors ?

Le portail était ouvert, mais un garde armé se tenait à côté.

Carr se raidit. Peut-être allait-il se faire descendre ici.

Le garde le salua d'un sourire et lui fit signe de passer.

Une fois sur la route, Carr tourna à droite, bien décidé à ne pas suivre les instructions de Liseau. Il donna des petits coups de volant pour tester la direction sans détecter quoi que ce soit d'anormal. Il passa la troisième et prit de la vitesse. Il monta à quatre-vingt-dix, puis à cent. Ses pneus commencèrent à crisser dans les virages.

Il n'arrivait pas à le croire. Il était libre. Qui devait-il aller trouver ? Vascard ou Gorman ? Vascard lui semblait plus sympathique, mais c'était un policier. Il n'interviendrait qu'en toute légalité. Or, Carr ne possédait ni preuves ni informations réelles. Vascard ne pourrait donc pas l'aider. Quant à Gorman, c'était le contraire. Il avait l'impression qu'il savait exactement ce qui se passait et dans quel pétrin il se trouvait.

Carr atteignit cent vingt. La route était déserte. Il se mit à couper les virages.

Brusquement, il vit des phares dans son rétroviseur. Jaunes : c'était une voiture française. Elle le rattrapait.

C'était donc ça. Ils allaient le doubler et le mitrailler au passage. Il aurait dû s'en douter ! Liseau préférait faire la sale besogne loin de chez lui. Il accéléra encore, mais les phares se rapprochaient inexorablement. Soudain retentit un coup de klaxon : la voiture déboîta et le doubla.

Tout se passa très vite. Il eut à peine le temps de reconnaître une Lotus Élan blanche au passage, avec un homme et une fille à l'intérieur. La passagère agita gaiement la main sans se retourner.

Inondé de sueur, Carr ralentit. Il était ridicule de paniquer ainsi. Il revint prudemment à quatre-vingts et s'y maintint. Il avait besoin d'une cigarette. Il fouilla dans sa poche de poitrine, en trouva une et la glissa d'une main tremblante entre ses lèvres desséchées. Il enfonça l'allume-cigare sur le tableau de bord et attendit.

D'autres phares apparurent derrière lui. Il n'accéléra pas, mais surveilla le rétroviseur pour essayer de reconnaître de quelle voiture il s'agissait. Les phares se trouvaient assez bas et très écartés. Une grosse voiture. Elle se rapprocha.

L'allume-cigare ressortit dans un déclic et Carr appliqua le filament incandescent sur le bout de sa cigarette. Il ramena les yeux sur le rétroviseur. Tout à coup, il reconnut l'avant en nez de requin de la Citroën.

Il enfonça l'accélérateur.

Il entendit derrière lui un premier *bing !* suivi d'un sifflement aigu, puis un second, sur le flanc de sa voiture, accompagné d'un horrible bruit de déchirure métallique.

Ils lui tiraient dessus !

Un bref instant, la peur le paralysa. Vite, il se força à décrisper ses mains sur le volant. C'était idiot de tirer depuis une voiture en mouvement. On ne pouvait pas viser. Les balles se perdaient dans la nature. Il ne fallait pas s'étonner si elles atterrissaient sur la route ou dans la carrosserie.

Il accéléra.

La Citroën lui colla au train tandis que la fusillade se poursuivait. Trois balles atterrirent dans le bitume, deux ricochèrent sur le pare-chocs. Une autre se planta dans le coffre avec un claquement sourd.

Il se souvint alors que la Citroën absorbait merveilleusement les cahots. Pas étonnant qu'ils aient choisi cette voiture révolutionnaire : sa suspension hydraulique représentait un des plus grands triomphes techniques de l'industrie automobile. Tirer depuis une Citroën équivalait à tirer depuis un canapé.

Il se sentit soudain très vulnérable avec ses épaules et sa tête qui se découpaient dans le faisceau des phares de ses poursuivants. Il représentait une cible facile ; il voyait son ombre se refléter sur le pare-brise devant lui. Pourtant, ils ne l'avaient toujours pas atteint, ils n'avaient même pas touché une vitre.

Deux autres balles ricochèrent sur la route et une autre résonna sur le pare-chocs arrière.

Ils visaient très bas.

Pourquoi ?

Sa voiture négocia un nouveau virage, suivie de près par la Citroën. Deux balles frappèrent le pare-chocs en succession rapide, une troisième se logea dans le bas du coffre.

Pourquoi ?

Le crissement des pneus résonnait à ses oreilles. Il attaqua l'épingle suivante si brutalement qu'il faillit accrocher la paroi rocheuse, mais il continua à foncer. Le moteur rugissait dans la nuit. La Citroën glapit derrière lui dans le virage.

Pourquoi ?

Encore deux balles sur la route. Il s'imagina le petit nuage de poussière et les traînées blanches à la surface de la chaussée. Ils visaient bas, très bas.

Pourquoi ?

Les pneus !

Il comprit en un éclair. Il faisait à présent du cent trente. Si un pneu éclatait à cette vitesse, il perdrait le contrôle du véhicule et s'écraserait contre les rochers. À moins qu'il ne finisse dans le muret qui bordait la route. Il s'imagina le nez de l'Alfa percutant le parapet, l'arrière qui se soulevait lentement pour passer par-dessus et basculer dans le vide.

Bien sûr, il ne serait plus dans la décapotable. Il aurait été éjecté sous l'impact et tué net. Pas étonnant que Liseau lui ait fait baisser la capote. Tout devenait clair. Atrocement clair. La police n'y verrait que du feu. Elle penserait qu'il s'agissait d'un accident et, comme il ne porterait aucune marque suspecte de coup, elle en déduirait qu'il avait sans doute trop bu

261

ou qu'il s'était endormi au volant. Elle conclurait à une mort accidentelle.

Quel plan génial !

Deux nouvelles balles heurtèrent le pare-chocs. Ils allaient bien finir par toucher un pneu. Il accéléra encore.

La route sinueuse descendait doucement, mais elle n'était pas prévue pour du cent cinquante kilomètres à l'heure. Carr était ballotté d'un côté à l'autre tandis que sa voiture dérapait un peu plus à chaque virage. Soudain, l'arrière heurta bruyamment la roche et l'Alfa rebondit ; il reprit le contrôle de justesse et continua à foncer.

La sueur lui inondait le visage et il devait constamment cligner des yeux. Il avait les mains moites et les jointures des doigts blanches à force de serrer le volant.

Encore plus vite.

La Citroën perdait du terrain lentement, très lentement. Ils ne pouvaient pas maintenir cette vitesse, mais Carr non plus. Il ne se faisait guère d'illusions. Tôt ou tard, un virage aurait raison de lui.

Ses phares illuminaient tour à tour la paroi rocheuse déchiquetée, la route et le vide. Les insectes écrasés s'accumulaient sur le pare-brise. L'air rugissait à ses oreilles et soufflait dans ses cheveux. La distance se creusait entre lui et la Citroën. Il prit un nouveau virage et ses phares disparurent un bref instant. Il sentit pointer un espoir. Un espoir insensé, désespéré, mais ça pouvait marcher s'il parvenait à maintenir cette vitesse encore un peu. La route poursuivait sa descente, les virages de plus en plus rapprochés, la chaussée de plus en plus étroite. La sueur lui piquait les yeux. Il avait les épaules raidies par la tension et l'effort. Il bloqua ses coudes pour tenir le volant les bras tendus. C'était mieux.

Un nouveau virage le coupa de la Citroën plusieurs secondes cette fois. Peut-être que...

Il enfonça encore l'accélérateur.

Le compteur atteignit cent soixante. Le moteur rugissait comme un démon et, mêlé au vent, l'assourdissait. Il prit le virage suivant trop court. La voiture heurta la paroi puis le muret avant de se remettre miraculeusement dans l'axe de la route. Il avait eu la peur de sa vie, mais n'avait pas levé le pied pour autant. La route rétrécissait encore. Tant mieux. Un autre virage arrivait, très serré, sans aucune visibilité. Parfait ! Il ralentit puis freina à mort. L'Alfa se mit en travers et bloqua complètement la voie.

Il sortit d'un bond. Il entendait la Citroën arriver à toute vitesse. Il courut vers le muret et sauta par-dessus...

L'espace d'un instant, il crut que sa chute ne finirait jamais, puis il heurta le sol, dévala la pente et percuta de dos un arbre auquel il se raccrocha in extremis. Tandis qu'il se relevait en titubant, il aperçut quelques mètres en contrebas le toit rouge d'une villa à la lueur de la lune.

Au même moment, un fracas métallique retentit en haut, sur la route. L'avant de la Citroën émergea au-dessus du muret et du verre brisé retomba tout autour dans un tintement de cristal. Carr remonta à quatre pattes. Comme il l'avait espéré, la Citroën avait pris le virage à toute vitesse et percuté l'Alfa de plein fouet. Le conducteur n'avait pas eu le temps de freiner. L'avant de la voiture française était complètement enfoncé, le pare-brise explosé. Sa petite Alfa s'était retournée sous le choc. Carr scruta la Citroën, guettant un mouvement, quoique persuadé que personne ne pouvait survivre à une telle collision.

Dans un souffle assourdissant, l'intérieur de la Citroën s'enflamma subitement. Le montant des portes et des fenêtres se découpa sur l'habitacle tout entier qui rougeoyait. Carr dévala de nouveau la pente, s'attendant à tout instant à entendre le réservoir exploser.

C'était donc cela le jeu : tirer dans les pneus, pousser la voiture de la victime au crash, puis lancer un cocktail Molotov à l'intérieur au passage. Du travail bien propre ! Et quand la police arriverait, elle conclurait tout naturellement à un accident.

Le réservoir explosa dans un rugissement suivi d'un souffle brûlant.

Carr descendit lentement vers la villa.

Un homme aux cheveux blancs, en sandales et en bretelles, lui ouvrit la porte, un journal à la main. Il le dévisagea sans cacher son hostilité ni sa méfiance.

— Oui ?

— Je viens d'avoir un accident de voiture, expliqua Carr avec un geste vers la route au-dessus. Je voudrais passer un coup de fil. Je peux utiliser votre téléphone ?

— Les garages sont fermés la nuit, rétorqua le vieil homme et il leva les yeux vers la lune comme pour le confirmer.

— Oui, je sais. Je voudrais appeler un ami.

— Ah oui ?

Le vieil homme lui décocha un nouveau regard méfiant, sans bouger d'un pouce.

— Je vous en prie. Je vous paierai la communication.

— Entrez.

Carr s'avança dans la pièce éclairée d'une douce lumière nacrée. Tout était rose : le papier peint, les rideaux en dentelle et l'abat-jour de la lampe. Dans un coin, une vieille dame toute ridée tricotait dans un fauteuil à bascule.

— Bonsoir, la salua-t-il.

La vieille dame le dévisagea d'un air étrange. Il s'aperçut alors que ses vêtements étaient couverts de poussière après sa chute. Et son visage ne devait pas être beaucoup plus propre. Elle devait le prendre pour un clochard.

— *Voilà*, dit son mari toujours aussi méfiant, en montrant du doigt le téléphone posé sur un napperon rose près d'un canapé de la même couleur. Vous connaissez le numéro ?

— Non.

Il lui tendit un annuaire. Carr le feuilleta à la recherche du numéro de Gorman. Ne le trouvant pas, il appela la police.

— Police de Nice, *bonsoir*.

— Bonsoir. Pourrais-je parler au capitaine Vascard ?

— Il n'est pas de service.

— Alors pourriez-vous me donner son numéro personnel ? C'est très important.

— Votre nom, s'il vous plaît.

Quelques instants plus tard, il obtint le numéro et appela le domicile de Vascard. Le téléphone sonna trois fois avant qu'il ne réponde.

— *Allô ?*

Sa voix sonnait bizarre, comme assourdie.

— Vascard ? Roger Carr à l'appareil.

— Monsieur Carr ! s'exclama Vascard avant de marquer une pause réprobatrice. Je suis à table.

Carr l'entendit déglutir bruyamment puis s'éclaircir la gorge.

— Vous mettez ma patience à rude épreuve, mon ami.

— S'il n'y avait que ça, mais j'ai besoin de votre aide. Vous feriez bien de m'envoyer quelqu'un. Il vient d'y avoir un accident de voiture et je crois qu'il y a des morts.

— Vous y êtes mêlé, comme d'habitude ?

— Je vous expliquerai plus tard. J'aurais aussi besoin que vous contactiez le consulat pour moi. Je crois que cette affaire les concerne. Et envoyez quelqu'un me chercher.

— Où ça ? demanda Vascard d'un ton patient.

Carr posa sa main sur le micro et se tourna vers son hôte.

— Où sommes-nous ?

— Hein ?

— Quelle adresse ? Quelle rue ?

— Ah ! Villa Francine, rue Ambrose-Toine. La villa porte le nom de ma femme, ajouta-t-il avec un signe de tête vers la vieille dame qui continuait à tricoter tranquillement.

— Villa Francine. Rue Ambrose-Toine.

— Très bien. Cela dépend de la police de Menton. Je vais les prévenir ainsi que le consulat. Bonne nuit, monsieur Carr.

— Merci.

— Il n'y a pas de quoi. Je n'ai pas vraiment le choix.

266

— Aïe !

— Oh, cessez de faire la chochotte, grommela Ralph Gorman tandis qu'il nettoyait le visage égratigné de Carr avec un tampon d'iode.

Ils étaient assis dans la cuisine de Gorman, dans son appartement de Cimiez. Gorman portait un smoking blanc : il avait été rappelé d'une soirée diplomatique qu'il avait quittée avec plaisir. (« Sur les pays émergents, vous savez. Leurs amuse-gueules sont excellents, mais quelle susceptibilité, ces gens-là ! »)

Il avait donné à Carr un morceau de gâteau, une tasse de café et un verre de brandy. À présent, il s'occupait de désinfecter ses coupures.

— Nous étions vraiment très inquiets pour vous depuis deux jours que vous avez disparu, poursuivit-il.

— Trois jours.

— Oui, vous avez raison. Trois jours. Où étiez-vous passé ?

— J'étais séquestré dans une villa.

— Comme c'est intéressant !

— Je pensais que vous pourriez peut-être me conseiller sur ce que je dois faire à présent.

— Quelle histoire incroyable ! s'exclama Gorman.

— Un homme s'est fait tuer devant moi. Un certain Perrani.

— Stupéfiant !

— C'est tout ce que vous trouvez à dire ? Aïe ! Faites attention !

— Pardon. Mais franchement, je ne sais pas quoi dire d'autre. Tout cela me paraît tellement compliqué, pas vous ?

Carr fronça les sourcils. Gorman le baladait.

267

— À qui appartenait cette villa ? poursuivit Gorman.

Carr secoua la tête.

— Je ne vous donnerai plus aucune information tant que je n'aurai pas votre version des faits.

— Ma version des faits ? s'offusqua Gorman, une main sur la poitrine. Ma version des faits ?

— Oui.

— Pourquoi ? Je suis aussi perdu que vous.

— Vous m'écœurez, déclara une voix dégoûtée et Carr vit Vascard émerger d'une chambre. Dites à ce pauvre type ce qui se passe. Nous avons besoin de son aide. Nous n'allons pas y passer la nuit.

— Quelle surprise ! grommela Carr.

— À *votre service !*

— Vascard appartient aux RG, expliqua Gorman à contrecœur. Vous l'ignoriez sans doute.

— Bien sûr qu'il l'ignorait. Arrêtez de tourner autour du pot et dites-lui la vérité. Il s'est fait tabasser, casser le nez et poursuivre en voiture, et vous voulez lui tirer les vers du nez sans lui donner la moindre miette en contrepartie.

Vascard se tourna vers Carr.

— Comme tout le monde le sait, les Américains sont nuls en espionnage. Soit ils paient des fortunes et n'obtiennent rien en échange, soit ils voudraient qu'on leur dise tout gratis.

Il se retourna vers Gorman en secouant la tête.

— Vous auriez dû voir au premier coup d'œil que cet homme n'avait rien à voir dans ces trafics ni dans ces meurtres. Il ne s'intéresse qu'à une certaine jeune femme, n'est-ce pas, monsieur Carr ?

268

— Eh bien, je ne présenterais pas les choses tout à fait de cette manière…

— Une jeune femme ! répéta Gorman.

— La petite amie de Liseau, précisa Vascard.

— La petite amie de Liseau ?

— Arrêtez de répéter tout ce que je dis. Expliquez plutôt le problème à M. Carr. Et voyons s'il y a un moyen de le résoudre. Monsieur Carr, j'ai déjà envoyé une escouade à la villa de Liseau, puisque nous sommes certains de trouver des charges contre lui. Vous pourrez témoigner du meurtre de Perrani ?

— Bien sûr.

— Bon. C'est déjà un début. Je devrais recevoir un coup de fil d'un moment à l'autre. Entre-temps, racontez-lui ce qui se passe, ajouta-t-il à l'intention de Gorman, avant de l'encourager d'un sourire.

— Bon, maintenant que nous avons fini d'échanger nos souvenirs, mettons-nous au travail, déclara Vascard, quarante minutes plus tard.

Carr avait écouté avec beaucoup d'intérêt Gorman lui décrire la confusion d'identité avec Morgan et les tentatives d'assassinat contre Jenning, plus quelques détails sur le transport d'armes. Carr avait de son côté dressé un bref résumé des événements des derniers jours et rapporté la conversation qu'il avait surprise depuis le toit de la villa.

Le téléphone sonna. Vascard conversa quelques instants en français et raccrocha, visiblement déçu.

— C'étaient mes hommes. Ils ont trouvé la villa de Liseau déserte. Abandonnée à la hâte, semble-t-il. Quoi qu'il en soit, il n'y avait plus personne.

Il se mit à arpenter la pièce, la mine sombre.

— La nuit va être longue et on ferait bien de se bouger.

— Répétez-moi ce que vous avez entendu par la cheminée, demanda Gorman.

— Eh bien, quelqu'un a mentionné la tribune R et ils regardaient une carte sur laquelle on voyait une boucle sinueuse en rouge et…

— Laissez tomber, l'interrompit Vascard en enfilant sa veste. Vous expliquerez tout à ce simple d'esprit pendant le trajet. Il nous reste à peine quatorze heures avant le début de la course.

— La course ? répéta lentement Gorman.

— C'est évident. Qu'est-ce qu'il regardait à votre avis ? Le schéma électrique d'un aspirateur ? Il s'agissait du circuit du Grand Prix, bien sûr. Allons-y.

Une demi-heure plus tard, Carr se retrouva dans une petite salle sombre qui sentait le renfermé, à fumer une cigarette en attendant que Vascard passe la première diapositive. L'écran vide l'éblouissait, il avait la langue râpeuse d'avoir trop fumé et sentait la fatigue jusque dans ses os.

L'écran se remplit d'une masse colorée qui se précisa graduellement pour représenter Le Scalpel, prise au téléobjectif avec un fort grossissement. Il aperçut trois hommes debout au soleil.

— Est-ce que vous reconnaissez l'un d'entre eux ? s'enquit Vascard.

— Sur la gauche, c'est Liseau. L'homme au milieu est un Associé… j'ignore son nom.

— Vous n'avez jamais vu celui de droite ?

Carr plissa les yeux. L'image, trop agrandie, était un peu floue.

— Je ne suis pas certain. On dirait l'horrible malabar blond qui me filait.

— Il s'appelle Ernst Brauer. C'est un Allemand spécialisé dans les sales besognes.

— Brauer ? Je crois que c'est à lui qu'ils ont porté un toast.

— Sans doute, acquiesça sèchement Vascard. Il y a deux semaines, il menait encore la grande vie à Savone, près de Gênes, quand il nous a semés. Il doit souvent passer la frontière, avec un passeport différent chaque fois.

Il y eut un déclic et une nouvelle diapo apparut. Elle avait été prise dans le centre de Nice et montrait un homme qui sortait d'un appartement luxueux.

— Le cabinet de Liseau, expliqua Vascard. Vous connaissez ce type ?

— C'est un autre Associé.

— Antoine Gérard, précisa Gorman. Un sacré malin.

— Exactement. Le bras légal de l'Union corse.

— Oui, opina Carr. C'est lui qui m'a interrogé. Ils me l'ont présenté comme un avocat.

— Il l'est. Et brillantissime en plus, ajouta Vascard, d'un ton tout sauf admiratif.

Le cliché suivant montra Liseau en conversation avec un barbu à la terrasse d'un café.

— Oh non ! gémit Gorman.

— Que vous arrive-t-il ?

— C'est mon psychiatre.

— C'est un Associé, affirma Carr.

— Et voilà, les fuites venaient de votre fameux consulat américain ! lâcha Vascard, exaspéré. Comme c'est intéressant !

Gorman se renfonça dans son siège sans rien dire. On aurait dit qu'il allait pleurer.

Nouvelle diapo. Carr écrasa sa cigarette, prit une des Lucky Strike de Gorman et ramena les yeux sur l'écran. On y voyait un homme accoudé à une rambarde, une splendide fille à son bras. Petite et sportive, des cheveux noirs et soyeux, un regard de braise.

L'homme affichait un grand sourire, visiblement content de lui. Il paraissait nettement plus âgé, plutôt près de la quarantaine, déjà grisonnant, le torse puissant et il portait un pantalon brun avec des sandales.

— Vous le reconnaissez ?

— Non.

— C'est Victor Jenning.

— Et la fille ?

— Son épouse n° 5, je pense, mais on a du mal à suivre, répondit Vascard. C'est un incorrigible coureur. Cette photo remonte à deux ans.

— Il en est à l'épouse n° 7 à présent ?

— Dans ces eaux-là.

— Un sacré coup ! s'exclama Gorman.

— J'ignorais que vous étiez attiré par les hommes.

— Je parlais de la fille.

La photo changea. Toujours Jenning avec une fille très jeune.

— L'épouse n° 3, précisa Vascard.

Il passa au cliché suivant, pris dans le port de Monaco. On y voyait Jenning, accroché aux haubans d'un voilier, en conversation avec une femme.

— C'est elle, s'écria Carr.

— Qui ça ?

— La femme qui était ce soir avec les Associés.

— Vous êtes sûr ?

— Pratiquement. Vous avez une autre photo ?

— Une minute.

Vascard se mit à fouiller dans les diapos, en sélectionna une et la glissa dans le projecteur.

Apparut un gros plan qui montrait Jenning et la même femme à la descente d'un taxi, devant le casino de Monte-Carlo.

— C'est bien elle. Une fille grande et belle, au regard dur et malveillant.

— La n° 7, la dernière épouse. Nous ne savons pas grand-chose sur elle à part que c'est une Française d'Algérie, une *pied-noir*. Jenning l'a épousée l'an dernier, à peu près à cette époque. C'est intéressant. Je me demande si ça fait longtemps qu'elle fait partie de la bande. En tout cas, ça change bien des choses, soupira-t-il.

— Vous savez, intervint Gorman, que ces papiers peuvent être signés…

— Je sais. Nous la cueillerons demain pendant le Grand Prix. En parlant de la course, nous y voilà.

La photo suivante montrait le plan de Monaco sur lequel une boucle était soulignée d'un épais trait vert.

Carr l'examina avec attention. C'était apparemment la même que la boucle rouge qu'il avait vue chez Liseau.

— Nous utilisons cette photo pour briefer nos hommes avant le Grand Prix. Nous en envoyons toujours quelques-uns aider à réguler la circulation. Regardez bien. Comme vous le savez, le circuit se déroule dans les rues du centre de Monaco, spécialement dégagées et aménagées. Le circuit lui-même dessine grosso modo la forme d'un L. Il démarre du port, monte jusqu'au casino et redescend vers son point de départ. Les voitures partent donc en direction de l'est puis, après la montée sur la droite, elles arrivent à une longue ligne droite. C'est là que se situe la tribune R. Au bout de la ligne droite, il y a un virage très serré puis un autre qui permettent aux voitures de contourner le casino. Elles débouchent sur une courte descente, franchissent trois virages difficiles et émergent à l'autre bout du port. Elles s'engagent sous le tunnel du Tir au Pigeon et sortent sur une ligne droite suivie d'un léger décrochement et d'une nouvelle ligne droite. Puis le tracé les ramène vers le port, elles négocient une dernière épingle à cheveux et les voilà reparties pour un nouveau tour. Ce tracé fait un peu plus de trois kilomètres et les pilotes doivent le parcourir une centaine de fois.

Il y eut un silence.

— M. Carr nous a dit qu'il avait entendu parler de la tribune R. Ces gradins se trouvent le long d'une ligne droite. Un bon choix, car il y a relativement peu d'endroits où les coureurs peuvent prendre de la vitesse. Les voitures atteindront les deux cents kilomètres à l'heure sur ce tronçon. Elles devront rétrograder à cent quarante pour négocier le virage suivant. Des barrières seront dressées à cet endroit, bien sûr, mais si jamais une voiture perdait le contrôle, elle se retrouverait sérieusement en difficulté. Elle sauterait sans doute par-dessus les barrières pour basculer en contrebas.

Il souligna du doigt l'endroit sur la carte.

— Cependant, nous devons prendre deux autres éventualités en considération. Les Associés ont pu changer leurs plans à la suite de l'évasion de Carr. Il existe d'autres endroits où une balle dans les pneus aurait un effet aussi radical. Ici, juste avant le tunnel, ou là, à la sortie. Les voitures rouleront à plus de cent soixante dans les deux cas et, en cas de perte de contrôle, elles tomberont dans le port. C'est déjà arrivé.

Vascard les dévisagea sans ciller.

— Reste enfin l'hypothèse la plus inquiétante. Les Associés peuvent renoncer à maquiller leur assassinat et tirer ouvertement sur Jenning. Dans ce cas, ils peuvent le faire n'importe où sur le parcours. Absolument n'importe où.

22.

Roger Carr se réveilla le lendemain dans un état effroyable. Il était complètement épuisé, les épaules raides et endolories, ce qu'il devait sans doute à sa course en Alfa. Il avait la bouche pâteuse d'avoir trop fumé et son nez recommençait à le faire souffrir. Il s'assit sur la couchette et contempla sa cellule.

Il y avait pire comme cachot. Celui-ci était relativement grand et propre et ne sentait pas mauvais. Il ne pouvait pas se plaindre. Il l'aurait fait, la veille, quand Vascard l'avait enfermé, s'il n'avait pas été trop fatigué pour protester.

— Je tiens à vous garder en sécurité, mon ami, s'était excusé le policier. À demain.

Il venait de poser les pieds sur le sol glacial quand il vit Vascard arriver de l'autre côté des barreaux. Il avait les cheveux en bataille et ses yeux injectés de sang étaient entourés de gros cernes qui descendaient jusqu'à ses pommettes.

— Bonjour, le salua ce dernier d'une voix lugubre. Bien dormi ?

Carr hocha la tête.

276

— Vous venez prendre un café avec moi ?

Ils montèrent à son bureau. Les dossiers et les papiers qui l'encombraient habituellement avaient été débarrassés pour laisser place à une grande carte de Monaco. Quatre tasses à café traînaient autour de la table, leurs soucoupes remplies de mégots. Un énorme cendrier tout aussi plein trônait sur le côté. Ils avaient visiblement travaillé une grande partie de la nuit.

Une machine à café glougloutait dans un coin de la pièce. Vascard fouilla dans son bureau et en extirpa deux tasses propres. Il les remplit de café, sortit une flasque de cognac de sa poche et en versa une rasade dans sa tasse.

— Vous m'accompagnez ?

— Non, merci.

— Excusez-moi, mais j'en ai besoin. Je vous en prie, asseyez-vous.

Carr s'assit, la tasse chaude entre ses mains.

— Monsieur Carr, vous vous êtes montré très coopératif jusqu'à présent. Et j'aurais aimé ne pas vous impliquer davantage. Cependant, plusieurs choses sont arrivées pendant la nuit et je pense que vous devez en être informé. Tout d'abord, comme je m'y attendais, nous avons ratissé Monaco sans succès. Vu le nombre d'immeubles et d'hôtels qui bordent le circuit, nous nous trouvons devant un nombre effarant de fenêtres et d'endroits d'où l'on peut tirer sur Jenning. Notre seul espoir, et il était mince, c'était de tomber par hasard sur Brauer ou de trouver quelqu'un qui reconnaîtrait son signalement. Nous n'avons pas eu cette chance.

— À vous entendre, on croirait que vous considérez Jenning déjà fichu.

Vascard haussa les épaules.

— Ne pourrions-nous pas aller le voir pour le dis-
suader de courir ? suggéra Carr.

— Nous avons essayé. Et une fois de plus, je m'attendais à la réponse qu'il nous a donnée. M. Jenning
ne se laisse pas facilement impressionner.

— Et sa femme ?

— Nous l'arrêterons pendant le Grand Prix. Elle
joue un rôle crucial.

— Comment ça ?

— Pour le moment, je préfère que vous l'ignoriez.
Mais poursuivons. Sachez que nous avons procédé à
quelques vérifications et que votre amie a quitté son
emploi hier, à la grande contrariété du casino du Palm
Beach. Elle n'a fourni ni explication, ni nouvelle
adresse. Air France nous a rapporté avoir vendu quatre
places sur le vol de ce soir entre Nice et Athènes, avec
des correspondances sur New Delhi et Hong Kong.
Trois hommes et une femme, tous nantis de faux noms.

— Je vois.

— Il y a une demi-heure, le billet de la femme a
été annulé.

Carr se laissa tomber sur un siège.

— Qu'est-ce que ça veut dire ?

— Je l'ignore. Peut-être ont-ils renoncé à l'emmener. À moins qu'elle ne quitte le pays d'une autre
façon. Ou que...

— C'est bon, le coupa Carr. Que voulez-vous que
je fasse ?

Vascard écarta ses mains sur le bureau.

— Le problème, voyez-vous, c'est la façon dont les
Associés décideront de s'éclipser. Je doute qu'ils se

servent de leurs billets d'avion maintenant que nous sommes au courant. Ils vont sans doute tenter de quitter le pays d'une autre façon. Ils peuvent franchir en voiture la frontière italienne ou suisse, puisque tous les cols sont ouverts en ce moment. Ils peuvent gagner l'Espagne, l'Allemagne ou les Pays-Bas au nord et partir de là-bas en avion. Ou partir en yacht de Cannes. Liseau a beaucoup d'amis. Ou prendre un avion privé, près d'Antibes. Nous ne pouvons pas les coincer. Le pays est trop vaste. Les moyens de le quitter sont innombrables.

Carr avala une gorgée de café et sentit le liquide lui brûler la gorge. Cela le réveilla.

— Il nous reste un seul espoir, poursuivit Vascard. Retrouver Liseau aujourd'hui.

— Mais où ça ?

— Au Grand Prix, bien sûr.

— Vous pensez qu'il y assistera ?

— Il y sera. C'est son style.

Carr hocha la tête.

— Et vous voulez que je vous aide à le retrouver, c'est ça ?

— Oui.

Carr vida sa tasse d'une traite et la remplit de cognac.

— Vous connaissez Liseau mieux que quiconque, poursuivit Vascard. Vous connaissez sa démarche, ses tics, ses gestes, ce qui aide beaucoup à repérer un homme de loin. Il y aura plus de cent mille spectateurs à la course aujourd'hui. Nous avons bigrement besoin de vous.

— Pourquoi ne pas chercher sa voiture, tout simplement ? Elle est facile à repérer.

— Justement, les douaniers se souviennent l'avoir vue franchir la frontière italienne à Vintimille à deux heures du matin. Ce n'était pas Liseau au volant, mais un homme pâle et efflanqué. Ses papiers étaient en règle. Ils l'ont laissé passer.

— Vous pensez que Liseau sait où Anne se trouve ?

— S'il y a quelqu'un qui le sait, c'est bien lui.

— Parfait. Dites-moi ce que je dois faire.

Vascard se leva.

— Je préfère vous expliquer en chemin.

Au moment de quitter la pièce, Carr jeta un dernier regard à la carte sur laquelle le parcours était marqué au feutre noir.

Ils venaient de laisser les collines verdoyantes de Villefranche derrière eux. Carr regardait le paysage à travers la bulle de verre tandis que Vascard hurlait à son oreille pour se faire entendre au-dessus du vrombissement strident de l'hélicoptère. Carr n'était encore jamais monté dans un tel engin et il était encore sous le coup de cette nouvelle expérience. Il avait couru vers le cockpit sous les pales qui tournaient en soulevant une tornade de poussière. À peine assis, il avait entendu les moteurs monter dans des aigus qu'il n'imaginait pas possibles. Puis des vibrations de plus en plus fortes avaient secoué si fort le petit appareil qu'il s'était attendu à le voir se disloquer.

Le pilote avait alors décollé brusquement. Ensuite, il avait volé cap à l'est en direction de Monaco, à toute allure, en rase-mottes au-dessus des collines et des petites villes balnéaires. Carr avait vu les gens en dessous lever la tête, sidérés, tandis que l'ombre de la machine filait sur le sol.

— Un des Associés possède un immeuble qui donne sur le circuit, disait Vascard. Nous le fouillons en ce moment, mais je doute qu'on y trouve quoi que ce soit. Ils sont trop intelligents pour ça.

Les vibrations qui agitaient l'appareil faisaient trembler la voix de Vascard. Le pilote, imperturbable derrière ses lunettes noires, ne semblait pas s'en émouvoir. L'hélicoptère franchit une colline et Monaco surgit sous leurs yeux, couvert de grandes tours d'hôtels et d'appartements qui se succédaient à flanc de montagne jusqu'à la mer. Les yachts venus à l'occasion du Grand Prix se pressaient dans le port.

Vascard se pencha vers le pilote pour lui crier quelque chose. Ce dernier hocha la tête.

— Nous allons survoler le parcours. Regardez attentivement. Il commence ici, juste en dessous de nous. Vous voyez la tribune R dans la montée ?

Ils passèrent au-dessus des gradins dressés pour l'occasion le long de la route. Des spectateurs s'y trouvaient déjà alors qu'il n'était que onze heures et que la course ne commencerait que dans trois heures et demie.

— Nous passons maintenant au-dessus du casino.

L'hélicoptère plongea et vira à gauche puis à droite.

— Vous voyez ces virages, comme ils sont dangereux ? Mais c'est après le casino, par là, que se trouvent les plus mauvais.

Carr se pencha et vit une route sinueuse qui descendait jusqu'au niveau de la mer.

— Je ne pense pas qu'ils choisiront cet endroit, poursuivit Vascard. Les voitures rouleront trop lentement pour risquer de gros dégâts. Mais regardez maintenant, nous arrivons au tunnel. À sa sortie, les coureurs suivent une ligne droite jusqu'à cette légère courbe, vous la voyez ? On l'appelle la Chicane.

Carr constata qu'il s'agissait plus d'un décrochement que d'un virage.

— Cette Chicane est meurtrière. La route est bosselée et les voitures la passent à toute allure. Il faut bien la prendre si on ne veut pas finir à l'eau.

Le pilote remonta brutalement et jeta un regard interrogateur à Vascard qui secoua la tête.

— Une fois suffira. Il est temps de regagner la terre ferme pour se mettre au travail.

Le Grand Prix de Monaco était une des courses automobiles les plus redoutables et les plus palpitantes du monde. Pourtant, elle n'était pas rapide. Il avait fallu attendre 1964 pour qu'un coureur réalise un tour à une moyenne de cent soixante kilomètres à l'heure : il s'agissait de Graham Hill au volant de sa BRM. Mais c'était un circuit sinueux, stressant et dangereux avec dix virages difficiles à chaque tour, soit un millier par course. Le pilote devait changer de vitesse toutes les cinq secondes, à tel point qu'au bout des trois heures de course, certains se retrouvaient avec la main droite en sang. Ils passaient constamment de deux cents kilomètres à l'heure sur les lignes droites à cinquante ou soixante-dix dans les virages. Si c'était une course dure pour les coureurs, c'était une vraie torture pour les machines.

Quelle épreuve, cependant, pour les pilotes ! S'il faisait beau, la température dans l'habitacle grimpait à plus de soixante degrés et le concurrent transpirait jusqu'à perdre cinq kilos pendant la course. Le circuit se trouvant confiné entre les immeubles et les arbres, le pilote avait à craindre une intoxication au monoxyde de carbone, sans parler des risques d'accident. Alors que la plupart des tracés de course étaient protégés par des buttes de terre engazonnées, celui de Monaco ne réservait au coureur que des immeubles durs et anguleux, du béton, du verre et des troncs. Des hommes-grenouilles étaient prêts en permanence à plonger pour récupérer ceux qui tombaient à l'eau comme c'était arrivé à Alberto Ascari. Un autre pilote s'était tué en 1962 en percutant un arbre et un commissaire de piste avait été tué par les débris d'un autre accident.

Voilà à quoi pensait Roger Carr tandis qu'il se tenait sur la colline près du Palais Princier et tripotait nerveusement son brassard jaune marqué « Presse ». Ce dernier lui permettrait de se rendre partout, même sur les stands s'il le souhaitait, lui avait assuré Vascard, qui portait le même, avant de partir dans la direction opposée.

Il était onze heures et demie.

La foule encombrait les rues du circuit décorées de bannières et de publicités multicolores pour des apéritifs comme Cinzano, Martini et Dubonnet ou pour des produits automobiles tels qu'EP Longlife, Total, Antar Molygraphite ou Castrol. « C'EST SHELL QUE J'AIME », clamait la grande bannière tendue au-dessus de la ligne de départ.

Les commissaires de piste ajustaient les dernières balles de paille dans les virages. Il flottait dans l'atmosphère festive un mélange de joie et d'impatience.

Carr observait la foule à travers ses jumelles. Aux plaques d'immatriculation des voitures qui se pressaient à l'entrée de Monaco, il avait vu que des gens de tous horizons venaient assister à la course. Des Italiens de Gênes, Turin et Milan, des Français immatriculés 06 et 13, donc originaires des départements des Alpes-Maritimes et des Bouches-du-Rhône, beaucoup de voitures de Grande-Bretagne, comme il fallait s'y attendre avec tant de concurrents britanniques, et seulement une poignée d'Allemands, d'Autrichiens et d'Espagnols.

Les haut-parleurs du circuit hurlèrent quelques mots en français que Carr ne put comprendre. Le message fut répété puis une voix plus calme à l'accent britannique annonça que le circuit serait fermé dans quelques minutes. Des policiers dressaient des barrières pour bloquer la circulation dans les rues où se déroulerait la course. Des conducteurs sortaient de leurs voitures pour protester et se faisaient rembarrer.

À midi précis, on annonça en français et en anglais que le parcours était bouclé. Les policiers chassèrent les derniers badauds. Un camion balayeur commença à faire lentement le tour du circuit.

Carr descendit vers la piste et les gardes le laissèrent entrer. Soudain, la foule poussa un cri strident : la première voiture de course s'engageait sur l'asphalte. L'un après l'autre, les seize concurrents gagnèrent leurs stands respectifs. Les voitures se retrouvèrent aussitôt noyées sous un essaim de mécaniciens et de filles sexy armées de bloc-notes, bientôt rejoint par un déferlement de journalistes et de photographes. Carr se dirigea vers la voiture visiblement la plus populaire, la BRM de Graham Hill qui se tenait debout à côté, vêtu d'une combinaison de pilote à l'encolure montante qui lui fit penser à une blouse d'interne. Hill était grand, les cheveux coiffés en arrière, le regard grave, une moustache bien nette soulignait son nez d'aigle. Il s'était qualifié en deuxième position aux essais. Il signait les autographes d'un air absent tout en répondant aux questions des reporters qui brandissaient des micros sous son nez ou griffonnaient sur leurs carnets.

— Que ressentez-vous, Graham ?

— À quoi pensez-vous quelques minutes avant de… ?

— À votre avis, quelles sont vos chances de remporter… ?

Hill répondait d'un ton tranquille, presque désinvolte, l'esprit visiblement ailleurs, sans s'occuper d'un petit homme qui n'arrêtait pas de crier d'une voix haut perchée :

— Est-ce que l'Angleterre vous manque ? Est-ce que l'Angleterre vous manque ?

Carr n'avait jamais vu une formule 1 de près. Il s'approcha. Les mécaniciens venaient de retirer la coque du petit bolide en forme de cigare, peint en vert, le museau cerclé d'un rond orange. Il fut étonné de ce que la voiture était basse. La tête du pilote se trouvait à peine quelques centimètres au-dessus des roues. La voiture dégageait une impression d'agressivité et de vitesse.

Une fourgonnette remonta la piste en s'arrêtant à chaque stand pour déposer des hommes en tunique bleu clair équipés de trousses de secours et de civières, ce qui donna tout de suite une touche morbide aux préparatifs. Tout autour, des pin-up bavardaient gaiement, bloc-notes et chronomètres à la main.

Carr se dirigea vers le stand de Jenning. Ce dernier semblait d'humeur communicative et, s'il éprouvait la moindre tension, ne le montrait pas. Les journalistes s'adressaient à lui comme à un vieil ami, avec une amabilité due sans doute à la certitude d'en tirer un bon article. Il ne portait pas une combinaison de course blanche comme les autres concurrents mais d'un rouge feu éclatant. Carr reconnut la femme à côté de lui, c'était son épouse qu'il avait vue la veille à la villa. Elle ne lui accorda aucune attention. Debout à l'écart, une cigarette entre ses doigts aux longs ongles vernis, elle fumait, absorbée dans ses pensées.

Une voiture escortée de motos descendit jusqu'au tapis rouge de la tribune officielle tandis qu'on annonçait aux haut-parleurs l'arrivée sur le circuit du prince Rainier et de la princesse Grace. Ils saluèrent la foule et s'assirent. Il restait à peine une demi-heure avant le départ de la course. Carr quitta les stands et remonta en direction de la tribune R.

Il s'agissait de gradins provisoires. Les spectateurs se bousculaient entre les tubes métalliques soutenant les plaques de bois qui faisaient office de bancs. Carr scrutait les visages sans cesser de se retourner pour regarder derrière lui. Il craignait que cet étrange manège n'attire l'attention, mais personne ne parut le remarquer. Les badauds marchaient par petits groupes de trois ou quatre et parlaient avec animation, gagnés par l'ambiance de plus en plus fébrile.

Il aperçut alors Liseau.

Un bref instant, il n'en crut pas ses yeux et resta à hésiter au milieu de la foule. Liseau portait un costume noir, le visage dissimulé comme toujours derrière des lunettes de soleil. Il parlait à un couple d'un certain âge, cent mètres plus loin. Apparemment, il s'agissait d'une conversation amicale et légère, peut-être étaient-ce de vieux patients, songea Carr en s'avançant. Il tendit machinalement la main vers sa poche qui contenait le petit sifflet que Vascard lui avait donné.

« Ne sifflez que si vous le voyez, lui avait recommandé le policier. Et dans ce cas, sifflez comme un malade. »

Alors qu'il s'approchait, Liseau regarda nonchalamment autour de lui et le repéra. Apparemment peu perturbé, il prit congé du couple, leur serra la main et partit. Carr tenta de le suivre, mais la foule autour de lui se transforma tout à coup en mélasse. Les gens n'avançaient plus.

Liseau allait lui échapper. Carr se mit à bousculer les spectateurs, sans la moindre courtoisie, mais cela ne fit qu'aggraver la situation. Les gens le retenaient par la manche et exigeaient des excuses. Il se débattait en essayant de ne pas perdre de vue Liseau qui s'éloignait des gradins en direction de la ville et le semait petit à petit.

Il le vit s'engouffrer dans une rue à gauche. Le temps qu'il atteigne le coin, le chirurgien avait disparu. Il était deux heures et demie. Le présentateur annonça aux haut-parleurs que le Grand Prix serait ouvert par une série d'anciennes voitures de course : une Mercedes 196S, conduite par Juan Fangio ; une Lotus Climax 2,5 litres, pilotée par Stirling Moss ; une

Bugatti 2,3 litres et une Ferrari 2,7 litres… L'énumération des voitures et des pilotes se poursuivit. Furieux, Carr revint vers le circuit.

Le temps qu'il regagne un endroit d'où il pouvait voir les coureurs, les voitures anciennes avaient terminé leur tour et quitté la piste. Les formules 1 qui participaient à la compétition furent poussées par leurs mécaniciens respectifs jusqu'à leur position au départ. Deux de front, sur huit rangs. Leurs pilotes suivaient à pied et agitaient la main vers les spectateurs qui les acclamaient frénétiquement. Carr alluma une cigarette en se demandant si Liseau réapparaîtrait.

L'un après l'autre, les moteurs démarrèrent. La ligne de départ disparut sous un épais nuage de fumée grise, noyée dans un vacarme qui évoquait le bourdonnement de gigantesques frelons.

— Le starter donne ses dernières instructions aux pilotes, poursuivit le présentateur. Il leur souhaite une bonne course et leur rappelle que celle-ci ne se gagne pas au premier tour.

En effet, ce premier tour était délicat, car les voitures parties en rangs serrés se battaient toutes pour prendre la tête.

Le starter se mit à courir, le drapeau à la main, et conduisit les voitures vers la ligne de départ. Dès qu'il l'atteignit, il leva le drapeau bien haut et l'abattit d'un geste théâtral.

Les seize formules 1 se ruèrent en avant dans un nuage de fumée et des hurlements de furies. Collées les unes contre les autres, elles arrivèrent au premier virage et disparurent de sa vue quand elles le franchirent. Une odeur d'essence et d'échappement resta

en suspension dans l'air. Carr avait les oreilles qui tin-
taient.

— Un bon départ, déclara le présentateur. De notre
point d'observation au casino, les positions sont les
suivantes : premier, Jack Brabham, sur Brabham-
Coventry-Climax ; second, Gennaro Mollini, sur
Ferrari ; troisième, Jackie Stewart, sur BRM. Graham
Hill, après un mauvais départ, se retrouve cinquième
derrière John Surtees de l'équipe Ferrari.

Les spectateurs hochèrent doctement la tête à cette
annonce : Ferrari en seconde et quatrième place. Les
Ferrari se comportaient toujours bien au Grand Prix de
Monaco, mais gagnaient rarement. Ce n'était arrivé
que deux fois, en 1952 et en 1955. C'étaient cependant
des voitures rapides, on ne pouvait le nier. N'avaient-
elles pas remporté le record du tour le plus rapide cinq
fois de suite depuis 1952 ?

Carr écoutait distraitement ces commentaires. Les
voitures de tête réapparurent au port et foncèrent sur
la ligne droite dans un rugissement. Brabham menait,
serré de près par Mollini dans sa Ferrari rouge. Le
peloton, toujours compact, commençait à s'étirer.

Dans un concert de grondements et de crissements
de pneus, les voitures finirent le premier tour et franchirent de nouveau la ligne de départ.

La course était lancée. Plus que quatre-vingt-dix-
neuf tours.

Carr voyait les pilotes assez distinctement quand ils
passaient devant lui. Tous avaient le visage grave, très
concentré. Les coudes verrouillés, ils conduisaient les
bras tendus. Cela lui rappela la nuit précédente, et il
pensa à Liseau et à Anne. Le médecin savait-il où

elle se trouvait ? Était-elle encore en vie ? Réussirait-il à retrouver Liseau ?

Il leva les yeux vers les immeubles dont les balcons et les toits débordaient de spectateurs. Il y avait même des enfants assis sur les rebords, les jambes dans le vide.

Dans un grondement dévastateur, les voitures bouclèrent un nouveau tour. Il aperçut Jenning en quinzième position : il conduisait, un léger sourire aux lèvres.

Quatre-vingt-dix minutes plus tard, à la moitié de la course, Carr vit l'équipe de Brabham brandir vers la piste un tableau noir sur lequel était écrit à la craie « 49 » et « 4 ». Cela signifiait qu'il restait quarante-neuf tours à leur pilote et qu'il était en quatrième position. Brabham avait eu des problèmes d'allumage qui lui avaient fait perdre du terrain et la Ferrari de Mollini menait depuis les douze derniers tours. Stewart se battait contre John Surtees pour conserver sa deuxième place. La foule se demandait quand Surtees tenterait sa percée. Et Graham Hill, toujours cinquième, trois secondes derrière Brabham, suscitait pas mal de commentaires.

Une voiture avait déjà quitté la course. Connie Richards avait été forcé d'abandonner : sa Honda avait eu des problèmes de transmission. Jenning avait fait un tour au ralenti à la suite d'ennuis techniques, mais il était reparti et restait toujours en lice.

Carr devait faire un effort pour saisir les paroles du présentateur souvent couvertes par le rugissement des voitures qui passaient, craignant à chaque instant de l'entendre annoncer qu'un drame était arrivé à la voiture 14. Brauer devait attendre la fin de la course pour agir, quand Jenning, épuisé, perdrait ses réflexes.

Carr balaya la foule du regard et aperçut brièvement Vascard qui lui fit un signe découragé avant de disparaître à nouveau. Les voitures entamèrent leur soixantième tour.

Il remonta vers le casino et trouva une place d'où il voyait les voitures prendre les virages. Les moteurs rugissaient tandis que les pilotes rétrogradaient. La course totalisait un millier de virages, se rappela-t-il, sur un tracé sinueux, étroit, mal protégé, et qui n'arrêtait pas de monter et de descendre. Un véritable enfer !

Toujours aucun signe de Liseau. Carr ne cessait de lever la tête vers les immeubles et les hôtels pour scruter les visages à travers ses jumelles. Découragé, il fendit la foule pour redescendre vers le port.

Soixante-dixième tour. Il restait moins d'une heure de course.

Carter Blakely venait de percuter une barrière dans le virage des Gazomètres, annonça le présentateur. Il ne dit pas un mot sur le coureur, mais la voiture était définitivement hors circuit. Quelques minutes plus tard, il précisa que son pilote était indemne. Carr n'avait absolument rien vu de là où il était.

Soixante-quinzième tour.

Les pilotes accusaient la fatigue et il y eut deux changements de position. Venaient désormais en tête Mollini, Surtees et Hill à deux secondes les uns des autres. Surtees, le leader de l'équipe de l'usine Ferrari voulut dépasser son coéquipier Mollini ; un officiel agita un drapeau bleu pour avertir Mollini qui ignora le signal pendant trois tours. Enfin, Surtees prit la tête. Hill, n° 3, établit un record du tour le plus rapide et réduisit l'écart qui le séparait de Mollini à une demi-seconde.

Au quatre-vingtième tour, Jenning tenait la quator-zième place, la dernière, puisque deux formules 1 avaient été éliminées. Il conduisait avec obstination, les lèvres serrées, le visage tendu derrière ses lunettes. Il y avait longtemps que les premiers l'avaient dépassé.

Carr cherchait toujours Liseau avec un désespoir grandissant. Dans moins de quarante minutes, la course se terminerait et cent mille personnes se déver-seraient des gradins dans les rues. Liseau pourrait se mêler à elles pour s'échapper tranquillement au nez et à la barbe de la police. La foule était son alliée et son ultime protection.

Les pilotes de tête débouchèrent sur la ligne droite et attaquèrent le quatre-vingt-septième tour, Hill en seconde position derrière Surtees. Carr regarda der-rière eux les autres voitures qui émergeaient du tunnel. Mollini était troisième, Stewart quatrième. Jenning, qui avait été dépassé par le peloton de tête, sortit à son tour du tunnel.

Tout à coup, sa voiture émit un grondement effrayant, puis elle fit une embardée violente et percuta la barrière qui la séparait de l'eau. Un nuage de paille jaune s'éleva dans l'air tandis que la voiture s'envolait avant de retomber à l'envers dans le port. Les specta-teurs se levèrent d'un bond. Une femme hurla.

Un bref instant, les quatre roues et le dessous sale de la caisse restèrent visibles à la surface de l'eau puis la voiture s'enfonça. Un bateau de police fonça vers l'endroit où l'on voyait encore remonter des bulles. Carr espéra voir la tête de Jenning apparaître à la surface. En vain.

— Victor Jenning, dans la voiture n° 14, est tombé à l'eau au virage de la Chicane. Nous n'avons aucune information sur l'état du pilote.

Au niveau des stands, un officiel agitait un drapeau blanc en direction des autres coureurs pour les prévenir qu'une ambulance se trouvait sur le parcours. Sur les lieux de l'accident, des hommes balayaient hâtivement la paille pour nettoyer la piste. L'ambulance s'était garée au bord de l'eau et attendait, la civière déjà sortie. Deux scaphandriers avaient plongé du bateau de police. Carr attendit, mais les minutes passaient sans qu'ils remontent.

Écœuré, il se détourna du parcours. Liseau avait exécuté son plan à la lettre. C'était terminé à présent, tout était fini.

Carr repartit sans but dans les rues étroites de Monaco, indifférent à ce qui se passait autour de lui, dégoûté et nauséeux. Il s'éloigna de plus en plus du circuit et se retrouva dans des rues désertes, aux magasins et aux cafés fermés. Le bruit de la course s'estompa derrière lui jusqu'à n'être plus qu'un grondement sourd tel le bruit des vagues dans le lointain.

Il écouta ses pas résonner sur le bitume tandis qu'il longeait les rangées de voitures garées. Les milliers de gens qu'elles avaient amenés aideraient à leur insu Liseau à s'échapper. Carr balayait d'un regard distrait les Citroën et les Mercedes coûteuses, une ou deux

Maserati aristocratiques, les modestes petites Volkswagen et Simca.

C'est alors qu'il aperçut la Renault jaune aux housses léopard. Une paire de gants de conduite cousus main reposait mollement sur le volant.

23.

Il ne réagit pas tout de suite et tourna autour de la voiture sans y croire. Cela ne lui semblait pas possible, et pourtant… Vite, il se pencha et dégonfla les pneus avant. Puis il courut se cacher dans une ruelle voisine.

Il n'eut pas à attendre longtemps. Deux minutes plus tard, Liseau apparut au bout de la rue. Il marchait vite sans regarder autour de lui, visiblement pressé, mais toujours décontracté et sûr de lui. Il ouvrit la portière de la Renault, s'assit au volant et démarra. Carr sortit de sa cachette et s'approcha de la fenêtre.

— Vos deux pneus avant sont à plat, vous savez. Complètement dégonflés.

Liseau le regarda de derrière son volant sans rien dire. Il semblait à peine surpris.

Mon Dieu, quel self-control ! songea Carr.

— Comment aviez-vous prévu de vous enfuir, Liseau ? Par avion ou par bateau, hein ? Laissez tomber, ça n'a plus d'importance. Nous allons attendre ici l'arrivée de la police. Ils m'ont donné ce petit outil pour accélérer les choses, ajouta-t-il en sortant son sifflet. C'est gentil de leur part, non ?

Alors qu'il portait le sifflet à ses lèvres, il sentit le contact d'un objet froid sur son ventre. Il baissa les yeux et vit un pistolet.

— Ne faites pas ça, lui intima Liseau. Laissez tomber votre sifflet par terre et reculez.

— Vous n'oserez jamais tirer, Liseau. Vous les aurez tous sur le dos. Vous serez fichu avec vos mains qui empesteront la cordite.

— D'où les gants et le silencieux. On entend à peine le percuteur frapper la balle.

Carr regarda de nouveau l'arme. Le pistolet était en effet prolongé d'un long tube noir.

— Reculez et mettez vos mains dans vos poches comme si de rien n'était. Nous allons faire une petite promenade.

Carr recula.

— Laissez tomber, Liseau. Vous êtes fichu. La course est presque terminée.

— En effet, répondit Liseau en descendant de voiture. Mais nous n'allons pas loin, monsieur Carr, ajouta-t-il en regardant derrière lui. Ernst va vous accompagner.

Carr se retourna d'un bond. L'Allemand au visage porcin s'était approché sans qu'il l'entende, tel un chat.

— Au parc, ordonna Liseau à Brauer. Faites vite.

L'Allemand hocha la tête. Liseau se dirigea vers la voiture suivante, une Citroën noire, l'ouvrit, monta et mit le contact.

— J'ai été ravi de faire votre connaissance, monsieur Carr.

— Où est Anne ?

— En fait, j'allais justement m'occuper d'elle. Je nous vois mal dépenser le prix d'un billet d'avion pour elle, pas vous ?

— Où est-elle ?

Liseau éclata de rire.

— Vous ne devinez pas ?

Sur ces mots, il démarra. Carr sentit le canon d'un pistolet le pousser sans ménagement dans le dos.

— Avancez, ordonna Ernst.

Brauer se tenait sur ses gardes. Il marchait à côté de lui sans le toucher et maintenait son arme prudemment hors de son champ de vision. Du coup, Carr n'osait pas l'attaquer.

Comment se sortir de là ? Dans les films, le héros trouvait toujours une solution, songea-t-il amèrement.

Un peu plus loin, apparut un policier adossé à un lampadaire, visiblement contrarié d'avoir été chargé de la circulation loin du parcours, surtout qu'il n'y avait aucun trafic.

— Le pistolet est dans ma poche, murmura Brauer alors qu'ils approchaient de lui. Alors pas un mot à notre ami. Je ne voudrais pas abîmer votre costume ni le sien.

Carr ne ralentit pas le pas. Le policier inclina aimablement la tête à leur passage. Brauer lui rendit son salut. Leur marche se poursuivit, accompagnée par les hurlements de la foule et des voitures en contrebas.

— Où est Anne ? demanda Carr.

Brauer répondit par un rire et le fit entrer dans un petit jardin public verdoyant et bien entretenu. Il tendit la main vers un banc au soleil sur lequel était abandonné un journal. Les oiseaux gazouillaient et le bruit de la course semblait très loin.

— Asseyez-vous là.

Carr obéit.

— Parfait, opina l'Allemand. Après, je n'aurai plus qu'à vous mettre le journal sur la tête et les passants vous prendront pour un ivrogne qui cuve son vin. Ils n'en voient pas souvent à Monaco, mais la course attire les pires individus.

— J'ai remarqué.

— Allongez-vous, *Herr* Carr.

— Vous ne vous en tirerez pas comme ça, Brauer, répondit-il en restant assis, l'esprit en ébullition, cherchant désespérément comment sauver sa peau.

— Que vous soyez assis ou couché ne change pas grand-chose. Je vous allongerai après.

Carr écarquilla les yeux en voyant son doigt se poser sur la gâchette.

— Arrêtez ! beugla alors une voix brusque derrière les arbres, sur leur gauche.

L'Allemand tourna la tête. Carr sauta sur son pistolet. Le coup partit au moment où sa main se refermait sur celle de Brauer. Il vit les flammes jaillir et le *pan !* résonna à ses oreilles tandis que sa jambe gauche se dérobait sous son poids. Il s'effondra. Une nouvelle balle partit et s'enfonça dans la terre, près de son visage, puis une autre encore. Carr roula sur le sol, vit les jambes de Brauer et les agrippa. L'Allemand bascula facilement, trop facilement, songea-t-il alors qu'il se jetait sur lui pour lui arracher son arme. Le pistolet tomba tout seul de sa main. Carr regarda le visage de Brauer. Ses yeux révulsés semblaient vouloir regarder à l'intérieur de son crâne : il était couché sur un cadavre.

Des pas retentirent sur le chemin. C'était Vascard. Il arriva au moment où Carr se redressait.

— Bien visé, le félicita Carr.

Vascard haletait.

— À vingt mètres, c'est pas trop mal. Il est encore en vie ?

— Non.

Vascard fronça les sourcils.

— Merde ! Ça fiche tout par terre. Où est Liseau ?

— Il a pris la fuite.

Pour aller retrouver Anne, ajouta-t-il mentalement. Les dernières paroles de Liseau lui revinrent à la mémoire : « Vous ne devinez pas ? »

Où pouvait-elle bien être ? D'autres policiers accoururent. Il avait perdu beaucoup de sang et la tête lui tournait. Son pantalon trempé par le liquide visqueux l'alourdissait.

« Vous ne devinez pas ? »

Tout à coup, dans un éclair de compréhension, il sut où elle était.

24.

Il ramassa l'arme de Brauer, surpris par son poids, et partit en courant.

— Hé ! hurla Vascard. Où allez-vous ? Vous êtes blessé !

Carr ne répondit pas. Tout en courant, il cherchait comment fonctionnait la sécurité du pistolet. Il ne s'était encore jamais servi d'une arme à feu. Il y avait un début à tout.

Pourvu qu'il arrive à temps !

Il sauta dans le premier taxi venu. Il pointa son arme sur le visage du chauffeur, affolé, et lui donna l'adresse. Le taxi démarra.

— Plus vite ! hurla Carr, et il appuya l'arme sur sa nuque.

Le taxi fonça en direction de Villefranche.

Pourvu qu'il arrive à temps !

Les oiseaux gazouillaient au-dessus des massifs plus fleuris que jamais. Carr remonta l'allée en boitant. Devant lui, la villa Perrani, sa villa ! songea-t-il avec hargne, était plongée dans le silence. Il s'avança d'un pas abominablement lent vers les fenêtres. Il regarda à l'intérieur et reconnut la bibliothèque.

Anne était ficelée sur une chaise. Liseau faisait les cent pas devant elle, les mains dans son dos : celles-ci tenaient délicatement une arme.

Il parlait. Anne l'écoutait, livide.

Carr monta les marches où il laissa une petite traînée de sang et entra sans bruit dans le hall gigantesque. Les accents d'une voix doucereuse lui parvinrent à travers les portes de la bibliothèque. Il s'arrêta.

Il ne se sentait aucune chance dans un combat à mains nues. Il n'avait jamais gagné une seule bagarre de sa vie. À dix ans, il se faisait tabasser par des mômes de huit. Que pouvait-il bien faire à présent ?

Il frappa à la porte, décidé à descendre tout simplement Liseau quand il ouvrirait. Il entendit des pas approcher. La poignée tourna. Sa main se crispa sur le revolver. La porte s'entrouvrit.

C'était Anne.

Surpris, il baissa précipitamment le canon et tira bêtement dans le plancher. Le pistolet lui sauta des mains. Bon sang, quel recul !

Anne s'effaça. Liseau s'avança et pointa son arme sur le ventre de Carr.

— Quel plaisir de vous revoir, monsieur Carr.

Anne poussa un cri et s'évanouit.

Carr plongea par terre sur son arme.

Il vit des éclats de bois sauter près de son oreille sans que retentisse le moindre coup de feu. Liseau utilisait un silencieux. Il saisit son arme et riposta.

Il vit Liseau pivoter et s'effondrer.

Il l'avait eu ? Incroyable !

Mais déjà Liseau se relevait, le poignet en sang. Il tenait mollement son pistolet de l'autre main, le visage soudain défait, fatigué.

— Je me rends, dit-il.

— Jetez votre arme.

— Comme vous voulez.

Liseau haussa les épaules et tira. Pas de détonation, Carr entendit juste un sifflement lui raser la tête.

Il se jeta derrière un canapé. Liseau renversa une table pour s'abriter derrière.

Carr entendit deux *tchouc tchouc* tandis que deux balles s'enfonçaient dans le rembourrage du canapé. Il tira deux fois vers la table, mais la rata complètement dans sa précipitation.

Liseau bondit vers le hall. Carr le rata à deux reprises. Il entendit des pas monter l'escalier vers le premier étage.

Anne revint à elle et le regarda à travers le nuage de fumée qui flottait dans la pièce.

— Ça va ?

— Oui.

— Tu saignes, murmura-t-elle avec un geste vers sa cuisse.

— Ne t'inquiète pas.

Il ne songeait même plus à sa jambe.

— Liseau est…

— Non, il est monté.

Il sortit à son tour dans le hall et courut vers l'escalier. Un éclat de marbre gicla de la rampe. Il se baissa. Un autre éclat sauta avec un *bing !* Il entrevit Liseau en haut des marches et tira.

Liseau poussa un cri de douleur. Peut-être faisait-il juste semblant. Méfiant, Carr monta l'escalier en s'abritant derrière la lourde rambarde en marbre. Quand il atteignit le palier, tout était silencieux. Toujours accroupi, il tendit l'oreille. Un bruit lui parvint d'une chambre au bout du couloir.

Il s'avança prudemment.

— Adieu, monsieur Carr, lâcha une voix derrière lui au moment où il passait la tête dans la pièce.

Carr tournoya sur lui-même sans comprendre comment Liseau pouvait être arrivé derrière lui. Il se retrouva le pistolet pointé sur son cœur. Liseau ne pouvait pas le rater.

Clic…

Carr regarda le pistolet vide. Liseau essaya encore vainement de tirer.

Clic…

— Quelle malchance ! ricana Carr. Ça tombe mal.

— Je vous en supplie… Je vous paierai…

Carr pressa la détente.

Clic.

Son chargeur était vide, lui aussi.

— Fils de pute ! cracha-t-il en lui jetant son arme à la figure.

Le Luger percuta le médecin en pleine bouche et celui-ci recula en titubant. Carr bondit en avant, prêt à l'étrangler à mains nues.

Liseau s'appuya au mur, le souffle court. Il plongea la main dans sa poche et en ressortit un objet brillant. Carr s'arrêta net en reconnaissant un bistouri.

— J'en ai toujours un sur moi, déclara Liseau en s'avançant sur lui, une main inerte et ensanglantée, l'autre brandissant le bistouri. C'est tellement utile !

303

Carr recula avec précaution. Pouvait-on lancer ce genre de couteau ? Il ne le pensait pas. Il ne quittait pas des yeux la main de Liseau.

— Je vais vous éventrer et vous découper en morceaux, monsieur Carr.

Carr continua à reculer et Liseau à avancer.

— Je vais vous arracher les tripes et vous les faire bouffer.

Carr sentit le mur derrière son dos. Liseau s'approcha encore plus près et pointa son bistouri vers lui.

— Vous avez faim ?

Carr donna un coup de pied vers le haut de toutes ses forces. Le bistouri lui entailla la cheville, mais son pied frappa violemment Liseau à l'entrejambe.

Le médecin recula en titubant contre un bureau. Il y avait à côté une coiffeuse couverte de bouteilles et de flacons. D'un revers de la main, Carr les projeta sur Liseau qui s'effondra. Carr se jeta sur lui.

Liseau roula, le repoussa et se releva d'un bond, à bout de souffle, les yeux écarquillés, le visage livide.

Son poignet saignait abondamment, constata Carr. Lui-même se sentait de plus en plus affaibli par sa blessure à la jambe. Il se releva à son tour. Liseau brandit de nouveau son bistouri. Carr lui attrapa le poignet et ils se battirent en silence pendant quelques instants, tous deux haletants. Liseau était fort mais, heureusement, il ne pouvait se servir que d'une main.

Soudain, Carr trébucha. Liseau se laissa tomber sur lui, le bistouri pointé sur sa gorge. Carr lui bloqua le bras in extremis, mais Liseau pesa de tout son poids et le bistouri descendait peu à peu.

Il n'était plus qu'à un millimètre de sa peau quand, avec un effort monumental, Carr réussit à repousser

Liseau. Le médecin roula loin de lui. Tous deux se relevèrent. Ils se mouvaient de plus en plus lentement, abrutis par la fatigue et affaiblis par le sang qu'ils avaient perdu.

Carr jeta une chaise sur Liseau qui l'esquiva et elle alla s'écraser dans la fenêtre. La vitre explosa.

Ils s'observèrent en ahanant.

Liseau s'avança pour la mise à mort.

— Vous avez faim ? répéta-t-il.

Carr se jeta de nouveau en avant. Liseau, déséquilibré, tomba en arrière vers la fenêtre. Il percuta la vitre les bras écartés et passa à travers en laissant échapper un petit cri.

Carr se pencha par la fenêtre. Liseau gisait sur les marches de la villa et se tordait de douleur. Il avait dû se rompre le cou. Il cessa presque aussitôt de bouger. C'était fini.

Anne entra dans la chambre et saisit le carnage d'un seul regard. Elle allait dire quelque chose quand une voiture arriva dans l'allée.

— Oh non ! gémit Carr qui ne se sentait plus la force de continuer à se battre, même une minute de plus.

Il était vidé, épuisé, au bout du rouleau.

Anne s'approcha de la fenêtre.

— C'est la police.

Carr s'effondra sur le lit, inconscient.

25.

Roger Carr sentit un étrange mélange d'amidon et de parfum. Il ouvrit les yeux et son regard tomba sur un bouquet de jonquilles d'un jaune éclatant. Il cligna des paupières et entendit des voix. Il tourna la tête dans leur direction.

— Bonjour, murmura Anne.

Carr la dévisagea d'un air ahuri et balaya la pièce du regard. Elle était petite, de couleur crème et aseptisée. Le lit était fait au carré, les couvertures bien bordées.

Vascard et Gorman se tenaient au pied.

— Bonjour, dit Vascard.

— Salut. Ravi de vous voir de retour parmi nous, renchérit Gorman.

— Cet endroit est horrible, poursuivit Vascard. Ils ne m'ont pas laissé fumer.

Anne se pencha et l'embrassa sur la joue. Carr lui tendit la main. Elle la prit doucement.

— Comment ça s'est terminé ? demanda-t-il.

— Très bien, répondit Vascard. Nous les avons tous arrêtés sauf Liseau bien sûr. Et l'expédition va se poursuivre.

— Mais comment ? Je croyais que…

— Ah oui ! Vous vous souvenez, je vous avais dit que l'épouse jouait un rôle crucial. En effet. Les papiers étaient rédigés afin qu'en cas du décès de son mari elle puisse les signer à sa place.

— Et elle l'a fait ?

— Eh bien, elle a commencé par refuser, mais…

— Un pénible épisode ! marmonna Gorman.

Anne se pencha pour embrasser Carr de nouveau, comme s'ils étaient seuls dans la pièce.

Vascard se tourna vers Gorman.

— Venez. Laissons ces deux tourtereaux tranquilles.

— Je voulais parler à M. Carr. J'avais plusieurs questions à lui poser.

— Pas maintenant, insista Vascard en le tirant par le coude. Je vous prie d'excuser mon associé, ajouta-t-il à l'intention d'Anne et de Carr. Il n'est pas français et ne comprend pas ces choses-là. Au fait, votre jambe devrait guérir rapidement. Vous n'avez rien de cassé, la balle a raté l'os… je ne sais plus comment il s'appelle. Vous pourrez partir demain si vous voulez. Je ne m'attarderais pas si j'étais à votre place, ajouta-t-il, le nez plissé de dégoût. Même moi, je me sens mal ici.

Il suivit Gorman en direction de la porte et se retourna juste avant de sortir.

— Beau travail !

— Oui, acquiesça Gorman. Vraiment formidable. Si je peux faire quoi que ce soit pour vous, n'hésitez…

— Justement, vous pourrez peut-être m'être utile, répondit Carr. Mais plus tard.

— Vraiment ? De quelle manière ?

— Cela concerne les visas pour les étrangers.

— Vraiment ? Eh bien, je…

— Plus tard, le coupa Vascard, et il le poussa vers le couloir.

Carr regarda Anne.

— Comment te sens-tu ?

— Très bien. Mais ce serait plutôt à moi de te poser cette question.

— Vas-y.

— Comment te sens-tu ?

— Je n'ai jamais été mieux.

Il se pencha pour l'embrasser et laissa échapper un gémissement quand son poids se porta sur sa cuisse blessée.

Anne le repoussa doucement sur son oreiller.

— Allonge-toi, Samson. On aura tout le temps pour ça.

Il se rallongea. Il y eut un long silence.

— Est-ce que je vais t'épouser ?

— Est-ce que je vais accepter ?

— Évidemment.

— Tu es bien sûr de toi.

— Je tiens ça d'une fille que je connais bien.

Elle l'embrassa tendrement.

*Cet ouvrage a été composé et mis en pages
par ÉTIANNE COMPOSITION
à Montrouge.*

Imprimé en France par CPI
en juillet 2016
N° d'impression : 3017632

POCKET - 12, avenue d'Italie - 75627 Paris Cedex 13

Dépôt légal : septembre 2016
S26952/01